古代抒情詩『万葉集』と令制下の歌人たち

金井清一
KANAI, SEIICHI
kasamashoin

笠間書院

古代抒情詩『万葉集』と令制下の歌人たち◉目次

はじめに
——所収論文紹介——

斯波六郎氏の『中国文学における孤独感』（岩波書店）のあとがきを読んでいたら、氏がその著書を「私にとっての鶏肋」と述べられている文に出合った。「鶏肋」とは鶏のあばら骨のことで、「とりたてるには足らぬが、捨て去るにはちと惜しいもの」と氏はその意味を記されている。氏の『中国文学における孤独感』は、鶏肋どころかすばらしい名著であって、私も本書の序章で引用させていただいているが、今ここにこうして「はじめに」と題して序言を述べている私の、この書物こそが私にとってまさに鶏肋の書である。

本書は、私の最近の論を収録したものではない。「初出一覧」を見ていただけると分かるが、その最も新しいものでも平成十六年（二〇〇四年）発表の「平城遷都と万葉歌」（第一章七）である。未発表の論文が一編（「天武天皇の王権と吉野御製」第一章二）あるが、これも平成十五年頃には既に成稿であったもので、当時、発表の場を得ずに今日に至ってしまったものである。

そして今、私の関心は上代文学が対象ではあるけれども、別の方面、古事記に移って行き、本書に収めたような万葉集関係の作者・作品については、ほとんど積極的に関心を持つ意欲も時間もなくなり、興味は持続しつつも論文執筆に至るほどの能動性は減退してしまったのである。その意味で、私が私の過去を振り返るとき、本書はまさに私にとっての鶏肋の書なのである。昭和も遠くなった世にあって、研究生活にも馬齢を重ねて人生の残日月を過ごす私にとって、この鶏肋の書が、いささかなりとも学界の一隅で、なんらかの研究の土壌に肥料として有益な部分があるならば、望外の喜びという他ない。

序章の二編は、本書の総括として置いた。この二編をお読みいただくだけで、本書の著者は過半の満足を得て感謝するものである。序章第一編**「古代抒情詩の誕生——その歴史的基盤の普遍性——」**は万葉集の歌を古代抒情詩という範疇でとらえて、その発生基盤を世界的普遍性のもとに理解しようとした。この試みは旧著『万葉詩史の論』（笠間書院）の「序論　抒情詩の発生と発展」においてもなされており、私にとっての年来の課題なのであった。今回、本書に収めた論文は、したがって旧稿の続編あるいは改稿といってよいものであるが、具体例としての作品を多く引用して納得を得易いものとした。

古代ギリシアにおいて、そしてまた古代中国において、抒情の表現を目的とする文学形式すなわち「抒情詩」という文学ジャンルは共通の世界史的基盤から発生している。それはアナトリア半島に勢威を誇ったヒッタイト帝国の崩壊である。紀元前千二百年頃に滅亡したこの国は高度な鉄器文明を専有していた。その崩壊によって東西に拡散した鉄器文化が旧来の青銅器文化社会を変革していったことは有名な事実である。ギリシアにおいても中国においても、この変革の過度期的過程の中で抒情詩が生まれた。そのことを幾つかの具体的作品を見ることで確かめようとした。勿論私は古代のギリシア語も中国語も知らないから、翻訳を通しての上のことであるが、それでも我が国の優れた研究者による翻訳は、十分にそれらの国の古代抒情詩の本質を伝えてくれていると思われる。それらの翻訳詩作品を資料とすることに方法的に欠陥があるとは私には思われない。

こうしてギリシアと中国との古代抒情詩の誕生を見届けた上で、我が国の古代抒情詩すなわち万葉集の歌々も、時代こそ異なれ、東西海彼の時代的・社会的状況と類似の状況のなかで花開いたのではないかと、私は思うのである。そのような例として額田王と柿本人麻呂の出現の意味を考えた。ギリシアにおける紀元前五、六世紀の状態は、中国においては紀元前三、四世紀の時代であったが、我が国においては七世紀後半にその時代が訪れたのである。時代も異なり、社会状況にも異なる点が少なからずあっても、文学史発展の普遍的様相は明確に存在する。そのことを文学研究に携る研究者の基礎的な教養として共有したいというのが、私のささやかな意志である。よって鶏肋の書の冒頭にこの一編を置いた。

序章二つめの文章は**「人麻呂・憶良・赤人・家持――抒情詩の類型――」**と題して、四種類の抒情表現の型を挙げた。これも前稿と同じく旧著『万葉詩史の論』中の幾編かの続編めいたものである。それら幾編かを簡潔にまとめて述べたものというべきかも知れない。

一九五〇年代に近代文学の本質をめぐって評論家兼小説家の伊藤整と、同じく文芸評論家の山本健吉との間に何度かの論争が繰り返された。その論争のなかで言及された柿本人麻呂について、人麻呂は秩序に対立抵抗して歌う歌人であるのか、秩序に合体渾融して歌う歌人であるのかが問題となった。私は二者択一のなかから最初は前者を採ったのであったが、結局は前者と後者の融合総合として人麻呂の詩を考えることになった。人麻呂は秩序と対立あるいは合体などの図式を超えて自らの生命そのものを歌った歌人であると結論したのである。我が国最初の抒情詩誕生の文学史的基盤の上において、人麻呂は抒情という詩形式の根源を部分的にではなく総合的全体的に示した作家ということになるだろう。そして続いて出現して来る万葉歌人の中から赤人、憶良、家持を選んで、赤人は秩序に合体する生命の喜びを歌った歌人、憶良を秩序に対立して生命の充実を歌った歌人としてとらえた。最後に家持は対立でも調和でもなく外界と無関係という関係のなかに存在する歌人として、その資質を解した。素朴な図式であるが、抒情の類型がすべて万葉歌人のなかに認められることを以て、万葉集という我が国最初の抒情文学作品のほぼ完璧な豊穣さをかいま見ることが出来るように思われる。

以上が序章の要約であって、本書刊行の私の思いの半ばは此の部分にあると言ってよいかと思われる。抒情詩というジャンル成立の普遍性の検討が私の万葉研究の出発点だったからである。

第一章は「**王権と万葉歌——平城遷都以前——**」と題して七編の論文を収めた。ここでは万葉集の所謂専門歌人ではなく、主として天武・持統朝の天皇及びその周辺の歌人、作品を採りあげて、時代や社会との関係のなかで歌が歌われていることを考えようとした。

第一編「**舒明・雄略御製『夕されば……』錯雑考**」は、舒明天皇と雄略天皇の御製が、非常に似た形で巻八と巻九とに収載されていることの原因を考えた。それは舒明天皇御製と伝えられる巻八・一五一一の歌が原歌であって、その歌が伝誦の過程で原作者でもあった舒明天皇から切り離されて、雄略天皇御製と伝誦されるに至った原因は何処にあるのかということである。本稿ではその原因を二点に求めて考察した。第一点は舒明も雄略も息長氏につながる系譜を有し、舒明朝以後の七世紀後半の王権においては近祖舒明天皇、遠祖雄略天皇という系譜伝承が信じられていたであろうと論じた。第二点は歌句「小倉（椋）山」の所在が通説の今井谷付近ではなくて、忍坂の地の山、おそらく外鎌山であろうことを主張した。其処は雄略の朝倉宮からも、舒明の陵にも近くて舒明の行宮も近辺にあったのではないかと思われ、小倉（椋）山と言えば雄略と舒明との二天皇の宮所を思い浮かべるのが、七世紀後半の王権内部での通念であったろうと推定した。上の二点によって「夕されば」の歌の作者についての錯雑が起こった。七世紀後半の天武持統朝という時代の王権内の人々にとって、舒明と雄略という二人の人物には、始祖的同質観が濃厚に存在していた。そのことが万葉集巻頭の一番歌が雄略、二番歌が舒明という配列にも反映していると思われるのである。

第二編は**「天武天皇の王権と吉野御製」**である。これは本書収載論文中唯一の未発表論文であって、最も新しいものである。と言っても最近の原稿ではなく、いつ書き下ろしたか正確には覚えていないが、十年ほど前に溯るであろうことは、引用論文の発表年次から推察されよう。発表雑誌の当てもなく、ただ当時も今も気になっている天武天皇の治世の二面性について考察したものである。そのことは万葉集研究より古事記研究によって触発された私の問題意識であった。天武天皇は壬申の乱によって近江の大友皇子の政権を打倒し新王権を樹立した。その王権を正当化するべく中国の天命思想を受容し、自らを天命を受けた新王朝の始祖という性格の大王と位置づけた。しかし天武代後半の治世に入るや、後継者の決定に悩むことになった。自らが打ち立てた政権をいかなる性格を持たせて次代の後継者に引き継がせるかという問題である。

こうした問題はカリスマ的擅権支配者が、日常的安定的支配に移行するなかで直面する普遍的な問題であることを、マックス・ウェーバーの「支配の諸類型」を援用して考察した。天武天皇の政治の初期から後期への変遷に、ウェーバーの説くカリスマ支配から合法的支配へ、あるいは伝統的支配へと移行せんとする困難な思惑が、二五番歌の吉野山路での御製にも二七番歌吉野会盟時の御製にもうかがわれることを論じた。天武天皇の王権の多面的な性格は、古事記の本質理解にとっても肝要な問題で、天皇個人の魅力的性格の追究と併せて今後も検討を続けて行きたい私の問題である。

第三編は**「壬申の『乱』と万葉集」**と題して、「壬申の乱」に対する戦後の王権の対応を「乱」という語の使用経過を検討することによって解明しようとした。現代の我々は無意識に平然と「壬申の乱」という語句を口にするが、資料の教示するところによるならば、その語句は乱後およそ八十年間禁句であった。そうとしか思われない。何故ならばその語句の使用禁止は、勝者である天武の王権正当化にとって必要不可欠の措置だからである。政治の世界にあっては自らの権力の正当性、古代にあっては正統性をも含めて、それこそが政権安定のための最大の必要案件であることは古今東西を通じて変らない。天武はそれを天命思想の受容によって実現しようとした。そのことは前稿第二編「天武天皇の王権と吉野御製」においても論じた。しかし八十年とはいかにも長いではないか。比較して言うなら八十年は太平洋戦争の終結した一九四五年から二〇二五年までにわたる年間、戦争に関する一定の語句が使用禁止されていた、という現象である。このような体験、身体感覚的な感受性を持っていなければ、天武朝から懐風藻の成立（七五一年）までの時代状況を生《なま》で把握することは出来ないのではなかろうか。そういう思いを持って考察したのがこの壬申の「乱」論である。「乱」が風化し、やがて解禁?になってゆく経緯にも、当時の状況の反映があり、万葉歌人にも作品にも直接、間接の影響があったはずであるが、個々の歌人、作品にまで検討を及ぼすことは出来なかった。

第四編**「天武天皇と五百重娘」**は、小品といってもよい論であるが、天武天皇という人物の多面的な一面を考察したものである。巻二・一〇三歌と一〇四歌とは、天武天皇と藤原五百重娘との相聞歌で、或る大雪の降った日、天武天皇が五百重娘に送った歌に五百重娘が返歌した両者の掛合いを、古来好意的に鑑賞、批評してきたのが大勢であった。そうした見方に対して疑問を呈したのが本稿である。表面的には快いリズムに乗った明るい歌のやり取りであるが、それぞれの歌の裏側にはやや辛口の応答が隠されていたと思われることを、両者の当時の境遇から推察してみた。特に天武天皇理解について、単純な表面的解釈だけで済ましてしまうのは、当代の歴史、文化、政治を考察する上に全く無益有害なことである。ことは古事記の理解にまで拡がりを持つ問題と私には思われる。

第五編**「藤原不比等と万葉集」**は、初めの段落に「律令制と抒情の文学」と小見出しを付したように、当代の近代的先進国家である律令制国家の建設に生涯の努力を傾けた不比等が、公的な面において万葉集的なるものと疎遠であったことを述べたものである。壬申の乱の敗者側であった不比等は、偉大な父鎌足の後継者としての活躍の場には恵まれず不遇な前半生を過ごさざるを得なかった。しかし、天武朝の晩年、カリスマ政権から合法的政権への必然的な移行を王権側が考えざるを得ない局面になって、不比等の資質と鎌足の遺産である豊富な律令制に関する資料と人材とに日が当たるときが到来する。その不比等復権の過程の対極に前代からの公的長歌は衰退して行く。こうした変化は不比等あるいは不比等的体制のもたらす必然である。抒情の文学は私的な性質を濃くして私的な場に生き残ることになる。不比等登場による抒情文芸の公的性格の頽勢顕著な現象を「不比等と万葉歌」という側面から考察して、抒情詩という文学形式の本質の一端を明らかにしたいと思ったのである。

第六編**「藤原宮と万葉集の鴨君足人の歌」**は、わが国で最初の本格的都城であった藤原京が、僅か十六年で廃都となり平城京遷都となったことに対して、著名な万葉歌人にはその廃都を悲しむ歌が、長歌にせよ短歌にせよ全く存在しないなかで、僅かに鴨君足人という無名のというか歌人にあらざる人物の歌だけが残されていることの因由を考察したものである。その歌は巻三の二五七（長歌）と二五八、二五九（反歌二首）で「香具山歌」と題され、或本歌（二六〇歌）の左注に寧楽《なら》遷都後に「旧《ふ》りぬるを怜《あはれ》びてこの歌を作るか」とある。そこで旧く寂れてしまったのは、高市皇子の香具山の宮であるのか藤原京の藤原宮であるのかが問題になるが、私見は前者を却け後者を採り、鴨君足人が何故藤原宮の荒廃を歌うのかを考察した。その点については第五編「藤原不比等と万葉集」でも触れたが、藤原宮周辺の土地が本来鴨君氏の居住地であったのを、新都建設に際して鴨君氏が朝廷に提供したという過去があった故であると推察した。然らば何故其処が鴨君の居住地であったのかと言えば、その土地は藤原不比等が賀茂朝臣比売との結婚のために、父鎌足が天智天皇から賜わった土地であるにもかかわらず鴨(賀茂)君氏に提供したからである。鎌足は臨終の病床で天皇から大織冠と大臣位と藤原の姓を賜わったと書紀に記されるが、藤原は姓だけでなく、その名の土地を賜わったと解さなくてはならない。このことを推測するのは、憶測に満ちていると思われるかも知れないが、一体、「藤原」という名だけを賜わるということが何故に栄誉ある褒賞であり得るのかどうか、何の説明も今まで為されて来なかったことこそが不思議でならない。以上の私見の如く考えることで、藤原京の十六年という短命さに対する藤原という天皇賜与の名を氏の名に負った不比等の「藤原」の地名に関する無関心さの理由が理解されると私には思われる。

第七編「**平城遷都と万葉集歌――七一〇年代の政治と文学――**」は、大宝律令制定の大宝元年(七〇一)から養老四年(七二〇)の藤原不比等没、養老五年の元明上皇崩までの八世紀初頭の二十年間、特に平城遷都後の十年間における政治と文学の情況を考察したものである。元明と不比等との間には律令国家の充実発展と、その基盤の上に立って実現すべき首皇子の天皇即位という共通の目標を有しながら、両者の間には微妙なズレが存在していた。あたかもそれは楕円における二つの焦点の如く、焦点間距離の長短によって時に楕円の形は変化しつつ、しかし楕円でありつづけるようにである。そのことを議政官の人事の推移を見ながら、宣命と漢文詔との発布の交錯、大嘗祭の簡易化、行幸従駕歌の有無、宮廷挽歌の衰退などの面の検討によって明らかにしようとした。元明は律令体制の中で可能な限り皇統の神聖な伝統を保持せんと願い、不比等は皇統の伝統的権威を自氏の勢威に取り込みながら律令制国家の強化を目指した。その微妙な相違が万葉集第三期の宮廷歌人たちの作品の有無や性格に反映され、そして古事記と日本書紀との本質的相違となっていると論じた。

第二章は**「万葉歌人各論」**と題して、歌人論、作品論九編を収録した。第一章の七編が何らかの意味で当代の王権論につながる問題意識があったのに対して、第二章の各論には統一的な観点は無い。しかし、自ずから或る論文は序章の抒情詩論と関連し、また或る論文は第一章の王権論にかかわる内容を含んでいる。

最初は柿本人麻呂作品の「天」の用語論であるが、元来二編の論文であったので、「その一」「その二」と分けた。第一編**「柿本人麻呂　その一——その「天」の諸用例、「天離」など——」**は人麻呂作歌の中の「天」の語を持つ歌語・歌句を概略的に検討し、その用例が神話的な観念に彩られている場合が多く、自然の景物としての「天」は少ないことを確かめた。そして特に「天離（あまざかる）」という「夷」にかかる枕詞の「天」が、王宮の在る都を意味し、その「天」から遠く離れているのが夷なのであって、自然の景物としての天空の彼方に遠く離れている夷の意ではないとする説に賛意を表した。第二編**「柿本人麻呂　その二——枕詞「天尓満」考——」**は、「その一」の用例のうち「天尓満（そらにみつ）」を採り上げ、四音の枕詞「そらみつ」を五音化し、「そら」を「天」と表記したことを、人麻呂の「天」に対する観念の神話性から導いた。さらにその「天《そら》」の表記は、口誦文芸では無用のものであることから、人麻呂の作品が文字文芸の世界のものであることをも確かめた。

第三編は**「柿本人麻呂歌集非略体歌の作歌年代について」**と題した人麻呂歌集についての考察である。これは私が『万葉集全注　巻第九』（有斐閣）の注釈を担当したことから生じた解決すべき問題として考察したものである。すなわち、巻九の冒頭から四首めに「大宝元年辛丑冬十月太上天皇大行天皇幸二紀伊国一時歌十三首」という題詞を持った雑歌十三首が、いわゆる非略体歌の柿本人麻呂歌集の歌であるか否かという問題である。それは巻九の一七〇九番歌の左注に「右柿本朝臣人麻呂之歌集所レ出」とある、「右……」が、大宝元年紀伊国行幸の十三首にまで及ぶのであるか否かという問題に他ならない。そうすると問題はまったく巻九内部の問題となるわけであるが、厄介なことに巻二の一四六番歌の題詞が「大宝元年辛丑幸二于紀伊国一時見二結松一歌一首」とあって、巻九の紀伊国行幸時と同時の作と思われ、その題詞下に小字の「柿本朝臣人麻呂之歌集中出也」という細注があるので、問題が巻二の論にまで拡大することになる。

　この問題の解決についてはすでに多くの論文があり、細部にわたって種々の議論があり検討が重ねられてきた。その経緯は拙稿においても紹介しているので参照されたいが、結局、私は、一四六番歌を非略体の人麻呂歌集歌と認め、巻九の編纂以前に原資料としての人麻呂歌集の中から抜き出されて、巻一・巻二の編纂時すなわち巻一の五四番歌以下の追補時に、一旦は五十四番歌の題詞とともに巻一に置かれ、次いで挽歌として巻二の現在の場所に移され配列されたものと推定した。そして原資料に残された十三首は、通常の人麻呂歌集の簡単な題詞ではなく、巻二の一四六番歌の題詞の影響を受けた巻九の編纂者によって同様な題詞を付されて巻九に配列されたのだと考察したのである。その間に原資料の人麻呂歌集の用字は、持統三年までの人麻呂歌集非略体歌の用字により進歩、発展したであろうし、また巻一・二の編纂者、巻九の編纂者によっても多少の変改を蒙ったであろうし、人麻呂自身も持統三年から大宝元年までの間に公的な人麻呂作歌の影響を受容して私的な人麻呂歌集の用字法に改良を加えたことであろう。こうして人麻呂歌集非略体歌の製作年代は、持統三年までと限定せず、人麻呂の作歌年代と併存・併行して、一定の幅を以て考えるべきであろうと思うのである。

　第四編は「**山辺赤人の心と表現**」と題して赤人の公的な行幸従駕の歌以外の、主として私的な短歌作品を採り上げて、その抒情の質を考察した。序章の「人麻呂・憶良・赤人・家持——抒情詩の類型——」で赤人は外界と調和型の抒情を表現する歌人であるとしたが、その調和型の抒情を個々の作品によって確認することを目指した。日本の古代抒情詩すなわち短歌を主とする万葉集の歌々も、本来、外界の秩序や伝統的慣習の枠組と対立、緊張の関係発生を起因とした個の自覚によって生まれるという抒情詩発生の世界史的普遍性の中にあると私は考えるが、一見、その枠外にあると見られるのが赤人の作品なのである。赤人の歌は外界、主に人事ではなく自然としての外界に非常に静謐にしてあたたかい調和に満ちている。何故にそのような抒情が古代抒情詩の世界に生まれるのであろうか。そういう疑問を背景に置きながら、先ずは赤人の作品が外界といかに調和的であるかを確かめたのが当該論文である。律令制という人間の理智が生んだ合理の秩序社会においても、一定の環境条件と歌人の資質とがマッチするならば、赤人のような抒情が美しく生み出される。その一定の環境条件については前者『万葉詩史の論』の「長屋王と藤原不比等——赤人登場の背景——」において述べた。参照していただきたい。

第五編、第六編、第七編は高橋虫麻呂論である。第五編は全体的概説、第六編は浦島子伝説歌（一七四〇）の中の語句注釈、第七編は筑波嶺嬥歌会の歌（一七五九）の解釈論である。概説**「高橋虫麻呂論」**は先ず虫麻呂の作品範囲の決定と虫麻呂歌集中に彼以外の他人の作も含まれていることを認めた。次いで彼の家系と閲歴については、藤原宇合の知遇を得る以前に大倭宿祢長岡と親交があり、その推輓ないし仲介によって宇合の下僚となり常陸国へ下向したとした。ただし虫麻呂の常陸在住は、巻九の配列順を重視して数次にわたると考えるか、あるいは巻九の作品配列には伊藤博説の古今構造による編纂者の作為があって、常陸下向時の作は分割されて配列されているのかは、現段階では決定できないと考えた。虫麻呂作品の本質は、彼の出自の低さゆえの上層貴族社会に対する疎外感から生じるところの孤独な魂の吐露であり、饒舌な歌い振りや過剰な欲情表現の裏に彼の置かれた立場による苦悩があると考察した。自らの拠って立つ基盤から離れ、異なる貴族社会に扈従して生きる彼は、結局帰るべき故郷を失った旅の歌人、漂泊の魂を抱えた自己を歌う詩人と結論する。

第六編 **「高橋虫麻呂『由奈由奈波』考」** は浦島子伝説歌中の語句「由奈由奈波」の解釈であって、少々繁雑な考察をした。ユナユナハ（由奈由奈波）という語は、万葉集中の孤語で他例が無い。語義は未詳とする注釈書もあるが、近代の多くの注釈書が「後々《のち》は」の意に解していて、これが通説と言ってよい状態である。しかし、この解では文意が通らないことは明らかなのである。何故なら虫麻呂は、玉篋《たまくしげ》を開けた浦島子が忽ちに老い果てて「ゆなゆなは気《いき》さへ絶えて　後《のち》遂に壽《いのち》死にける」と歌っていて、「ゆなゆなは」を「後々は」と解すると、「後々は気《いき》まで絶えて」つまり死んで、そして「後遂に壽《いのち》死にける」と、後には遂に死んだのだった、と重複して浦島子の死を歌っていることになるからである。そこで私は「ゆなゆなは」を「時々は」の意の古語と解した。「時々は息をしなくなって、また息を吹き返して、それを繰り返して、到頭最後に、命が尽きてしまった」と解したのである。その解の成立のためには「ゆなゆな」の「ゆ」が「時」を意味する必要がある。「ゆ」は「ゆり」と同義の語である。そして「ゆ」は「よ」と同源の語でもある。「よ」はまた「ゆ・ゆり」と同様に「よ・より」と一括される同義語であって、「より」には明らかに「時」を表わす意味があり、「よりより」の語が「時々」という万葉歌の用例を有することを証した。そして「ゆ・ゆり・よ」には「時」を表す用例が文献的には見出されないけれども、古くは存在したのであろうと推察して、「ゆなゆなは」を「時々は、時には」の意の古語として解することの可能性を説いたのである。今でも「ゆなゆなは」を「後々は」と通説に従う注釈が多いと見受けるけれども、その解釈でどのようにスムーズな口語訳がなされるのか、通説支持者の御意見をうかがいたいところである。

第七編「**高橋虫麻呂、筑波山カガヒの歌――附、「目串」語義一案――**」は同じく高橋虫麻呂論の一環で、筑波山でのカガヒ(嬥歌)を歌った長反歌(一七五九・一七六〇)を扱った。この作品は歌句の中に、歌い手の狂態を表現する過激な語句があり、それらの語句が作者虫麻呂といかなる関係にあるのか、古来、この歌を解釈鑑賞するに際して一つの問題であった。歌が虫麻呂自身の胸中の思いを述べたものとすれば、あまりにも国庁官人としての虫麻呂像と背反するものであるからである。そこで私は従来の諸説を検討した上で、この作品は、国庁の上位官人、おそらく藤原宇合の命令ないし要望によって作られた応需の作品であろうとした。作品披露の対象は、その頃、都から来庁していた検税使大伴卿とその一行、及び都から赴任して日も浅い国庁の官人たちであって、虫麻呂は簡単な舞台設定をして、そこに一人の中年男性を登場させて、面白おかしく当該歌を歌わせたものと推量した。歌を以て高位高官に仕える身分低き扈従歌人としての虫麻呂の役職柄の作と想定したのである。そしてそうした歌を第一次の作品として、第二次的には文字表記して虫麻呂歌集に定着させたものが、万葉集に採録された、現在の我々が読む虫麻呂作歌である。文字化に当たっては、文字文芸作品としての彼の文人的技巧が種々凝らされていることを見逃がすべきではないことも指摘した。

第八編は大伴家持論である。「**大伴家持の『映発』**」と題したが、「映発」という言葉を家持の歌の美しさを表すキーワードとして捉えたのである。「映発」とは、互いに他を照らし合い他と映《うつ》り合うという関係にありながら、そうかといって互いに対立もせず一体化もせずに併存している状態であって、そのことによって他者と自己、あるいは他者と他者とが、それぞれその存在を確かなものとして表現する。するとそこにそれぞれの持つ美しさがより一層確かに認識される。それが映発の美である。例歌は本文を参照されたいが、家持は、こうした技法を彼の持って生まれた資性から、そして彼の置かれた政治的社会的状況から、あるいは無意識にあるいは自覚的に用いたのではないかと思われる。こうした歌のあり方から、「映発」の持つ構造は作歌技法のみならず彼の日常生活や社会生活にもあらわれる人生観・世界観として存在していた観念であると思われ、其処から彼独自の孤独も生まれて来るのだと理解される。抒情詩という文学形式によって作者の生命の充実感を表現する古代的類型の最後のものが、この家持の孤独であり、その表現技法が「映発」であったと、私は考えるのである。

第九編も大伴家持論である。しかし前編が家持の歌の美しさを追求したのとは異なって、家持の人柄、人格にかかわっての論である。**「大伴家持、史生尾張少咋を教へ喩す歌」**と題したところの、越中国守としての家持が下僚の尾張少咋の不行跡をいましめた長反歌の一群（十八・四一〇六～四一〇九、及び四一一〇）が、当の少咋に見せず知らせずに、都の高級貴族橘諸兄らに披露した作品であるという説に対する反論である。作品の構成には、そのように受け取られ兼ねない側面があることは確かであるが、家持という感性豊かな人物が自らの下僚の不始末を、当人に教え喩すことなく、戯笑性を加味した一編の面白い土産話として宮廷の都人士に披露するという、不躾な非礼な行動をどうしてするのであろうか。家持に対する敬意も配慮も感じられない解釈に対して、小論は家持のためにいささかの義憤を以て反駁した。その論点は五点ある。先ず作品群の冒頭、頭でっかちの令文の引用は、史生という卑官の少咋に令の条文を明確に示してやるために必要だったこと。第二に家持の少咋に対する軽い敬語の使用は、少咋が家持よりかなり年長の人物であり、越中赴任以前からの知己であった可能性のあること。第三には作中にある少咋に対する揶揄的表現は里人の目線の表現であって、家持のものではない。家持は、その里人の揶揄を身に受けて我がことのように「恥づかし」と感じているのだということ。四点めは長歌の末尾に「佐夫流といふは遊行女婦が字なり」と注するのは、都人士に紹介するための注ではなくて、後年、万葉集編纂の折に家持が注したものであること。最後に一群の末尾、四一一〇の少咋の妻が突然来越したという歌は、物語の興味を盛り上げるためのクライマックスを表現したものではなくて、家持が自らの権限で用意できた伝馬の制度を利用して在京の少咋の妻を越中に喚び寄せたもの、それが意外に早い到着で驚いたというのであること。「鈴懸けぬ駅馬」とは「伝馬」をいうのであって、その使用規定は厩牧令その他に規定されていて、この知識を当該歌の解釈に適用せねばならないことを説いた。家持を部下思いの人間味のある上司と把握するか、部下を笑いものにする上層志向の官僚人間と捉えるか、作品解釈の側にもかかわる問題である。

以上、簡略に収載論文について述べた。論文の収載順序は年次を追ってのものではないから、多少、主張が前後して存在しているかも知れない点、御宥恕願いたい。どの論文からなりとも興味を持たれたところからお読みいただければ、八十路半ば、残日月のささやかな喜びである。

序章　古代抒情詩論

一　古代抒情詩の誕生

――その歴史的基盤の普遍性――

序

いったい文学史において最初の抒情詩はどのような歴史的情況の中で発生するのだろうか。その発生の要件は、それぞれの文学史を有する国あるいは民族において共通するものがあるのだろうか。これらの問題について小稿は、ギリシア、中国、日本のそれぞれの古代抒情詩の発生の様相を考察することによって考えてみたい。もとより筆者はギリシアや中国の文学史の専門家ではなく、したがって考察はきわめて大まかであり、又、予期せざる過誤もあろうかと思われる。しかし、筆者の意図するところは文学史の普遍性の追究にある。部分的な過誤や細部の相違はあらかじめ想定し、全体としての妥当性を念願として大まかな考察をするのである。近時主流の細密な視点からの研究ももとより重要であるが、かかる大まかな視点からの考察も、人間の歴史の発展、人類の文明の発展に世界的な規模の共通性があることを思えば、文学が人間の営みである以上あながち無用ではないと信ずるのである。

一　古代抒情詩としての考察対象

古代抒情詩とは、文学史の古代において最初に花ひらいた抒情詩の時代の抒情詩をさす。古代とは歴史学上の難しい定義は避けて一言で言えば中世より古い時代であり、貴族制国家、王朝の時代を意味する。しかしその最初の抒情詩の時代を小稿は考察の対象とするから、ギリシアの抒情詩を扱うがローマのそれは扱わない。中国においては戦国末の抒情詩を取りあげるが六朝や唐の詩は取りあげない。日本のそれは万葉集の第一、二期を対象としてそれ以後は対象としない。小稿は抒情詩という文学形式（ジャンル）の発生の問題を考えたいのであって、その持続や隆盛の契機や要件は考慮の外にある。又「抒情詩の時代」と言ったが、抒情詩が他の文学形式を圧倒して栄えた時代ととるならば、中国のそれを戦国末に考えることには大きな異論も出るかと思われる。しかし中国のこの時代には屈原や宋玉の如き明らかに抒情を表現の中核とした詩人が存在したのであって、今、二千有余年の時を隔てて眺めるならば、彼らの作品以外に時代の文学たるを得るものは残っていないと言ってよい。すなわち中国ではこの時代に文学は抒情詩を欲し、抒情詩が初めてその顕著な姿を見せたのである。中国では抒情詩と言い得る文学は戦国末に誕生したのであり、六朝には完成していた、そして唐にその最盛期を迎えたのである。

以上の観点から小稿はギリシアではアルキロコス、サッフォー、アルカイオスらの詩を、中国では屈原。日本では額田王、柿本人麻呂らの作品を考察してゆくこととする。

二　ギリシアの古代抒情詩

抒情詩とはいかなる文学か。小稿は今まで無造作に自明の事柄であるかのようにこの語を使用してきたが、ここで一応の定義をしておくこととする。

抒情詩の定義については西郷信綱氏にすぐれた考察がある。少々長くなるが引用したい。

一般的にいえば抒情詩は、個人の主観的内面性、すなわち個人の心のなかに生起する多少とも瞬間的なよろこびや、苦しみや、あこがれや、哀しみ等の諸感情・諸衝迫をそれじたいとして歌いあげるところの文学である。したがって、抒情詩人の最高の対象は彼みずからなのであり、外的事件を展開的にとらえ、それらを客観的に描写しつつ社会生活の絵画をつくりあげてゆく叙事詩とは、この点抒情詩はもっとも対照的なジャンルであるということができる。……

抒情詩のこのような本質は、叙事詩の形式にとっては民族生活の文化的にまだ未発達な、したがって生活における散文的・機構的秩序がまだはっきりと形をととのえぬ未開の段階が必要であるにたいし、抒情詩は、民族生活が多少とも固定せる組織をすでに所有する、文化的ではあるが散文的な時代にならねば開花せぬというその歴史性から説明されねばならない。この意味から抒情詩を人間の個人的自覚の生みだした文学であると規定するのは一おう正しい。けれども、個人のこの自覚なるものを抽象的・一方的に理解し、それを人間の解放としてのみうけとるのは正しくない。それが社会秩序と対立的によびさまされた個人の内面的自覚であるという矛盾関係を知ることが大切なのである。……個人が国家的秩序や法的機構等のごとき多少とも固定した散文性のなかに組織され、それにたいし自己の内面性を矛盾的に意識したとき、抒情詩の主体としての個人は始めて形成されてくるのである。（『日本古代文学史』旧版、岩波書店、一九五一年。72～73ページ）

右の解説は昭和二十年代に書かれたものであって、当時の息吹きが生まなましく伝わってくるものであるが、そのような主観的な感慨を抜きにして今でもすぐれた考察と思われる。事実、古代抒情詩とはそのようなものであり、そのように発生したのである。たとえばアンドレ・ボナールは「抒情詩——成文法と市民の平等をかちとるための闘争時代の詩」（『ギリシア文明史Ⅰ』岡道男・田中千春訳、人文書院、一九七三年）と言っている。これは抒情詩が闘争の道具となったことを意味するのではない、闘争の時代を背景に成立したことを意味するのである。

ギリシアでは前七〜六世紀に抒情詩が盛行した。前十二世紀末にギリシア半島ではミュケーナイ文明が滅亡し、ギリシアのいわゆる暗黒時代に入る。しかしその暗黒時代に青銅器文化から鉄器文化への移行が着々と進行し、富裕な貴族、大地主が新しく誕生しつつあった。そして小さな共同体国家、ポリスが誕生する。ポリスの形成にはギリシアの風土的条件があったことはいうまでもないが、鉄という大衆的な金属利器の発達が少なからずあずかっている。風土的な条件だけで言えば前代のミュケーナイ王国の時代にもポリスが形成されて然るべきだからである。暗黒時代というのもミュケーナイ王国が滅亡し、多くの小共同体がその抑圧から解放され、次代の新しい文明を用意するために複雑な動きを繰り返した長い過渡期だったと思われる。鉄器への移行の時期が過渡期として戦国時代の様相を呈することは中国の例にも見られるところであり、おそらくギリシアにおいてもポリスの誕生にともなう幾多の戦闘があったのであろう。ために資料的な遺物も少なく暗黒時代と言われるのであろう。ギリシアの抒情詩はこうした暗黒時代を脱した後、成立した都市国家の貴族層をパトロンとしたホメーロスなどの叙事詩人たちの活躍の後をうけて誕生してくるのである。

ギリシアの古代において抒情詩の父とされていたのは前七世紀のアルキロコス（Archilochos）であった。彼はパロス島の貴族と女奴隷との間に生まれた。父親から財産を分与されず、傭兵となって各地を放浪したが、後に帰国、失恋の後、戦場で没したといわれる。酒と女と戦いを歌ったというが、その詩は断片しか伝わらない。

俺は心ならずも繁みの中にみごとな楯を棄てて来た。

だがこの俺はお陀仏にはならなかった。
あの楯め、うせやがれ！
これにまけないのをまた手に入れるさ。

（『ギリシアローマ古典文学案内』（岩波文庫、一九六三年）より引用。訳は高津春繁氏）

古代において戦闘は共同体の最も緊密な協力を要する仕事である。しかし彼は疎外された生い立ちを持った一人の傭兵であって、疎外された自己を明るく抒情するのである。しかし彼の苦悩はいかに明るく歌おうとも疎外された自己に焦点があることは明かである。たとえば次の詩、

心よ、逃れがたい憂いにもてあそばれているわが心よ、
立ち上がって、敵対する者らに向かってお前の胸をさらし、
相手の攻撃を防げ、敵の近くに毅然として立て。
そして勝利のときも誰はばからず得意がるな、
負けても心屈して家で悲嘆にくれるな、
楽しきを楽しみ、不運を悲しむに過ぎるな、
知れ、すべての人はいかなる浮き沈みのもとにあるかを。

（『詩と社会』Ｂ・スネル、新井靖一訳　筑摩書房、一九八一年）

Ｂ・スネルはアリストテレスがこの詩を友人や身内の者たちへの憤怒の感情を歌った例として挙げていることを以て、裏切られた友情を歌った最も古い歌としている。友情が裏切られ、それを主題に歌うことは疎外され孤独を味わう自己を歌うことにほかならない。スネルは詩人が放浪の地タソス島で政治的・軍事的内紛にまきこま

れた際の歌と推定している。ポリスの成立期における共同体の離合集散が成員の心を引き裂いていったのだと思われる。

レスボス島の女性詩人サッフォー（Sappho）はギリシア抒情詩の美しい大輪の花である。彼女は土地の名門の出身であり、一時は政争にまきこまれシチリアに亡命をせねばならなかった。帰島後はアフロディテ（ヴィーナス）とムーサイ（ミューズ）を祭る宗教団体を作り、貴族の少女たちを集め詩と音楽を教えたという。前七世紀末の人。

月は入り
すばるも落ちて
夜はいま
丑満の
時はすぎ
うつろひ行くを
我のみは
ひとりしねむる

（『増補ギリシア抒情詩選』呉茂一訳　岩波文庫、一九五二年）

有名な詩であるが、サッフォーの作か否か疑いもあるらしい。しかし今は彼女の作と考えたい。森羅万象、静寂の中に動きゆく中心に「我」が存在して動いていない。何らの感情もあらわではないが、深かぶかとした自己凝視がある。自己のみが歌われる対象であることがはっきりとわかる。激動の時代を体験して生きた彼女は、人間の奥深い孤独に到達していたのだと思われる。

サッフォーと同じレスボス島にもう一人の抒情詩人アルカイオス（Alkaios）がいた。同じく前七世紀末、レスボス島の首都ミュティレーネーに生まれた。彼もまた土地の貴族出身であって新興市民層の支援による僭主政治に激しい反対運動をした。僭主ミュルシロスを打倒するために手を組んだピッタコスが自ら僭主となったとき、裏切られたアルカイオスは今度はピッタコスに対して憤激の詩を投げつける。剛直なアルカイオスは何度かの亡命生活をしているが、次の詩はその第一回めのものだ。

私はじっと耐えている、野人の運命を、集会の呼集をつげるなつかしい響きを耳にできれば、評議会の声が聞こえれば、と。

……

それらのものから私は追われ、辺境の亡命者だ。

オニュマクレースと同じように、ここで独りで、狼の暮らしだ……

（『西洋古典学』久保正彰、放送大学教育振興会、一九八八年）

歌われる対象が疎外された孤独な自己であることは明瞭である。歌われた感情は新しい時代の文学すなわち抒情詩であったが、詩人の立場は新しい時代のものではなかったようだ。何故なら彼を裏切ったというピッタコスはギリシアの哲人列伝中の人物であり、十年の僭主政治の後、ミュティレーネー市民の自治を回復させたのだから。久保正彰氏は前掲書の中で次のように言われる。「サッポーやアルカイオスは、ミュティレーネーの社会の上層部にあって権益の大部分を占有した少数者のグループに属していたことは間違いない。……ギリシア各地における僭主の台頭も、困窮した市民たちの、何らかの打開策を求める願望を背景としていたであろう。それに対して少数特権者たちが、既得権を犯されまいとして、結束して僭主政に抵抗したことも想像にかたくない」（前掲書、一〇一ページ)。

ギリシアの古代抒情詩はかかる政治状況の中で誕生した。僭主すなわちティラノスという専制君主に対する抵抗の中に生まれた抒情詩、旧体制の側から生まれた新しい文学である抒情詩、以後の歴史の発展をみるならば次代には明らかに抒情詩を肥培する土壌はない。時代は感性を捨てて理性の秩序構築を目ざして進むからである。

三　中国の古代抒情詩

中国の場合を見てみよう。中国の最初の抒情文学は詩経であろう。詩経は中国最古の詩集であって、収める詩三百五篇、西周時代（前七七一年以前）から春秋時代初期の詩を集めたものといわれる。抒情性を持つのは、その中の過半を占める国風といわれる諸国の歌謡を編した部分であって、多くが春秋時代以降の作である。その一つ、

柏舟（巻二　邶風）

汎《なが》れゆく彼の柏《ひのき》の舟の
亦た其の流れに汎れゆく
耿耿と寐《い》ねず
如《しか》して隠《いた》ましき憂いあり
我に酒の
以て敖《たの》しみ以て遊ぶべきもの無きに微《あら》ねど
我が心は鑒《かがみ》に匪《あら》ねば

以て茹《はか》る可からず
亦兄弟有れども
以て拠《たよ》りとす可からず
薄《いささ》か言《わ》れ往きて愬《うった》うれば
彼の怒りに逢いぬ

我が心は石に匪ねば
転《ころが》す可からざる也
我が心は席《むしろ》に匪ねば
巻く可からざる也
威儀は棣々《ていてい》として
選《かぞ》う可からざる也

憂いある心の悄々として
群小を慍《うら》む
閔《なや》まさるるに覯《あ》うこと既に多く
侮《あなど》りを受くること少なからず
静かに言《わ》れ之を思えば

寤《さ》めて擗《むねう》つこと摽《ひょう》たる有り

日や月や
胡《な》にゆえに迭《たが》いに微《か》くるや
心の憂うるは
澣《あら》わざる衣の如し
静かに言《わ》れ之を思うに
奮いたちて飛ぶこと能わず

（『詩経　国風　上』（中国詩人選集1）岩波書店、一九五八年　吉川幸次郎訳）

右の詩は、吉川氏の解説によると古注は前九世紀初頭、西周なかごろの歌とし、朱子は衛の荘公の正夫人荘姜の作かとするという。後者ならば春秋時代に降った作である。この巻以下が変風と呼ばれ社会秩序のもはや不完全な時代の歌謡と考えられてきたことと合わせ考えれば、成立は春秋時代以後と考えるべきであろう。ただし作者が荘姜であるのは疑わしく、おそらく巷間の無名の芸能者の伝承のうちに成立した詩であろう。しかし吉川氏が「抒情詩のさいしょのもの」と言われるのも当然と思われるほど、濃い抒情性を持った作である。「我が心」をうたう点、兄弟さえ頼りにならぬ孤立、日月すなわち世界不如意の嘆き、自己の無力感などみな抒情詩の世界のものである。が、やはりこれは抒情詩への過渡期にある作品と位置づけておきたい。なぜならばこの詩の作者が不明であって、と言うより不明であることが差し支えないこととして享受されてきたことが、この詩の歌謡的性格を示しているからである。繰り返しの句の存在も謡いものの性格である。

斯波六郎氏は詩経の中の「我が心は傷み悲しむも　我が哀《なげ》きを知るもののあらぬ」（小雅、采薇）、「心の憂うるそれ誰かこれを知らん」（魏風、園有桃）、「念うて我れ独り　憂心の慇慇《いたいた》し」（小雅、正月）などの詩句を挙げて、これらが疎外された苦悩を歌ったものだとされながらも、「がしかしこれらは、或いは肉体の隔離から来た悩みが主であって、そこには精神的な煩悶が乏しかったり、或いは精神的な煩悶ではあるが、それはまだ甚だ素朴であり、且つその表現もまた簡単なものである」（『中国文学における孤独感』岩波書店、一九五八年。一六ページ）とされている。前掲の「柏舟」も苦悩の表現としては直截的で素朴な感が確かにある。詩経には抒情詩発生の萌芽があったと言うにとどめるのが妥当であろう。しかし中国の文学史は詩経の延長線上につらなる形では抒情詩を開花させなかった。そして抒情詩のかわりに諸子百家の散文、つまり哲学・思想が花開いたのである。このことは前掲の西郷氏が述べられたように抒情詩の時代が散文の時代と無縁ではないことを示すものである。ギリシアにおいても僭主ピッタコスがミュティレーネーの政治的混乱を新しい秩序によって収束しようとしていた時代が詩人アルカイオスやサッフォーの時代だった。ギリシアでは散文の時代すなわち哲学・思想の時代は抒情詩の時代の後に来るが、散文的合理性、秩序への欲求は既に抒情詩の時代の僭主らによって表明されていた。中国では諸子百家の唱える各種の思想が抒情詩より強く時代の要請に応えたことになる。

しかし中国南部では事情が異なっていた。戦国の末期、紀元前四世紀から三世紀にかけての頃、激しい抒情の歌を残した屈原が現れたからである。楚辞と総称される作品群の中には屈原以外の時代の作品も混っているが、「離騒」「九章」などは屈原の作として確実視されている。これらの作品は作者の個性が明らかな抒情の文学であって、作者不明の歌謡集である詩経とは全く異質であり、文学史的脈絡、影響や伝承関係のないものである。楚辞は「神を祭り人を治めるために楚国独自の声調の儀礼文学が発達して、それが周末の楚国に生れた詩人屈原によって、詩篇の文学形式にまで高められた」ものと星川清孝氏は言われる（『中国古典新書　楚辞』明徳出版社　一九

七〇年　一一ページ)。

楚辞を抒情詩とするには楚辞はあまりに神話的であり叙事的であるとしてこれを叙事詩とよぶ説もあるが、たとえば万葉集の高市皇子挽歌が叙事詩と言い難いように屈原の作品は叙事的な性格があっても叙事詩ではない。屈原は事を述べようとしているのではない。内心の憂悶を表現しようとしているのである。「離騒」は彼自身の生い立ちから歌い始め、君主に容れられず放浪し、天帝のもとに行くが、なお絶望しか無かったことを歌う。その内容は屈原が楚の国の重臣でありながら、秦との妥協をはかる懐王あるいは頃襄王に諫言して用いられず遂に汨羅に身を投じるに至った生涯を述べて自叙伝風である。しかし作品の多くの行に作者の憂愁や悲憤が満ちみちており、その表白こそが作者の目的であることは一読して明瞭である。最後に彼は歌う。

乱に曰く、已んぬるかな、
国に人無く、我を知る莫し。
又何ぞ故都を懐《おも》はん。
既に与《とも》に美政を為すに足る莫し。
吾将に彭咸の居る所に従はんとす、と。

(星川清孝氏前掲書)

右には世に容れられぬ絶望と深い孤独の意識がある。「個人と社会の矛盾、衝突が、この文学の主題であり」(『中国詩史　上　筑摩書房　一九六七年』三四ページ)と吉川幸次郎氏は言われる。社会との矛盾・対立の中に自己の孤独・疎外を歌うのはギリシアの抒情詩人たちの作品でも同様であった。ボナールの言う「抒情詩……闘争時代の詩」の言葉(前述)が思い合わされる。抒情詩の発生の基盤に東西通い合うものがあるのである。

四　抒情詩発生の基盤

ギリシアの叙事詩人ヘシオドスは「仕事と日」（松平千秋訳、岩波文庫、一九八六年）という叙事詩の中で、人間の歴史を五つの時代に分けて述べている。最初に金の時代、次に銀の時代、そして青銅の時代となる。その間、人間は次第に堕落してゆく。そして次の英雄の時代に部分的に人間への評価は高められるが、次いで又も悪化の過程である鉄の時代へと入ってゆくという。ヘシオドスは紀元前七〇〇年頃の人であるから、ギリシアの抒情詩の時代の直前の人と言ってよい。すでにギリシアにおいては鉄器文化の時代である。彼のいう金銀の時代は過去を美化する観念が生んだ空想の時代であるが、青銅の時代以降には実際の歴史の裏打ちがあるだろう。ギリシアではミュケーナイ文化といわれた前十二世紀までの文化は青銅器文化だったのである。そしてその後につゞく暗黒時代ともいわれる異民族侵入の時代がヘシオドスのいう英雄時代であり青銅器から鉄器への移行の時期だったと考えることができる。ホメーロスの名のもとに伝わる英雄叙事詩「イーリアス」や「オデュッセイア」は、ミュケーナイ文化の最後を飾る時代の戦いを、その後のいわゆる英雄時代に多くの人々が伝承し熟成させ、前八世紀にほぼ現在の形に成ったものである。したがってホメーロスの英雄たちは実際に彼が生きていた時代の姿というより、その後の時代の姿で形象化されている部分が多いことになる。このような叙事詩を享受していた人々が、青銅の時代の次に英雄の時代を立て、ヘシオドスもその認識に従って歴史を理解していたのだと考えられるが、注目すべきはヘシオドスの現代すなわち鉄の時代に対する考え方である。

ヘシオドスは鉄の時代について次のようにうたっている。

………

これからの人間はもう鉄の時代だ、陽のあるかぎり
苦労をまぬかれず、夜の一刻も悲嘆をわすれえず、
衰滅の道を歩むにちがいない。神々のもとからは手に負えぬ心痛がやってくる。
………
父は子らと同じからず、子らも父と同じからず、
客は主人と同じからず、仲間同士も同じからず、
兄弟も、それまでのつながりを絶つ日が来るにちがいない。
そしてたちまち子供らは老いゆく親たちを親として扱わなくなるだろう。
………
正邪は力で決められる。だから恥つつしみは
もう用はない。卑しい男が力すぎる男をば傷つける、
曲った話をさしむけて。偽りの誓いをたてることもあろう。

（久保正彰『ギリシア思想の素地』岩波新書、一九七三年）

こうして鉄の時代には恥の女神もとがめの女神も人間の世界を見捨てて去ってしまうだろうとヘシオドスは歌う。鉄の時代には人間の道義は地に堕ちるのである。これはおそらくヘシオドスが見聞した現実をもととした推定であろう。鉄器文化はそれまでの共同体を破壊し、それまでの信仰や祭祀を変質させた変革の時代を拓いたのである。容易に原料を入手し、その精製技術によって剛柔さまざまな性質の利器となる鉄器は、武器や農具として戦争に農耕に革命的な変化をもたらしたのであった。この変化の時代がギリシアではいわゆる暗黒時代であり、

中国では春秋時代から戦国時代であった。この時代にギリシアでは各地に都市国家が成立し、そして僭主制がしばしばそれらの都市国家に出現する。中国では周が衰え春秋の五覇の後、戦国の七雄が割拠し、互いに争いつつ秦の専制国家に統一される過程をたどる。鉄器の普及は、一旦は既成の社会を変革し混乱させ、そうして新たな秩序の形成に向かって動いてゆくのである。

ヘシオドスは鉄の時代の新しい女神をディケーと呼んでいる。ディケーは通常「正義」と訳されるが、前掲書の久保正彰氏はディケーをもっと具体的なものとされ「王の裁き」とか「正当な言分」とか「定め」とかの意味を持つと言われる（前掲書一八八ページ）。そしてディケーの実体化が立法者ソロンの政治であったとされる。してみれば鉄の時代の新しい秩序は神託や道徳ではなく法によって形成されるのである。支配者の統治のための法秩序は時に神託や道徳などの古い要素を持ちながらも合理性を根幹としつつ妥協や強制を含んだ政治的な秩序である。ギリシアでは鉄の時代に起った旧貴族と新興の市民階級の対立を背景にしばしば僭主が権力をにぎる。そしてやがてその混乱をディケーすなわち民主制に基づいた新しい法秩序が収束してゆくのである。ギリシアの抒情詩はこの過程の前半、僭主の時代に最も盛んであったように見える。後半の民主制の確立期には抒情詩にかわって知性の文化すなわちギリシア哲学を始めとする天文学、数学などの諸学問が栄えた。

中国の鉄の時代は春秋時代から始まるが、鉄器の普及は戦国時代になってからのことである。むしろ鉄器の普及が戦国時代を招来したと言うべきであろう。すぐれた鉄製農工具が潅漑・開拓事業を盛んにし農業生産を発展させ、鋭利な大量の鉄製武具が戦いのあり方を変え、新しい政治勢力を勃興させ、旧来の国家と対立の状態を現出して戦国時代となるのだからである。しかし中国の戦国時代は諸子百家争鳴の時代だった。ギリシアでは抒情詩の盛行の後に知性の文化、学問がおこった。対するに中国では抒情詩に先行して知性の文化が栄えたようにみえる。しかし当代の百家争鳴の思想の自由は、小倉芳彦氏の言われる「権力のために考えることの自由」（『教養人の東洋史　上』現代教養文庫、社会思想社、一九六六年）という性格の濃いことに注意しなければならない。もっとも、すべての思想が権力のために考えたのではなく、たとえば無為自然の道家、非戦論の墨子の如き権力と無関係あるいは対立する思想もあるが、一般的にいえば中国では広大な土地、自然の中で政治権力を抜きにしては人間社会を考えることができず、それだけに反権力の思想の存在の余地は少なかったのであろう。同じ理由によって反権力の感性、疎外された個性を歌う抒情詩も生まれ難かったのが、戦国時代中国の実状だったと思われる。そうしてしかし、中国の抒情詩は強烈な政治的関心のもとに南方の楚に生まれた。そこは諸子百家の知性の活躍した北方ではない。湿潤な風土のなかで感性も本来豊かであり、古代的な呪術的心性の残る中国南部である。詩人は、楚の国の権力者の一員でありながら内部抗争によって権力から疎外され、更に外部の秦の権力に立ち向かっていた屈原であった。その敵対勢力、秦はまさに知性の秩序、合理の法制国家を樹立した専制国家であって、ギリシアの抒情詩人たちが対立した僭主制に、その程度や規模はともあれ本質的に似通うものがあったのである。

鉄器文明の発生は旧来の貴族的な文明を破壊して新しい社会階層を掘り起こす。その移行過程の混乱がいわゆる暗黒時代（ギリシア）であり、戦国時代（中国）である。混乱の収束は専制権力を生む傾向がある。同時に神々の権威によらず（神々も人間によって変革され）人間の力による秩序が求められる。法による正義がその代表である。秩序への求心力がまだ稚く弱い時に、あるいは稚く弱い場所に、神々の呪縛から脱した人間の感性の声があがる。これが抒情詩の誕生である。したがって抒情詩の発生の基盤は同時に人間の知性の文化、思想・学術の基盤でもある。そしてまた法制国家への成立過程である。ギリシアと中国の抒情詩の発生の様相に共通するのは、大まかに言えば右のような事情である、と私は思うのである。

五　日本古代抒情詩の発生

ひるがえって日本の場合はどうであろうか。日本の古代に鉄器文化に先行する判然とした青銅器時代は無かった。青銅器文化は鉄器文化とほぼ同時に日本列島に伝来した。したがって鉄器文化以前に金属器を使用した高い文明が存しなかったことは、ギリシアや中国との大きな違いである。鉄器文化の渡来によって原始未開の状態から一挙に文明の状態へ突き進んでいったのである。

日本列島への鉄器の渡来は考古学的にみて縄文晩期に遡る可能性があるとされるが、弥生前期とするのが穏やかなところであろう。しかし問題は鉄器の最初の渡来時期ではなく、鉄器の普及によって社会変革が行われたことであるから、支配階級、なかんずく強大な権力の発生した古墳時代中期、五世紀後半が我が国の鉄器文化の実質的な開始期である。しかしその時代もまだ鉄素材は大陸からの輸入にたよることが多かったようである。森浩一氏は「日本列島の製鉄の開始――それは需要の大半を満しうるという意味での製鉄である――を、六世紀に求められると考えている」(『稲と鉄　日本民俗文化大系　3』小学館、一九八三年)と言われている。これを文献の上にあてはめるならば継体・欽明朝ごろのこととなろうか。もし継体天皇を北陸の地方豪族出身だとするならば、あるいはそのような想定をしなくてさえも、継体は近江国、美濃国など畿外の金属器製錬技術を自己の支配下において権力を持った支配者であった。そして中央では雄略朝以後の諸豪族による覇権闘争が続き、ようやく蘇我氏の発展によって専制化、中央集権化の方向がはっきりと形をとりつつあったのが六世紀である。

もしもこの時代に、中央の政治権力によって圧倒された中央・地方の諸豪族の中に孤立・疎外を感じる感性を持ち、それを表現する能力を持った人間が存在したならば、継体・欽明朝は抒情詩を生んだかも知れない。しかしこの時代は日本の文学史はまだ夜明け前である。前代にギリシア、中国のような高文化の青銅器時代がなかったためと言えるだろう。仏教や道教、儒教のような外来の精神文化が日本人の精神生活を開発してゆくのは、途中に聖徳太子のような例外があるが、おおよそ大化改新の後まで待たなければならなかった。改新が上からの改革でなされたものであったにせよ、また改新という史実がなかったと考えるにせよ、この時代、七世紀後半の日本は滔々たる社会変革の波が押し寄せていた時代であった。対外関係の緊張と、それに対応するための中央集権化による国家の法秩序の構築が急速に進められていたのである。古代の呪的なものが摩擦を伴いつつ篩い落とされてゆくのがこの時期である。また篩い落とすべき呪的なものを、内容を空洞化させつつも政治の要請によって逆に再組織し肥大させてゆくのもこの時期である。

王権の専制化を目指した法秩序の確立への過程は、近江令、浄御原令、大宝律令、養老律令となって完成する。藤原氏を中心としたこの動きに適応できなかった旧豪族の代表が大伴氏であった。そして抒情詩人は大伴氏から輩出するのである。しかし日本の抒情詩人の最初の人の名は大伴氏の人間ではない。歌を歌うことを以ておのれの人生としたという意味での抒情詩人は、額田王、柿本人麻呂、高市黒人らが最初であるだろう。彼らは専制権力の確立を目指す王権が法秩序を完成させる直前の人々である。彼らは朝廷で何らかの官職に就いていたのかも知れない。しかしサッフォーやアルカイオスがいかなる職業に就きいかなる仕事をしていたのか明瞭でないように判然としない。しなくともよいのである。どんな仕事をしていたにせよ、彼らは詩人として社会から遇されて生きたのである。彼らの出現してきた基盤が日本の抒情詩の誕生の基盤である。大局的にみれば大伴家持までを含んだ万葉集の歌人たちの基盤が日本の抒情詩の基盤であり、律令制と抒情詩の相剋関係を考えるには、その方が好都合と言える側面もあるが、今は抒情の発生期にしぼってその誕生の基盤を考えたい。

額田王は皇極朝に遡る歌もあるが天智・天武朝の歌人である。彼女の歌は公的なもの、私的なもの両様あるが、公的と見られる歌に濃厚に個的な感性を盛った詠嘆のあるものが多い。たとえば万17・18の三輪山の歌は近江遷都に際しての大和の象徴たる三輪山に対する鎮魂儀礼の歌とされている。しかし我々が、少なくとも私が自分の感性を偽らずに先ず感じるのは儀礼性よりも作者個人の三輪山への惜別の情である。心ならずも引き離される大和の風土、その象徴である三輪山への作者の熱い思いである。山霊の鎮魂が王権の意図であって額田王がその意図に添って歌っているのだという享受の仕方は、額田王の熱い心情をどれほど汲みあげているのであろうか。作者は、政治的事情はどうであれ、ここではこう歌うしか自己の心の真実は無いといった歌い方をしている、と私は思う。孤独とか疎外とか殊更な語句は未だ作者の語彙の中にはないが、作者は十分にそうした心情を感知し得る感性を持った歌い方をしていると思われる。権力に対する露わな抵抗は何もないが自己の心情は毅然として誰のものでもない、作者のものとして歌っている。

柿本人麻呂は王権讃美の歌をしばしば歌った。その心情については既に述べたことがあるので省略するが、彼もまた自己の心情を偽らずに歌った人であって、王権に阿諛追従した人ではない。彼のそのような心情を正確に受け取った後代の人々が、やがて彼の流人伝説の形成に手をかすことになったのであろうが、今、それは当面の問題ではない。人麻呂は近江荒都歌（万29～31）において遷都に疑問を呈しながらも、その廃墟に万斛の涙を流している。これもまた土地の霊への鎮魂であるとの説があるが、人間の感性の千古不易の普遍性を信じて享受する方が、この歌に対する真率な感動をよび起こすであろう。人麻呂はこの時、天智天皇もなく天武天皇もなく、政治への顧慮は全く心になく（もちろん土地の霊への畏敬などという心情もなく）、ただただ過ぎて行ってしまった人々や時間を偲んで悲しかったのである。自立した感性があるばかりであって、ごたごたした雑念は無いのである。

かくしてこの歌は抒情詩として受容できるのである。

彼らと同時代に遂に文献に名を留めなかった抒情詩人がいた可能性がある。たとえば古事記に多くの歌謡を組み込んでヤマトタケル物語を作りあげたような人物がそれである。思国歌はタケルの臨終の歌として物語の中に置かれたことによって豊かな抒情性を獲得した。そのように計量した人物は自らの歌を残さなかったが、抒情詩人たるにふさわしい感性を持っていたと言ってよい。周囲にこのような感性の存在があって、その基盤の上に立って額田王、柿本人麻呂らの出現があったと言えるだろう。

七世紀後半を日本の古代抒情詩の誕生の時代だということができる。それは鉄器文化の渡来に端を発した古代の仕上げの時代である。鉄の時代の必然の帰結としての、ヘシオドスが歌ったディケーの時代すなわち正義をたてまえとする法の秩序の時代の直前の時代である。ギリシアの法秩序は時おりの僭主制を克服した民主制のもとに施行されたが、中国のそれは次第に強化されてゆく専制君主政治を用意し、それを維持するためのものだった。日本は後者にほぼ近い。そしてわが古代抒情詩はあからさまに専制批判はしなかったが、感性の自立だけははっきりと示していた。

抒情詩という名でよばれる文学ジャンルの文学史的普遍性を求めて、多くの相違を無視しながらも大まかにギリシア、中国、日本の古代の一時期を検討してみた。御批正をいただきたい。

付記、右は昭和六十三年七月十六日の美夫君志会全国大会の公開講演会で述べた内容に補訂を加えたものです。松田好夫先生は当時すでに御病床にあって私の拙い話をお聴きいただくことができませんでした。先生の御冥福を祈りつつ小稿を捧げたいと思います。

二　人麻呂・憶良・赤人・家持

——抒情詩の類型——

小説家にして評論家でもあった伊藤整が「芸術は何のためにあるか」という論文を「中央公論」に発表したことがある（一九五六年七月号）。彼はそこで「芸術は一つには生命の認識のために、もう一つには秩序を人間性に即して批評するために存在してゐる」と述べ、《生命は本来何の束縛もない自由な状態を欲求し、外在の秩序に抵抗する、したがって外圧が強いほど生命は圧迫されて濃厚となり、やがては外圧すなわち秩序を打ち破って奔騰する、人がしばしば社会秩序を破壊し、風俗を紊乱する内容の作品に感動するのは、そこに濃厚な生命の充実感を覚えるからである》と言って、トルストイ、ドストエフスキー、荷風、潤一郎などの反道徳的、反倫理的とみなされながら傑作でもある作品の文学的価値を解説してみせた。

芸術をこのようなものと規定する伊藤理論は、翌八月号の「新潮」の座談会で、臼井吉見氏、中村光夫氏らによって「近代小説の常識」として支持されたが、翌九月号では、山本健吉氏によって反論された。山本氏は、すぐれた芸術がつねに秩序に対立する生命の形をとるとは限らないとして、その具体例に柿本人麻呂と松尾芭蕉の作品をあげ、《人麻呂は秩序と合体し、合体していることさえ意識していない時に最も生命感濃厚な歌を作った》

と言われた。私見によって解説するならば、山本氏は人麻呂は古代の共同体の精神の中でこそ最も伸び伸びと己が感性の解放が行われたと言われるのだと思われる。

この山本説に対して伊藤整は「正義感と芸術性」(「新潮」同年十月号)で反論し、自説を修正しつつ維持したが、今、その経緯は長くなるので省いておきたい。私はこの論争の十年後に両氏の論文を読み、人麻呂の作品理解についての有益な手がかりを与えられ、同時に両氏の説のいずれを支持するかの選択を自ら迫られた。そしてその結果、私は伊藤理論を採っていくつかの人麻呂に関する論文を書いた。(「柿本人麻呂論序説」〈古典と現代　三四号〉、「人麻呂にとって歌とは何であったか」〈国語と国文学　四九巻十号〉など)ただしそこでは、人麻呂の生命と対立する秩序は、天皇制権力による社会秩序ではなく、古い共同体の秩序である呪術信仰の枠組みであると考えた。

呪術は原始未開の人々には、人間を限定し抑圧する絶対的な枠組みである死や運命、あるいは暴力的な自然を幻想的ないし観念的に克服する重要な手段だった。そして一定の呪術信仰を共有することによって共同体はその結束を保持し、秩序を維持し得たのである。しかし人麻呂の活躍した七世紀末は、もはや原始未開の社会ではない。階級社会の成立した文明の段階である。六世紀後半、欽明朝前後からの大陸文化との頻繁な接触、大化改新以後の急激な積極的なそれの受容は、皇室の専制権力の確立を促し、古代共同体を確かな足どりをもって崩壊にみちびいていった。共同体を支えた呪術信仰もしたがって当然衰退していく運命をたどる。

しかし、政治組織や社会制度は急激に変化しても、人間の感性や観念は一朝一夕には変わらないのが普通である。呪術に頼りたくなる心情は現代の人々の間にも普遍的に存在し、呪術的行為に引き込まれやすい心理のメカニズムは人間に本来的のものである。人麻呂の生きた時代はまして生ま生ましく呪術信仰は生きていた。しかしそれは新しい感性(というより人間性本来の自然な感性)とのせめぎ合いの中に生きていた。人麻呂はそのせめぎ合いの緊張を、彼自身ドラスティックに体験しそして表現した詩人である。決して呪術信仰に埋没して、共同体の秩序に合体して歌った詩人ではない。

たとえば人麻呂は泣血哀慟挽歌（二・二〇七～二一六）において痛切に妻の死を悲しむ。「……吾が恋ふる千重の一重も　なぐさもる情もありやと　吾妹子が止まず出で見し　軽の市に吾が立ち聞けば　玉だすき畝火の山に鳴く鳥の声も聞えず　玉ほこの道行く人も　ひとりだに似てし行かねば……」（二・二〇七）と妻の面影を求めて巷をさまよう。死んだ妻との霊的な交感を求めたのではなく、道を行き交う生きてある人々の中に、同じように生きてあった妻を生き生きと実感したかったのである。呪術信仰による慰めではなく、人間的な感性の満足が渇望されたのである。しかしこの渇望は満たされない。なぜならば個にめざめた詩人の愛は他にまごう者なき存在として妻を認識していたから。そして死は生との決定的な断絶であることを大陸渡来の新しい観念が教えていたから。死んだ者は再び帰って来ない。白鳥に夫を幻視した倭建の后妃たちや倭大后のような呪術信仰の目を人麻呂は持っていない。呪術から解放された感性はここにおいて絶望の悲しみを味わい「……ひとりだに似てし行かねば　すべをなみ……」と歌うのである。この絶望の時点に何があったか。救いの手は呪術から差し伸べられる。「……すべをなみ　妹が名喚びて　袖そ振りつる」。名を呼んで袖を振る行為は単なる追懐の情の表現ではなく、死者の霊を招く魂招きの呪術行為である。第二長歌（二一〇）において、すべなき絶望の時点で石根さくみて山路を分け入るという呪術行為を歌っているのと同様の構成である。

呪術を超えた自由な人間的感性を歌いあげてきた人麻呂は、ここで再び呪術の世界に立ち帰らざるを得なく追い込まれたのである。しかしそこに魂の充足があっただろうか。もし魂の充足や安らぎがあったなら、歌は穏かな余韻をわれわれに伝えてくれるはずだ。この歌にそのような余韻はない。袖を振った、しかしやはり立ち戻ってきたのは再度の絶望であった。歌はそう語っているように思われる。その点、第二長歌ははっきりと「石根さくみて　なづみ来し　好けくもぞなき　うつせみと　思ひし妹が　玉かぎる　ほのかにだにも　見えなく思へば」と呪術信仰への絶望を表現している（この直接的な説明部分が第一長歌に比べて詩の緊張度を弛緩させ、感銘を薄くしている）ので、再度の絶望が明白である。

かくして人麻呂は人間的感性の解放の結果絶望し、呪術信仰へ回帰の結果絶望し、もはやなすすべの全くない時点でこの歌を歌うのである。したがって、彼はこの歌を歌うことでわずかに最終的な絶望から免れ得ており、わずかに彼の生が支えられているのである。彼の詩が彼の生を支えている、その意味で彼は真の詩人であるということができる。

とまれ彼の詩はこうして呪術信仰の枠を突き破った地点で歌われた生命の叫びである。私はこのような観点から人麻呂の詩の本質は伊藤理論に適合すると考えたのである。

しかし今、私は人麻呂を秩序に抵抗する生命のがわからばかりでは捉えられない、さらに多面的な側面を有する詩人だと思い始めている。それは山本氏の言われる秩序と合体することさえも意識しない程秩序と一体化している側面の存在をも認めることであると同時に、より本質的には、そのような二様の秩序と生命の関係の図式のいずれかを人麻呂の本質であるとか優勢であるとか判定するのではなく、人麻呂はある時は秩序・運命・自然と対立し、ある時はまたそれらと渾然と融合しつつ、生命そのものを歌った詩人であるということである。前述の泣血哀慟歌に、歌うことが生きることであるという詩と生との等価が表現されていたことを思えばそれは当然のことである。

人麻呂の詩の中に詩の根源的存在があり、あらゆる詩精神（ただし抒情詩の）の原型がある。人麻呂においてなぜそのような詩のあり方が可能だったかを詳しく述べる余裕がないが、抒情詩誕生以前の古い芸術の果実と生まれ出たばかりの抒情詩の花が匂いやかに開く豊かな季節にすぐれた芸術家の資質が幸運にもめぐり会ったためだとだけは言えよう。具体的には天武・持統朝の時代精神と文化史的基盤を詳論しなければならない。

人麻呂以後の詩人たちは、人麻呂の内に在った詩精神のある側面のみを己が資質に応じて継承した。その結果の彼我の相違をわれわれは詩人の個性とよんでいる。山上憶良は人麻呂の詩が秩序と対立する生命の表現である側面を受け継いであの独特な詩風をなした。山本氏が伊藤理論の適合する例は憶良にこそ適わしいと言われたのは正しい。ただし憶良が人麻呂と違うのは、人麻呂にとっては人間の感性を古い呪術から解放する力であった天皇の権力による新しい社会が、憶良にとっては人間の生命を抑圧する固い権力秩序の社会となっていたことである。

山部赤人は秩序と合体し調和することによって己が生命の充足を感じ、表現した詩人である。赤人の叙景歌、就中吉野従駕歌（六・九二三〜九二五）が天皇制権力機構に疎外された下級官人の、直接的な王権讃美をなし得ない心情ゆえの叙景であるとの説に私は与し得ない。長歌の整然たる対句構成は反歌二首の構成にまで及んで、「み吉野の象山の際の……」（九二四）は朝であり、「ぬばたまの夜の更けゆけば……」（九二五）は夜である。この一組の長短歌のみごとな均衡のどこに疎外や不遇の感情が潜み得よう。またさらに象山の歌には、朝もやの風景も、一見さわがしい鳥の声も次第に収斂されて穏かな静謐な調和の世界が現前するし、ぬばたまの歌には水量豊かにたぎつ吉野川の瀬音も響かぬよう表現効果を周到に配慮した静寂な調和美がある。声調もなだらかに、倒置、逆接、仮定などの波瀾の技法を用いない。赤人の作のすぐれたものは、このような端正な調和に満たされた作品である。

赤人は人事社会そのものは歌わなかったが、それは社会が不調和だったからではない。王権は賛美しており、王権の君臨するこの世界の中で、最も調和に満ちたものとして彼の感性が把えたものが自然であった。律令制社会からの疎外が彼を叙景に向かわせたのではない。自然を歌うことによって彼は十分に王権下の律令制社会を賛美しているのである。

赤人が自己の生命に原点を置いてその躍動や燃焼を表現する詩人ではなく、自己と他者（外界）あるいは自己の周囲に存在する他者どうしの調和・均衡に生命の充足感や平安を感じる詩人であったことは、王の権力の下に整然たる秩序が永続することを理想とするような社会にとって都合の悪いことではない。かくして赤人は王朝にその文学的生命を持続させる。古今集のかな序に人麻呂と匹敵する評価を受け、しかも引用された赤人の歌は正しく万葉集内の彼の歌であって（その点、人麻呂の歌は彼の作であることが明瞭ではない）、彼が王朝の歌人に正確に理解され享受されていたことを示している。王朝の美学に合致していたのである。

さてここで私は一冊の書物を思い出す。それは谷川徹三氏の『縄文的原型と弥生的原型』（岩波書店、一九七一年）である。谷川氏は日本の美の原型をこの二種の土器に認められ、一方は自由で奔放な形、怪奇な力強さ、暗い不安を秘めた情念の焔を表現しているようなところがあり、他方は器物の機能に従った安定した美しさ、すなおで優しく明るい親しみやすさが表わされていると言われる。そして弥生の美の系譜が日本の芸術の正系であったが、時に縄文の美の系譜も、一つの時代様式の中に、あるいは個々の天才の中にさまざまの形で生きてきた、たとえば貞観の仏教彫刻、桃山の障屛画、日光、白隠、北斎がそれであるとされる。

同じようなことが文学の歴史についても言えるのではなかろうか。人麻呂の詩の力強い生命の叫びは縄文的な美の原型につながるものを持ち、赤人の端正な調和は弥生のそれなのではないか。そしてこの二種の美は文学を含めたあらゆる芸術の美の基本的類型なのではないか。安定した秩序の中に人々の精神が充足するような時代には、弥生的な赤人的な美が歓迎され享受される。古い秩序を打ち破って新しい秩序が確立されるまでの過渡的な動乱の時代には、生き生きと躍動する生命的な力強い芸術が生まれる。時代と芸術との関係については一般論として大雑把に以上のようなことが言えるであろう。そして個々の芸術家や詩人たちは持って生まれた己が資質がいずれの原型により多く親近性を有するかによって、あるいは時代に迎えられ、あるいは顧みられない幸不幸を経験するのであろう。

しかし言うまでもないことだが、人麻呂はもとより、赤人にしても憶良にしても二種の類型のいずれか一方に全く含まれ得る存在ではない。いずれをより多く分有し、いずれの型の美によった時に他方よりもすぐれて自己の資質を発揮できたかというに過ぎない。

ところが以上の二種の美のいずれにも己が資質の花開く土壌を見出し得ない不幸な詩人がいる。そんな不幸の影を曳く詩人が大伴家持である。名族大伴氏の貴公子家持は、本来ならば律令制社会の中で安定した秩序を賛美する側の人間であった。しかし藤原氏に押されて頽勢の大伴氏にとってしばしば現実の秩序は不満足な抑圧の枠組みでしかなかった。秩序との調和を望んで果たされず、かと言って現実と対決し乗り越えていく力強い生命力をも資質的に持たなかった家持には、疎外された自己と、自己を疎外した外界が併存して存在するだけである。このような自他の調和でもない対立でもない無関係の関係、有機的とは言えないいわば無機的な関係が時に一種の美を発揮することがある。物の存在だけが奇妙に鮮明に浮かびあがるような美である。

「もののふの八十をとめらが汲みまがふ寺井の上の堅香子の花」（十九・四一四三）「春の園紅にほふ桃の花下照る道に出で立つ少女」（十九・四一三九）。これらの歌を五味智英先生は映発の美と言われた。そのことは「第二章、七」を参照されたい。映発とは互いに他を照らし合って映えることである。しかしそれは調和ではない。自と他、存在と存在が明確に己の存在のみを意識しつつ併存している。をとめらは堅香子にかかわっていないし、桃の花に働きかけているわけではない。「うらうらに照れる春日に雲雀あがり心かなしも独りし思へば」(十九・四二九二)も風景と作者は映発し合う二つの存在であるだけである。それだけに孤独という外界とかかわらない存在感が強く浮かびあがるのである。

このような類型を私は芸術における第三の基本的原型と言えるのではないかと思う。外界と有機的に関係せず、己の存在だけが表現の追求対象となる時、それはもはや生命の上昇ではなく下降の認識である。抒情詩の歴史の一サイクルが家持を以て完結するのも当然といえば当然のことであった。

第一章　王権と万葉歌

――平城遷都以前――

一　舒明・雄略御製「夕されば……」錯雑考

序

A　夕されば小倉の山に鳴く鹿は今夜は鳴かずいねにけらしも（八・一五一一）
　　暮去者　小倉乃山尓　鳴鹿者　今夜波不レ鳴　寐宿家良思母

B　夕されば小椋の山に臥す鹿し今夜は鳴かずいねにけらしも（九・一六六四）
　　暮去者　小椋山尓　臥鹿之　今夜者不レ鳴　寐家良霜

Aの歌は巻八の秋雑歌の冒頭にある歌（一五一一）で、作者は「崗本天皇」と題詞に記されている。一方、Bの歌は巻九の巻頭、雑歌の冒頭に配された歌（一六六四）で、作者は題詞に「泊瀬朝倉宮御宇大泊瀬幼武天皇」とあり、左注に「右或本云崗本天皇御製　不レ審二正指一　因以累載」とある。

両歌は第三句に異同があるのみで、原歌が、流伝の間に作者を異にするとともに歌句にも小異を生じたものだと考えられ、この点に関しては共通理解が成立していると思われる。ところが原歌がAであるのかBなのか、はたまたAB以外の原歌があったのかについては、Aを原歌と考える説が多いとはいえ、長らく決定的な落着を見ているとは言えないようであった。しかし曽倉岑氏の「舒明天皇『夕されば』の歌について[1]」の論考が発表されて以来、両歌の先後関係についての新しい考察は無いようであって、曽倉氏の説は（今後に有力な反論が現れない限り）現在の最も妥当な見解として認められるように思われる。曽倉氏の説は簡単に言えばAを原歌とするものであって、AはBを改作したものではなく、舒明天皇の体験に基いた自作であり、その伝承の間に第三句が伝承の語句である「臥す鹿」に変化したものであるとされる。そして背景に仁徳紀の記事の如き鹿物語の流伝があったとは認められないことを五点に挙げて論じられた。私見は基本的に曽倉説を支持し、その上に立って作者舒明天皇と雄略天皇との錯雑の理由を考えようとするものである。ただし曽倉氏が小倉の山の所在を桜井市今井谷付近との説に従った上で雄略天皇と小倉の山との関係が直接には認められないことを以て、BがA以前に伝承歌として雄略天皇に結びつくことは無いとされた点については、後述するようにやや見解を異にする部分がある。舒明御製が雄略御製に伝承の過程で（伝承の主流では舒明御製として伝わったのであろうが、傍流において）移行する理由の一半は、人々が雄略天皇は（今井谷付近にはあらざる）小倉の山に地縁があると考えていた点にあると私見では思われるからである。

一　血統上の相似性

舒明から雄略へと作者が移行した原因を私は二つ考える。その一つは舒明と雄略との系譜上もしくは血統伝承上の類同性からくる舒明朝以後の天皇家及びその周辺における雄略への親近感である。そして他の一つは舒明と雄略は地縁が共に小倉の山にかかわる近接地域に存在するということである。まず前者から考察する。

舒明御製「夕されば」の歌はなぜ多くの過去の天皇の中から雄略を伝承上の作者に選んで伝わったのであろうか。雄略天皇が五世紀後半にほとんど倭国の統一を成しとげた大王であることは、近年、その銘文が解読された埼玉県出土の稲荷山鉄剣の所有者が雄略すなわちワカタケル大王に奉仕していたこと、又その解読から波及して熊本県の江田船山古墳出土の鉄剣銘文のタヂヒノミツハワケ（反正）大王が同じくワカタケル大王と改めて解読されるに及んで、東国から九州にまで版図を持っていたことが考古学的にも裏づけられたと言えよう。かかる大王が種々な伝承の主人公となることは理の当然と言ってよい一面があるが、それでは他に適当な伝承の主人公がいないのかと言えば、雄略以外にも伝承の主人公の候補者が無いわけではない。たとえば仁徳天皇はその一人であろう。日本書紀には仁徳天皇が菟餓野（神戸市灘区又は兵庫区あるいは大阪市北区）の鹿を哀憐した説話を載せている。この説話が当面のB歌の背景にあるとは、小島憲之氏[2]、伊藤博氏[3]らの説であるが、その説の成り立ち難いことは前述の曽倉氏の論によって明証されていると思われる。しかし仁徳が記紀において多くの説話の主人公であるならば、舒明の作であるAの歌は、伝承される過程で舒明を離れて仁徳御製となる可能性もあってよいはずである。しかし現実にそうはならなかった。それは仁徳が大和国に地縁が無かったこともあり、又、舒明と紛れるべき系譜上の位置も全く無かったからだと思われる。雄略はその点に舒明の先祖として舒明に似た系譜を持つのである。そして舒明の皇統は遠祖雄略を大王としての業績のみならず血統の上からも過去の大王のいずれにもまさった親近感を以て敬慕していたと思われるのである。次ぎのページの系譜を見ていただきたい。（古事記による）

舒明天皇の父は忍坂日子人（押坂彦人）太子である。一方、雄略天皇の母親は忍坂大中津比売である。両人ともに忍坂の名を冠するのは、大和の地名忍坂（今、桜井市忍阪）に有縁であったからで、おそらく両人は忍坂に居住していたのである。この際、允恭妃忍坂大中津比売が史上実在の人物であったかどうかは問題ではない。七世

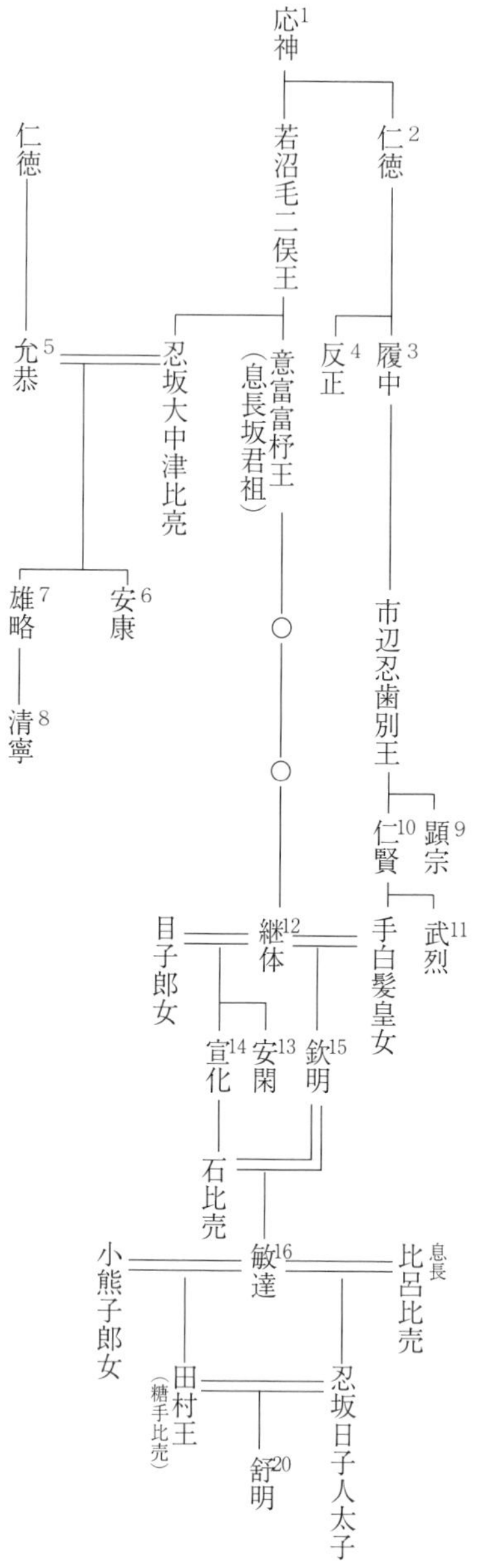

紀後半から八世紀初めにかけてこのような系譜が存在していたことが重要なのであって、記紀に共通するかかる系譜伝承は天皇家において信ずべき真実として遇せられていたのである。かかる意味においての真実として、忍坂大中津比売は忍坂に有縁であったのである。彼女が忍坂に住んでいたという伝承は、書紀の允恭天皇二年条にある。「初め皇后、母に随ひたまひて家に在しますときに独苑の中に遊びたまふ」。ところがその苑の傍の道を馬に乗った闘鶏国造が通りかかり、彼女を嘲って「能く蘭を作るや、汝」と言った。蘭は庭園ではなく蔬菜畑の如きものであるから、闘鶏国造は彼女を身分賤しき農婦と思ったのかも知れない。尊大な態度で蘭（のびる）を所望した国造に対して彼女はその無礼を怒り「首や、余、忘れじ」と言った。後、允恭后となった彼女は国造を捕え、死刑に処すところを罪を減じて姓を稲置に貶したのであった。この話によって分ることは闘鶏国造の通る道

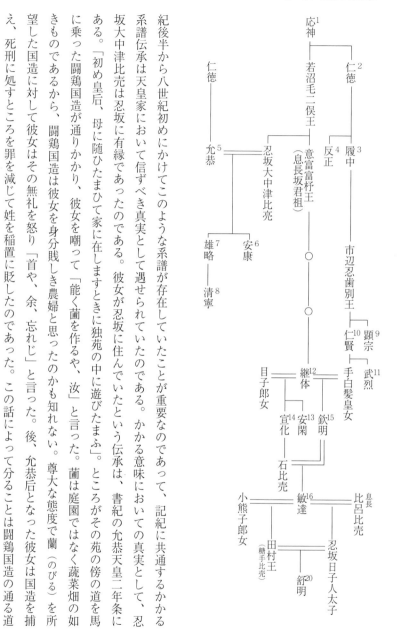

筋に忍坂大中津比売の家の所有する苑（薗）があったということである。闘鶏は地名であって、大和国山辺郡都介郷、今の奈良県山辺郡都祁村で伊賀国へ出る要地とされている。仁徳紀六十二年条には、この地の氷室に蔵した氷が朝廷に貢納されるようになった慣例の起源譚を記している。おそらく闘鶏国造家はこのような貢納関係を天皇家に対して持ち、たとえば履中天皇の磐余稚桜宮と闘鶏との間を往復することが度々あったのである。忍坂の地は磐余から宇陀へ抜ける道筋の南山側に入ったところであるから、闘鶏国造の通り道に近い。苑（薗）が蔬菜栽培上の適地を求めて忍坂からやゝ大和平野に下ったあたりに作られてあったと想定するならば（ノビルという低湿地性の植物の名がこの想定を強化する）、まさに闘鶏への道筋に忍坂大中津比売家の苑（薗）はあった。つまりこの説話は彼女の住居の所在に関して合理性を持った伝承と言えよう。

もう一つ、忍坂大中津比売関連のものとして忍坂には五世紀中葉に、すなわち允恭朝に宮殿が築かれていたことを証する考古学上の遺物がある。有名な隅田八幡の人物画像鏡である。この銅鏡の銘文の解読には種々の説があるが、冒頭の三字を「癸未年」、十四字め以降の七字を「在意柴沙加宮」と読むことについては異論がないようである。「癸未年」はA.D.四四三年か五〇三年が有力である。山尾幸久氏は詳細に五〇三年説を主張される[4]が、五〇三年説では次ぎの「意柴沙加宮」との関連について効果的な説明ができない。山尾氏も六世紀の顕宗・仁賢天皇と「意柴沙加宮」との関係については言及されない。又、継体天皇が「意柴沙加宮」にいたということも資料的には支持するものが無い。「意柴沙加宮」はオシサカノミヤと訓んで忍坂にあった宮居であると考えられるから五世紀前半の事実として允恭妃忍坂大中津比売の住居あるいは允恭天皇自身の仮宮的な住居を考えるのが妥当であろう。允恭天皇の宮居は古事記にのみ記される遠飛鳥宮で、その場所は現在の明日香村のどこかであるらしいが、それ以上のことは不明である。しかし允恭が忍坂の地と有縁であったろうことは、天皇と息長氏との関

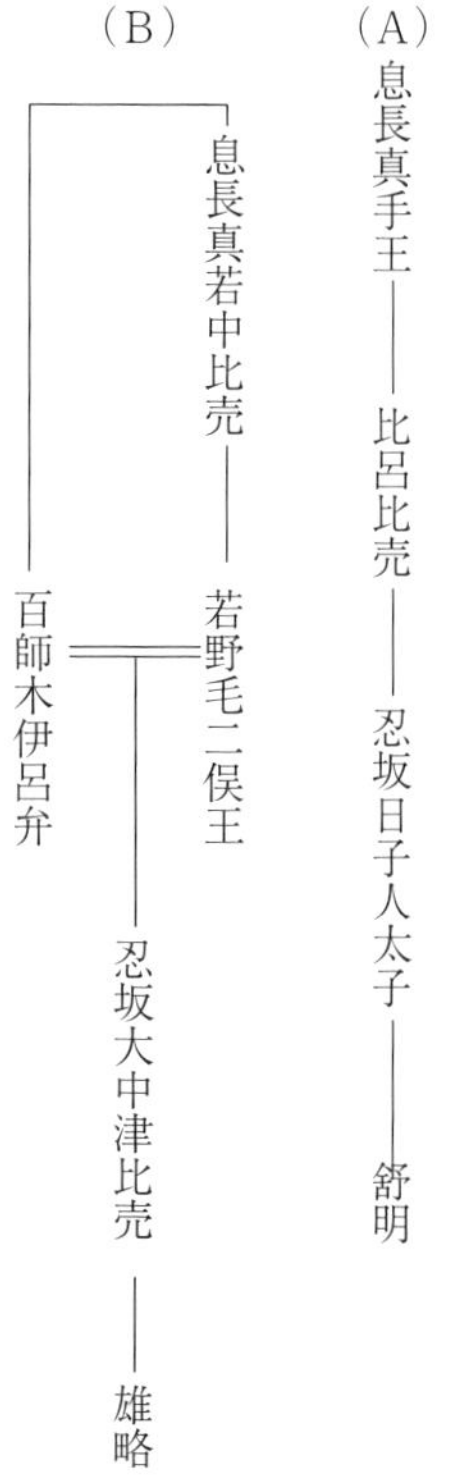

係から十分に考えられる。天皇は忍坂大中津比売を妃とした後、彼女の妹、弟姫をも妃として召さんとする。書紀はその時「時に弟姫、母に随ひて、近江の坂田に在り」と記している。弟姫と忍坂大中比売という同母の姉妹（応神記による）の母親は、あるいは姉娘とともに忍坂におり、あるいは妹娘とともに坂田にいたのである。近江の坂田郡は言うまでもなく息長氏の根拠地であって、息長氏が忍坂に進出してくるのは宇陀に産出する辰砂、水銀の確保を目的とするものであるだろうことは以前に述べたことがある。(5)

系譜伝承上では、忍坂大中津比売の父は稚渟毛二岐皇子（安康即位前紀）であり、稚渟毛二岐皇子（父は応神天皇、母は弟媛。紀による。記では母は息長真若中比売。）の外祖父は河派仲彦（記では咋俣長日子王）で、この外祖父は景行記のヤマトタケル系譜によれば息長田別王の子である。忍坂大中津比売が息長氏系の系譜を濃厚にひく人物であることが知られるであろう。允恭天皇はかかる息長氏系勢力を背景にした天皇である。したがって忍坂に宮居が設けられても不思議ではない。かく考えるならば画像鏡の「癸未年」は四四三年であり、「意柴沙加宮」は允恭朝の宮居であると想定される。(6)

一方、舒明天皇がその父忍坂日子人太子を通して忍坂の地に有縁であったことは、伝承上のことではなく史実としての事実である。舒明天皇の御陵は現在桜井市忍阪にあるが、その所在は書紀皇極紀二年九月条に記されている。大化二年三月、舒明の皇子、中大兄は私有していた皇祖大兄の御名入部を天皇に返還することを申し出て許可されるが、皇祖大兄とは彦人大兄を謂うと書紀は註するから御名入部は忍坂部（刑部）のこととなる。この私有財産が、祖父の彦人大兄から父の舒明天皇、そして中大兄へと伝領されていたのである。すると舒明天皇は母の田村王の名を継承して田村皇子と称されていたが、父親との関係も濃厚であり、経済的基盤としてその名代部を継承していたのである。舒明天皇と忍坂との地的、人的有縁性を確認せざるを得ない。この関係があったればこそ、その諡号が「息長足日広額天皇」と「息長」を冠したものとなり、殯宮には息長氏の人物、息長山田公が日嗣を誄することになる。

忍坂と息長との関係は前述した如くであるが、更に言えば、忍坂日子人（押坂彦人）太子の母は敏達妃の「息長真手王の子　広姫」（記は比呂比売）であって、息長氏出身であることは記紀ともに伝えるところである。延喜式諸陵寮には「息長墓」として、「在近江国坂田郡」とある。広姫の墓であり、今も滋賀県坂田郡山東町にある。

今、舒明天皇と雄略天皇との系譜を古事記によって略示すれば前ページのようになる。

舒明・雄略の二天皇の系譜が、忍坂と息長とに同じように結びついていることが分るであろう。（A）は史実であり、（B）は史実であるかも知れぬが、より多く伝承上の真実として受容されていたものと考えられる。受容していたのは舒明以後の、つまり七世紀後半から八世紀初頭の宮廷社会であったと言えよう。記紀の成立期であり初期万葉から第二期へかけての時期である。この時期におけるこの社会で雄略は舒明の血統を過去において繰り返しているが如き天皇だったのである。勿論、舒明天皇と雄略天皇との史上における業績は大きく違ったものであった。舒明の事績には取り立てて記すべきほどのものはない。対するに雄略には多くの説話がまつわり、又、倭王武の宋の順帝への上表文に記されるような多くの戦いがあり、記紀にも皇位継承争いの戦いがいくつも伝えられている。両者の性格は大分異質のものであったろうが、にもかかわらずこの系譜の類似は、雄略を舒明に似せることによって、舒明を当代天皇家の直接の祖として大きく映じさせようとする意図が感じられるのである。両者の血統の類似は根も葉もないことではなかったと思われるから、かの雄略大王もまた息長の血をひき、忍坂の血に有縁だったのだという系譜の確立は、舒明の後裔の人々には容易な作業であったろう。この結果、両者は相似た系譜を持つ人物として印象づけられ、舒明の名において舒明がなしたことは舒明没後ある程度の年月がたち、伝承される中に、より大きな存在の雄略の事績に紛れることがあったと考えられる。たとえば当面のA歌「夕されば……」を歌ったことなどは、天皇家以外の人々も多く存在して構成される宮廷社会では、より有名な雄略天皇の名に伝承の過程ですりかわるということもあり得たであろう。少なくとも七世紀後半の天皇家が大王雄略に次いで比べ得る皇統上の人物として舒明を表面に押し出そうとし、両者を相似の存在として二王並称の意図を持ったらしきことは、万葉集巻頭の一、二番の御製の並べ方にもうかがわれるのではないか。かかる二王の並称に血統の類似まで加味されるならば、歌の作者が余人ならぬ二王の一方から他方に転移してゆくことは十分な可能性を持ち得ることだと思われる。

二　ヲグラという土地への近縁性

舒明天皇と雄略天皇との血統上の相似性を説いてきたが、両者の地縁にも重複する面がある。それには先ずAB両歌の「小倉（小椋）の山」の所在について検討することから始めたい。

小倉の山がどこにあるかについては古来いくつかの説がある。しかし、それらの中で万葉研究者に比較的多く採られているのは桜井市今井谷付近であろうとの吉永登氏の説である。(7) 氏は「萬葉小倉山考」において今井谷付近を小倉山とするならば「宮の故地からは直線距離にして二十数丁、静かな夜には鹿の鳴声ならば、十分に聞える位置にある。」と言われるのであるが、氏の説には根本的な弱点がある。それは鹿鳴は舒明天皇が高市崗本宮で聞いたとの前提に立っていることである。鹿鳴を岡本宮でのみ聞いて他の場所では聞かなかったと考えることは全くナンセンスである。「夕されば……鳴く鹿」と歌にはあって、毎夕、習慣的に鹿の鳴き声を聞いていたことは容易に察せられるが、それが岡本宮でのことと限らないことは言うまでもない。しかし今百歩を譲って岡本宮で聞いたとしても二十数丁、二〇〇〇メートル以上の遠方の鹿鳴を毎夕耳をすますというのでなく自然に聞くことは不自然である。鹿の鳴き声は鹿の生息地近くで聞くのが自然であり、その自然さは二十数丁の数分の一程度の距離が妥当であろうと思われる。

舒明天皇が忍坂に地縁があり、父忍坂日子人太子の財産を継承していたことは前述したが、それならば忍坂の地に舒明の仮宮があってもおかしくはない。むしろ無かったと考える方が可能性は低い。すでに五世紀後半の大きな柱穴が発見されている忍坂の地に、その後の時代に重ねて宮居が建てられることは大いにあり得る。宮のような当時の大建築物は難波宮の例でも分るようにどこにでも自由に建てられるのではなく、条件の整った土地に重層的に建築が繰り返されるものである。(8) 舒明天皇は隅田八幡画像鏡の「意柴沙加宮」の近辺に、父伝来の忍坂宮を仮宮として持っており、そこにしばしば滞在することがあり、小倉の山はその近辺にあったと考えるべきである。『奈良県史』(9) は、舒明天皇と忍坂との有縁性を指摘した後、ヲグラは小谷間を意味する地形語であるとし、「オグラ谷は相当広範囲に亘る公称地名で、舒明天皇陵の南方、石位寺の東北に位置し、その東方に連なる山が小倉山でなく、小倉の山なのである。」と説いている。小倉の山を忍坂付近に求める考え方には同意できる。しかし、私見では小倉の山は舒明陵より北方、むしろ万葉集巻十三の歌（十三・三三三一）に歌われる忍坂の山あたりを指すのではあるまいかと思われる。忍坂の山は高さ二九二メートル、今は外鎌山と呼ばれる形の良い山である。この山が忍坂の地にあるところから忍坂の山と呼ばれ、又、地形的には「こもりくの泊瀬」の入口、泊瀬川の浅い谷に北面しているところからヲグラの山とも呼ばれたのではあるまいか。(10)

ヲグラのクラが小谷間、浅い谷を意味するとすれば、ヲグラはアサクラとほぼ同義であることになろう。雄略天皇の泊瀬朝倉宮もこもりくの泊瀬の浅い谷の入口近くに設けられた宮居であったろう。朝倉宮の遺跡は今日なお厳密には不明である。帝王編年記に「城上郡磐坂谷」とあり、大和志には「在二黒埼・岩坂二村之間一」とあるが、両所はいずれもやゝ山峡の狭小の地であることが、ほぼ日本全国に版図を及ぼした大王雄略の居住地として適当でない感がある。近年、黒崎より西の、谷がひらけた大和平野を望見できる脇本灯明田地区に大きな建築物遺跡が発見されたことが新聞で報道された。昭和五十九年以後、七次にわたる発掘調査で五～七世紀にわたる建物群の跡が重層して発見されたが、残念ながら朝倉宮と確定し得る証拠の出土品はなかったという（京都新聞、平成二年一月十八日（木）朝刊）。朝倉宮の確定はできなかったが、柱穴や排水工事跡は従来の岩坂説、黒崎説よりは格段に高い可能性を示すものである。(11)其処は泊瀬川をはさんで忍坂の山を南に望む地であり、西は広々と大和平野を遠望する地形である。朝倉の地名は今でも泊瀬川の南岸一帯、忍坂の山の麓までも含んでいるが、おそらく古代も同様だったのであろう。クラが谷を意味する地形語であるならば、当然、川の両岸にこの地形語は及ぶはずだからである。すなわちアサクラの地は忍坂に接していた。従って忍坂のオグラという地形はアサクラという地形とほぼ同様なものである。両地は相接していたか、あるいは同一地の別称であったかも知れない。その別称の一方アサクラが宮居名に含まれて後世に残り、他方のヲグラはそうした幸運に遭遇せぬまま舒明御製の中に残ったという事情を考えることができよう。

アサクラとヲグラが似たような地形を表す語であるならば、他にもアサクラとヲグラとが同居する土地があってもよいが遺憾ながらそのような土地は未だ私には見出すことができない。しかし両地名が近接した地域にある例としては京都府宇治市に小倉町があり、同じく宇治市大久保町に小字名として旦椋《あさくら》があり、式内社旦椋神社に認定されている神社がある。両所はともに旧の巨椋池添いの地である。小倉町はかつての巨椋池の東端の地で、池は「小」ではなく「巨」が旧称であったとすれば（万葉集　巻九には「巨椋の入江」とある）、小倉は巨椋の転で旦椋とはそれぞれ別の地であったのだろう。しかし、両地ともかつての水辺の地であることは、クラの語の共通性だけは僅かに推定されよう。

転じてアサ（浅）とヲ（小）との語義的親近性について考えるならば、

玉きはる内の大野に馬なめて朝ふますらむその草深野（一・四）

とあるのは「大野」が「（草）深野」と親近性にあることを示すもので、逆に言えば「小野」と「浅野」とが同様な親近関係に立つことを示している。

住吉の浅沢小野のかきつはた衣にすりつけ着む日知らずも（七・一三六一）

右は「浅沢小野」と続いていて、「沢」と「野」であるが、浅い沢が「小野」という地形（地名）に結びつきやすいものであることを示している。

浅茅原小野にしめゆふ空言もあはむときこせ恋のなぐさに（十二・三〇六三）

浅茅原小野にしめゆふ空事をいかなりと言ひて公をし待たむ（十一・二四六六）

右の二首の「浅茅原」は「茅草」がまばらに生えている野である。そのような野が「小野」だったのであって、このことは「大野」が「（草）深野」だったことと対照的である。逆に「小野」が「深野」と結びついたり、「大野」が「浅茅原」であったりする例はない。「小」と「浅（朝）」に親近性がうかがわれることが確認できよう。アサクラは「朝倉」と表記されるのが普通であるが、地形語であると認定する以上「朝」は「浅」と解釈されるから、「小倉」と「朝倉」とは親近性のある語だったと言えよう。同一地の別称ではないとしても、地形的に相似た土地の名であって、近接した地域にそれぞれ付せられた名であったのではないかと思われる。

ヲグラとアサクラは相似た地形をさす親近性のある語である。そしてヲグラの近辺にある山をヲグラの山と呼んだのであろう。その山はアサクラの地からも近い山であった。そして雄略天皇は朝倉宮にましました大王として後代に伝承されたために、朝倉宮が小倉の山にほど近い距離にあることを知る人々で、しかも舒明朝以後の宮廷社会にはやゝ遠い位置にあった人々には、いつしか舒明御製を現皇統の血筋に濃くつながる過去の有名な大王雄略の御製に置き換えて違和感を生じないようになっていったのであろう。勿論一方には舒明御製を間違いなく舒明御製と伝える伝承もあったのである。しかし七世紀前半という未だ口誦が主流の歌詠の時代にあっては、歌と実作者との結びつきは記載文芸に比すれば相対的に弱く、口誦伝承される歌詞に作者の名が密着して伝えられる程度は低い。一度、伝承の環が切れた後、歌詞が再びその真の作者を探しあてて結びつくことはなかなかに難しいことであったらう。そして歌詞から探しあてたのが、この場合「小倉の山」に縁の深い朝倉宮の雄略天皇だったのである。雄略は舒明皇統の現政権、七世紀後半の天皇家にとっては輝かしき栄光の祖大王であり、そのような遠祖大王雄略に対し近祖の舒明天皇は並び立つ天皇として伝承像が拡大されていた天皇だったと思われる。血統系譜から言っても、同一地域に対する地縁から言っても、雄略と舒明とは当代の人々には紛れやすい存在だったのである。こうして「夕されば……」の歌の作者が紛れていったのだと思われる。

注

(1) 曽倉岑氏「舒明天皇『夕されば』の歌について」『上代文学論集　第八冊　五味智英先生古稀記念論文集』(昭和五三年　笠間書院)
(2) 小島憲之氏「口頭より記載へ」『上代日本文学と中国文学　中』(昭和三九年　塙書房)
(3) 伊藤博氏「舒明朝以前の万葉歌の性格」『萬葉集の構造と成立　上』(昭和四九年　塙書房)
(4) 「隅田八幡鏡の銘文」『日本古代王権史論』(昭和五八年　岩波書店)
(5) 拙稿「ヤマトタケル物語と伊勢神宮神威譚」「文学」(昭和四二年七月号)
(6) 昭和六一年六月六日の読売新聞(大阪版)によれば、桜井市忍阪の水田(朝倉駅南方五百メートル)から宮殿跡とみられる柱穴十二個を持つ遺跡が発見されたという。遺跡とともに出土した土器片は五世紀後半から六世紀前半のものと推定され、建物もこの時期のものとして「意柴沙加宮」かと推定されている。一見、「癸未年」五〇三年説に有利かの如くであるが、たとえ「癸未年」が五〇三年だったとしても、遺跡が五世紀後半にまで遡ることは、五世紀後半に「意柴沙加宮」の存在した可能性が土器片によって裏づけられることになり、その宮は継体天皇よりも、允恭天皇あるいはその皇子である雄略天皇時代の宮と考えられる可能性が高くなる。
(7) 吉永登氏「萬葉小倉山考」『萬葉　その異伝発生をめぐって』(昭和三十年　萬葉学会)
(8) 難波宮については、山根徳太郎氏『難波の宮』(昭和三九年　学生社)参照。また後述の桜井市脇本灯明田地区の遺跡も五世紀から七世紀にかけて重層していることが確認されている。
(9) 『奈良県史　14地名』(昭和六〇年　名著出版)この巻の執筆者は池田末則氏。
(10) 扇野聖史氏の『万葉の道　巻の二　山辺辺』も忍坂の山を小倉の山と同一とみておられる。根拠はオグラの地名が忍坂山南方に存在するとの古老の言によるもので、『奈良県史』の池田氏と同様である。

（11）和田萃氏の執筆による『大系日本の歴史　2　古墳の時代』（昭和六三年　小学館）では、この脇本灯明田地区の遺跡の下層部を雄略天皇朝倉宮とする推定を強く主張されている。

二　天武天皇の王権と吉野御製

一　天武朝の二つの性格

天武天皇の政治には、一見、相反するかに見える二つの性格がある。一つは壬申の乱によって前王権を打倒した、天命思想によった新しい政治的権力としての性格である。他の一つは万世一系の神代以来の皇統を継承する伝統的権威を持った政治的権力としての性格である。この二つの性格は古事記や日本書紀には、顕著な対立としては表われていないように見える。それは、古事記にしても日本書紀にしても、上記二者の対立の一つの克服の具体策として両書が編纂されているからである、と私には思われる。

天武天皇は壬申の乱を勝利に導くために、そして戦後の権威を確立するために、自らを天命を受けて権力を獲得した新王朝の始祖的王者に擬した。しかし天武朝の晩年、天武十年以降の天武天皇は、確立した権力を自らの後継者にいかに継承させてゆくかについて悩まねばならなかった。律令作成の詔と皇太子の決定とが同日になされたことが、そのことを如実に表わしている。その一月後に「上古諸事」の記定を命じたことも、天武朝の伝統的権威継承の問題と無関係ではない。晩年の天武天皇は、王権の継承者を確乎とした国家制度の基盤の上に据え、さらにその王朝を神代以来の連綿たる継続性によって権威づけるべく布石したのである。したがって記定を命じられた史書は、王権の継承性をこそ言え、前代王権との対立、すなわち前代王権を打倒した、いわば叛逆者的性格に連なる新王朝的な面、始祖王的な面の表現は慎重に避けられた。この結果、古事記にも日本書紀にも、天武朝の持った二つの性格は顕著な対立として表わされていないということになった。むしろ、二つの性格があったということさえ気付かれて来なかったと言うべきかも知れない。それは異なる二つの性格というより、天武朝前半の新王権的（叛逆・反乱者的）性格の克服の具体策が、これら史書の編纂であったと言ってよいからである。

以下に、天武朝の新王権的性格を述べ、次いで天武朝の前王権からの継承的性格を述べ、その転換移行過程に天武八年（六七九）の吉野行幸が行われたとみて、その際の歌として万葉集に記載された巻一の二五〜二七番歌を考察することにしたい。

二　天武天皇の王朝始祖的性格

天武朝の新王朝的性格、天武天皇の王朝始祖的性格については、近時、しばしば言及されるようになった。[1]その経緯は神野志隆光氏が「人麻呂の天皇神格化表現をめぐって」の中で紹介されているが、早くは秋間俊夫氏、辰巳正明氏らによって説かれた。その根拠を箇条書きすれば次の如くなろう。

1　天武紀二年条に、新羅の賀騰極使を受け入れたが、先皇の弔喪使は受け入れず帰国させたこと（秋間論文）[2]

2　天武紀二年二月の天皇即位条における書紀の文が、後漢書の光武帝即位記事をふまえていること（辰巳

論文[3]

3　万葉集　巻十九、四二六〇歌の題詞に「壬申之年乱平定以後歌」とある文が、天武天皇の前王朝平定と解されること（辰巳論文[4]）

などであり、これらの上に立って、柿本人麻呂の「日並皇子尊殯宮之時」の挽歌（二・一六七）に、天武天皇の天からの降臨が歌われていることに、人麻呂の天武始祖神話の創造を見るという神野志氏の論がある。[5]

右のうち、3の「壬申之年乱平定」の解釈は、天武天皇が壬申之乱を平定したと解すべきではなく、壬申の乱が鎮まり治まったと解すべきことは、既に私は他稿で論じたので[6]、ここで天武新王朝説の根拠に採ることはできないが、他の論点は新王朝説の根拠になり得ると思われる。

天武朝には新王朝的性格があり、天武天皇には王朝の始祖的性格がある。そのことは以後に述べる別の論点からも主張できると思われるが、ことわっておかねばならぬことは、「新王朝」の観念についてである。中国における「新王朝」の観念は、前王朝とは血統の全く異なる別姓の人物が開いた政権・王朝をいうが、天武の「新王朝」というときに、そうした観念は適用できず、同じ王朝内での、ひとたびは正当なる権力を掌握した政権に対する武力抗争の勝利によって樹立された政権という意味においての「新王朝」であることである。いわば同一王朝内での正統性の争いであって、「新王朝」はそれまで続いてきた王朝の全歴史を否定する別個の王朝なのではない。自らが打倒した直前に存在した政権を非正統として否定するのみである。したがって前掲1にいう先皇天智天皇に対する弔喪使を受け入れなかったことは、中国的な観念による「新王朝」樹立宣言からのものではなく、前政権から泰平無事に連続した政権ではないという一応の断絶性を表明したものと解される。権力奪取の武力闘争において生じた天智天皇に対する感情的な拒否も混じっていたかも知れない。

とまれしかし、天武の新政権は、確かな史実として伝承してきた倭国の歴史上では初めての、現実に機能していた前政権を武力で打倒した政権なのであった。この点で天武朝がその直前の政権である大友皇子の近江朝に反撥し、その父である天智天皇にも反撥の余勢が及んだことは、壬申の乱の直後の情勢の中では十分にあり得る事柄である。天武天皇の王朝始祖的性格はかかる状況の中で意識的にも無意識的にも醸成されたものであったろう。

さて天武天皇の始祖的性格は以上に挙げた以外の事柄からも言うことができる。その一つは、天武天皇が壬申の乱に際して自らを漢王朝の初代皇帝の高祖に擬したことである。このことは井上通泰が最初に唱え、現代の古代史研究者も多く指摘し支持するところであって、私も他稿においてこれを採りあげ賛意を表した。(7) しかし天武天皇が赤旗赤幟を掲げたのは、自らの王朝始祖性を喧伝するより以上に、当初は勝利することが困難視された戦いに、漢の高祖にあやかっての勝利を得るべく、天武の戦いが、暴戻なる秦王朝を打倒した高祖の戦いと同質のものであって、天命を受けた者が正統な権力を獲得するため、神明の加護を受けた戦いであることを自軍全体が認識し士気を高揚するための、「壬申の乱」正当化の象徴的策略だったのだと思われる。始祖性は自らを高祖に擬したために必然的に生じた現象だっただろう。壬申の年の戦いの実質叛乱的性格を克服するための止むを得ぬ処置の結果であったと言えよう。

天武朝にとって、壬申の年の戦いが正統王権に対する叛乱ではないと規定することは重要な政治課題だったと思われる。「壬申の乱」という呼称が八世紀前半を過ぎるまでの文献資料に見出されないことは、実質は叛乱でありながら、というよりは実質「叛乱」であるがために「乱」の呼称を嫌悪した天武天皇の意志がうかがわれるものである。(8) 天武朝は何よりも先ず「正統な王権」でなければならなかった。そのために中国の歴史としての秦漢帝国の興亡と、その興亡を正当化する易姓革命の思想が受容され適用されたのだった。ただし「易姓」の部分を除いた、同一王統内部での正統を争う革命思想として天命思想が受容されたのである。天武朝にとっては壬申の年に起こした「乱」の克服は政権の正統性確保の上で肝要の大事だったのである。天武天皇の始祖性はこの大事に随伴した現象だったと私には思われる。

天武天皇の始祖性について今迄に述べた事柄と或る種次元の異なった画期的表現をしたのは柿本人麻呂である。人麻呂は日並皇子挽歌（万葉集二・一六七）と高市皇子挽歌（万葉集二・一九九）において、天武天皇を天降る神と讃え歌った。前者は、

天地の　初めの時の　久堅の　天の河原に　八百万　千万神の　神集ひ　集ひ座して神分　分之時尓　天照日女之命　天をば　知らしめすと　葦原の　水穂の国を　天地の　依相の極み　知らしめす　神の命と天雲の　八重かきわけて　神下し　座せまつりし　高照らす　日の皇子は　飛鳥の　浄の宮に　神ながら太敷きまして　天皇の　敷きます国と　天の原　石門を開き　神上り　上り座しぬ……　……

と歌われていて、歌中の「高照らす日の皇子」が天武天皇であることは明らかであるため、その皇子が天降りしたと歌う表現を、記紀神話の中で高天原から降臨した天孫ニニギノ命と重ね合わせたものと解するのが通説であった。これに対し神野志隆光氏は、作品解釈について他者である記紀神話を資料として援用することを峻拒し、人麻呂作歌は人麻呂独自の表現世界を成り立たせているものとして、天降るのは天武天皇自体に限定することを説かれた(9)。この解釈に従うべきものと思う。古事記や日本書紀やという、現実世界に機能すべく編纂された文献に表現された神話と、文学の世界で表現された歌とを同一の次元に引き込んで理解しようとするのは文学作品に対しての本質的な理解を欠いたものと思う。こうした態度の延長には、かつての長谷川如是閑の「人麻呂御用歌人論」への逆戻りがあるに過ぎない。勿論、人麻呂が天武天皇を天降る神と歌ったのは、単なる荒唐無稽の虚構

ではない。人麻呂が歌ったのは持統朝であるが、天武朝以来の「大君は神にしませば……」という一般的な現実世界における思想風潮があった。しかしそこで歌われた大君である神は、「赤駒の腹ばふ田居」（万十九・四二六〇）や「水鳥のすだく水沼」（万十九・四二六一）を「京師（皇都）とする地上的な偉大性を持った神であった。現実世界における高貴非凡の卓越者であった。人麻呂の表現はこうした現実世界と皮膚感覚的に接したところを有しつつ、別次元の表現世界を創造しているのである。作品世界は「虚実皮膜の間」に成り立つということを知らねばならない。

人麻呂は記紀の神話、あるいは当時世間に伝えられていた一般的な神話と同次元の世界で、つまり現実に働きかけ、現実を根拠づけんがためという目的をもったものとして、天武天皇の天降りを歌ったのではない。天武天皇の、この世のものとは思われぬ程の卓越性偉大性に対する讃仰の思いを、あのような表現によってしか表現し得ないものとして歌っているのだ。したがって、誤解してはならぬことは、人麻呂が歌った天武天皇の天降りという表現が、天武始祖神話を現実世界に存在せしめたと考えることだ。話は逆なのであって、天武朝に新王朝的な性格があり、天武天皇に王朝の始祖的性格があったゆえに、そうしたものを基盤として人麻呂の如上の如き表現世界が成り立った、人麻呂がそれを成り立たせ得たのだということだ。この意味において、人麻呂の二つの殯宮挽歌を、天武天皇の始祖的性格をいうための補強資料として使用することができるのである。

三　天武朝の性格変更への隘路

天武天皇は、正常な政治権力として機能していた大友皇子の近江朝を武力を以て打倒し政権を奪った。これは『大日本史』が説くまでもなく、まぎれもない叛乱であり叛逆である。しかし成功した叛乱は叛乱でないといわれるように、叛乱は勝利によって正当性を獲得する。勝利した新政権が、正当にして正統なる権力であるとする現実を作って行くことができるからだ。造反有理という言葉がかってあったように、正当だからこそ勝利したのだという論理構築がそれである。天武側は正当であった、天武が起こした戦いは正当な戦いであった。したがって叛乱ではない。壬申の年の戦いは「壬申の乱」ではない。この戦いを「乱」ということは避けねばならない。こうした風潮、というより新権力者の意向が天武以後の王朝には存在したようである。壬申の年の戦役を「乱」と記した資料は、天平勝宝三年（七五一）成立の懐風藻に初出するまで見出すことができない。壬申の乱が「乱」でないことを証するためには、天武は天命を受けた革命の権力者であらねばならない。この結果、天武天皇の始祖的性格が生起したことを前節で述べた。天武天皇がカリスマ的資質を持った王者であったことは、彼の始祖性附与には好都合であった。カリスマ的資質とは、他に抜きんでた優れた魅力ある能力をいい、彼の周囲に彼を崇敬し彼に心酔する信者たち敬仰者たちが蝟集する時カリスマが誕生する。天武天皇がそうしたカリスマ的資質を持った王者であったことは、人麻呂の前述した殯宮挽歌が証するであろう。人麻呂は天武天皇を天降りした神とまで表現せざるを得ぬ、そうした表現を至当とするほどの心酔した心情を天武天皇に抱いていた。おそらく多くの人が同様だったに違いない。でなければ、単なる個人的感情としてならばあのように人麻呂は歌わなかったはずだからだ。

カリスマという語は、天武天皇に対して多くの人が常識的に無造作に使用するのが今日の風潮と言ってよいが、天武朝を論ずる時には、この語がさらに深い意味を以て立ち現われることに配慮すべきである。カリスマという語は、古くはキリスト教神学の用語で神の恩寵・賜物を意味したという。それを今日の如き「多くの心酔者を持った卓越的な権威者」の意味で使用するようになったのは、マックス・ウェーバー以来である。ウェーバーは次のようにいう。

> 「カリスマ」という表現は、……ある個人のもつ非日常的な資質（それを実際に持っているのか、または持っていると自称ないし詐称しているだけなのかは、ここでは問わない）を意味する。したがって「カリスマ的権威」とは、被支配者が特定の個人のそうした資質への信仰からしてみずから進んで服従するような、人間に対する支配のことなのである。呪術師、預言者、狩猟団や盗賊団の指導者、戦争の首領、いわゆる「シーザー主義的」支配者（民主制をふまえて現われてくる独裁者）、また事情によっては政党の指導者人物などが、それぞれ信者、従者、彼の集めた軍隊、党等々、に対して、この類型の支配者たるのである。こうした支配のばあい、その正統性は、非日常的なもの、正常な人間的資質を越えたもの、そして、そのような性質の故に（根源的には超自然的なものとして）価値を認められているものへの信仰と帰依にその根拠をおいている。（『世界宗教の経済倫理序論』）[10]

右をみれば、カリスマ定義への何という天武天皇の適合ぶりかと驚かされるほどだ。ウェーバーが提示したカリスマの具体例においても、狩猟団・盗賊団の指導者、政党の指導者人物などを除けば、他はすべて天武天皇が具有した諸人物像ではないか。呪術師としての天武は、「天文・遁甲に能し」と記された点にあらわれ、預言者としては壬申の戦いの中での「天下両分の祥、然して朕遂に天下を得むか」の言葉に明らかであり、戦争の首領、専制的支配者としての面はいうまでもない。

ウェーバーのカリスマ定義の文言で注意すべきは、カリスマが非日常的資質だということである。カリスマは常時存在するのではなく、その資質を持った人間が存在するのは非日常的な時間の中においてであるということ、すなわち、やがてカリスマは存在しない時間がやって来、そうした時間が平常の時間なのだということである。

カリスマ的資質は日常性の中では不要なものである。天武朝においてもこのことが適合する。権力の基盤が確立し、安定した社会状態、政治情勢が整ってくるにつれ、支配についても日常性が回復する。日常的な支配体制が必要になるのである。

ウェーバーは「支配の諸類型」として三つの純粋理念型支配を挙げている。すなわち、

1　合理的支配

2　伝統的支配

3　カリスマ的支配

である（「支配の諸類型」第三章）。[11] 1の合理的支配は官僚行政による合法的支配であり、2の伝統的支配は古くからの身分制的、長老制的な伝統的権威による支配である。そしてこれらはいずれも日常的な支配類型であって、3のカリスマ的支配は、やがてこれらの支配類型に移行を余儀なくせしめられることをウェーバーは説いている。天武朝に適用して考えるならば、カリスマ的支配は天武一代で終らざるを得ず、次代の権力は日常的支配類型へと移行して行かねばならない。すなわち権力の継承者の選定と、その支配形態の整備が政治課題となってくることを意味する。具体的にそのことを見てみよう。

天武天皇にとっての日常的支配への移行は1の合法型と、2の伝統型とを巧みに均衡を取りながらのものだったと思われる。官僚機構の整備が前者であり、皇祖神の定位や皇統の神話的神聖化が後者である。壬申の乱において、またその戦後において高揚した革命的・高祖的支配者像の過激性を抑え、皇統の連綿性に立ち戻る必要性も伝統的支配の一環として存在した。古事記の編纂にそのことが示されてる。

天武天皇の十年（六八一）二月二十五日、天皇は皇后と共に大極殿に出御、律令の制定を命じ、同日に草壁皇

子尊を皇太子に立てた。二つの事柄は全く一つの目的志向を持っている。すなわち天武の王朝の継承者の権力安定のための官僚行政による合法的支配という日常性への移行を宣言したのである。そして翌月の三月十七日、天皇は大極殿に再び出御、十二名の皇族、王族、官僚らに帝紀と上古諸事の記定を命じたのであった。正史の編纂である。これは後に日本書紀となって結実する事業と解されている。私もそう思うが、しかし「上古諸事の記定」という「上古」に注目せねばならない。日本書紀は持統天皇代までを記しているのであるから、この歴史編纂事業がそのまま日本書紀の編纂につながったわけではない。途中、編纂方針の変更があったことを認めねばならない。「上古」というのは神話と伝説の時代を指すのか、あるいは古事記という「古」を冠する書物がそうであるように、現代を除いた昔という意味で推古天皇代までを意味するのか、今、私には決定できないが、いずれにせよ、現権力の源泉であり基盤を成しているところの「壬申の乱」を「記定」しないということにおいて変りない。壬申の乱を正史に記さないということが何を意味するか。それは天命革まるところの新王朝的性格を壬申の乱によって標榜した現権力天武朝が、未だその性格を変更できずに、一方で上古以来の伝統的権威の正統なる継承者であるとの主張をせねばならぬというアポリアを克服できていなかったことを示すものだと考えられる。しかし、これまた立太子・律令制定という合法的支配への移行と同じく、伝統的権威による支配という日常性への移行措置であった。カリスマ的非日常的支配の変質の必要性をこの前後に天武天皇が感じ取っていたことは疑いない。しかし変質のための隘路は一つも解決されぬまま持統朝に引き継がれた。天武天皇には晩年に至っても受命の天子としての新王朝始祖性が残った。天武十一年（六八二）正月の、天瑞の多きを喜ぶ詔は、もしこの詔が後の潤色でないならば、天皇の受命天子性の保持意欲を表しているように見える。また草壁皇子の立太子の二年後となるこの年の翌二月に、大津皇子に始めて朝政を聴かせたことも、天武自身に似た大津皇子の登用によっ

て、自らのカリスマ的政権の延長を託そうとしたのではなかろうか。大津皇子は懐風藻に、

状貌魁悟、器宇峻遠、幼年にして学を好み、博覧にしてよく文を属す。壮なるに及びて武を愛し、多力にしてよく剣を撃つ。性すこぶる放蕩にして、法度に拘らず、節を降して士を礼す。これによりて人多く附託す。

……

とあり、自身の卓越した能力と、人々の皇子への傾倒すなわち多数の信奉者の存在が記されている。まさに定義にかなうカリスマ的資質の豊かさがここに示されていると言ってよい。天武天皇は皇太子がすでに存在しているにもかかわらず、重ねて大津皇子にも朝政を聴くことを命じ、そこに皇太子との朝政上の序列、政務の区分などが特に記されていないことは、天武天皇の治政の継承者問題に少なからぬ不分明さを人々の印象に与えることになろう。天武天皇には未だおのが政権の新王朝性、革命性への志向が残っていて、その継承者としての資質を大津皇子に見出していたのだと思う他ない。天武天皇の心情は揺れていた、私にはそう思われる。

壬申の乱をその中に含んでの万世一系の皇統の連続性が確立されるのは持統朝以後のことだ。天武天皇が編纂を命じた歴史には壬申の年の政変は書くことができない。書けば天武朝の新王朝性、革命性は明瞭とならざるを得ず、上古の事柄と断絶する危険性が生じ、上古からの伝統を負った権威としての現権力の基盤を固めることができない。上古のみを記すこととするならば、父舒明天皇からの血統が、今の現実の支配者天武天皇につながることを以て人々に正統性を納得させることができる。古事記が選んだ方向がそれであった。古事記が天武天皇の意図によった史書であることは、こうした考え方からも確かめることができると、私には思われる。

四　二つの吉野御製歌の内奥

天武天皇は、その晩年に至るまで天武朝政治の後継者を指定することができなかった。順当に指定するならば、皇后の嫡男である草壁皇子を早くに皇太子に立ててよいはずであった。しかし天武十年二月までその決定はなかった。しかし一旦、後継者を決定しておきながら、その二年後には皇太子の機能と重複するような役割を大津皇子に命じた。かつて天武天皇の近江朝において、自らが皇太弟として自他ともに天智朝の後継者と認められていた時に、天智十年（六七一）春正月、大友皇子が太政大臣に任ぜられた人事が、その時想起されなかったのであろうか。人事は当人のみならず、その周囲の人々の心理、行動に多大な影響変化を及ぼすものだ。大友皇子支持勢力が大きくなり、大海人皇子支持勢力に動揺が生じるのは必然である。同様の事態が十年余り後の天武十二年（六八三）に発生した。いやその時の被害者だった天武自身が、この度は事態を惹き起こす側として同じ轍を踏んだのである。かかる事態の結果は、天武自身が熟知していたはずと考えられるから、おそらく天武は我が身が三年後には亡くなってしまうことを知るよしもなく、以後、長期にわたって自らが草壁皇子と大津皇子との上位にあっての安定した政治の運営を意図していたのであろう。天武天皇が在位する限り、草壁と大津の併立が波瀾を起こすことは無い、何の問題もない人事と考えられたに違いない。要は大津皇子の登用によって、自らが志向した強いリーダーシップを持った専制政治、カリスマ的な天皇統治体制が今しばらくの間存在することを願ったのであろうと思われる。天武十三年（六八四）閏四月の詔の冒頭で「凡そ、政要は軍事なり」と述べていることからも、支配者の大権の強力さがまだまだ必要と認識されていたことが分る。律令制という合法的支配社会の完成にのみ意を注いでいたのではないのである。

こうした天武朝後半の情勢を考慮しながら天武八年（六七九）五月、吉野宮で行われた六皇子の盟約を考える必要がある。この時天武天皇は皇后と草壁皇子、大津皇子、高市皇子、河島皇子、忍壁皇子、芝基皇子に詔して千歳の後に事無からしめんがための盟を求めた。六皇子は順次に従って進み出て「……倶に天皇の勅のままに、相扶《たす》けて忤《さか》ふること無けむ。若し今より以後、此の盟の如くにあらずは、身命亡び、子孫絶えむ。忘れじ。失《あやま》たじ」と誓った。天皇は「……今し一母同産の如くに慈まむ」と言って六皇子を抱き、「若しこの盟に違はば、忽に朕が身を亡はむ」と言い、皇后もまた同様に六皇子に盟《ちか》ったと、書紀は記している。

六皇子の真先に進み出て盟ったのは草壁皇子だと記されている。他の五人の順序は記されていないが、皇子の名が列挙されている通りの順序であったに違いない。草壁皇子の序列の優位性は明らかである。彼のみ生母が皇后として臨席しているのに対し、他の五皇子の生母は亡くなっているか、生存していたとしても皇后に対しては身分の劣る女性たちである。まして河島、芝基の二皇子は天武天皇の皇子ではなく近江朝の天智天皇の御子であった。この二皇子が吉野宮での会盟に参加しているのは、天武天皇の皇女との婚姻関係やその他の個人的事情が存在したものと思われるが、政治的には斉明朝における有間皇子のような政権の不安定要因になりかねない立場の皇子を排除ではなく包摂するという方向で対応したものと考えられる。過去の謀反の歴史から教訓を得ている処置である。

六皇子の会盟は、その盟約の文言から明らかなように、天武王権の永続を願ったものである。然るに王権の継承者はこの時点で決定していないのである。効果的な舞台としては、この会盟時の庭か、あるいは都へ帰還直後の大極殿が好適であったはずだ。しかしその事は行われなかった。にもかかわらず、天武天皇はすこぶる上機嫌であったらしいことが万葉集の御製によって判明する。巻一・二七歌がそれである。

淑《よ》き人の　良しと吉く見て　好しと言ひし　芳野吉く見よ　良き人四来三《よくみ》

末句の訓と意味に問題はあるが、諸注釈書が言うように、ヨ音を頭韻に重ねたまことに快い諧調の歌である。歌の調べは歌句の意味に劣らず作者の心情を表現するものであるから、作者すなわち天武天皇と解すれば、天皇の上機嫌さは明白であると言ってよい。またあるいはこの作が天皇の自作ではなく、漢籍の教養豊かな専門詞人の天皇に仮託の作であるとするなら、吉野宮での会盟時に、天武天皇の感情はこのように朗らかなものであったと、周囲が認め納得していたということになろう。でなければ専門詞人の作は世に伝わらず、記されて残ることはない。

しかし果して事実は天武天皇のこの時の心境が、歌に歌われていたような晴れやかなものであったか否か。政治の世界で政治家自身の発言が全く真実であると信ずる者は現代において存在しないのと同様、そのことは古代においても変りない。天武天皇のような人心収攬に長けた優れた政治家が素直に本心を人々の面前にさらけ出すことなどあり得ないことだ。したがって、この歌を以て吉野宮会盟の成功と天皇の欣快さを推察するなど、まことに幼い仕業というべきであろう。天武天皇は、この時の天皇の公的な立場、公的な感情を披露したに過ぎない。これを専門詞人の天皇に仮託した作とするならば、天皇や周囲の人々がかくあるべしと望んだ方向で一つの物語が作られたに過ぎない。これらのことは既に触れたことがあるので繰返さない(12)。

吉野会盟に関してもう一つ触れておかねばならない歌がある。上記二七番歌のすぐ前に配列された天皇御製である。この御製は二五番歌と、その或本歌（二六番歌）との二種あるが、後者は前者の訛伝とみて検討から外す。二五番歌は次のように歌われている。

天皇御製歌

三吉野之　耳我嶺尓　時無曽　雪者落家留　間無曽　雨者零計類　其雪乃　時無如　其雨乃　間無如　隈毛
不レ落　念乍叙来　其山道乎

訓にも解釈にも問題の多い歌であるが、ある時点での天武天皇の心情を表した歌、もしくは表したと万葉編者及び人々の考えていた歌として採りあげて検討する。

先ず題詞であるが、編者が天武天皇の歌と認識していたことを示す。近時の研究では天皇に仮託した何人かを専門詞人の作という見解が強いので、その両面から検討せねばならない。作歌年時は不明である。年時の推定は歌の内容からされていもするが、万葉編者の認識では、前後の歌の配列から天武四年（六七五）以後、天武八年（六七九）の間であるとしているようだ。近時の説は編者の認識・意向を無視あるいは軽視して、専ら歌の内容から天智十年（六七一）十月の吉野入りの時の作、あるいは天武八年の吉野宮会盟時の回想とする説が多いが、これらは方法的に問題がある。編者という万葉集に最も近い人物の存在を重視しないのは、近代人の驕りでなければ幸いである。

天武天皇が吉野へ行ったのは、日本書紀によれば壬申の乱の前年すなわち天智十年と、乱後の天武八年との二度しかない。したがって二五番歌をそのいずれかの時の作と考えるのであろうが、その二度の吉野行きは編者とて熟知のことである。いずれかと分っていれば現状のような配列は無かったはずだ。天武八年時の作だったならば、配列は現状のままとしても、二七番歌の題詞「天皇幸二于吉野宮一時御製歌」は二五番歌の前にあったはずである。要するに作歌時期は不明なのである。私注がいうように前記二度の吉野行き以外にも天武天皇の吉野行きはあったかも知れない。書紀は持統天皇の吉野行幸を克明に記した。おそらく持統紀には書き洩らされた吉野行幸は存在しないと思われる。しかし天武天皇については、大きな政治的意味合いのあった吉野行幸だけが記録され、他にもあった吉野行幸は記されなかったかも知れない。可能性は無いとは言えない。作歌年時は要するに不明であり、天智十年とも天武八年とも決められないことを編者は表現している。そのことを重視すべきである。

次に、関連する問題としての末句の「念乍叙来」の「来」をコシと過去形に訓むか、クルと現在形に訓むかの問題がある。これは、しかし、クルと訓むしかない。コシは講義が「其山道乎」の「其《その》」を根拠として過去の回想と解したのであったが、注釈が当時の「その」には遠近の区別の無かった用例のあることをあげているように、「その」はコシと訓む根拠になり得ない。またコシは過去の助動詞シを訓み添えた訓法であるが、当該歌やその近辺の歌にそうした表記がなく、二七番歌に明瞭に「好常言師《よしといひし》」とシを表記してあることはコシとは訓み難いことの有力な傍証である。これを巻一〇・一九六二、同じく二〇四九歌などのシの訓み添え例をあげて傍証とするのは迂遠な方法と言わざるを得ない。他巻の用字法を適用するには慎重な顧慮が必要であり、このままでは説得力が弱い。

かくして二五番歌は天武四年から八年の間の或る時点（八年五月の吉野会盟時の際を含む）で、吉野への山道をたどりながらの作として歌われたものとして考えられる。その時に天智十年の吉野入りを回想して「思ひつつぞ来しその山道を」と歌ったのではなく、山道をたどる現在の心境を歌ったものだ。季節はいつとも分らない。その時、冬の雪や雨が降っていたとすれば解釈上は都合がよさそうだが、そう解するには問題がある。というのは、雪や雨の景物が直接体験の実景であるとは解せられないからだ。曽倉岑氏は「時なくそ雪は降りける　間なくそ雨は降りける」の対句表現について、雪と雨とが同時に降っていると考えることも、雪から雨に変ったと考えることも困難であることを説いた後、「体験に基いた句とみるより、既存の歌謡に引かれた句と見るべきであろう」とされる。(13)確かにその通りであって、氏が引かれる歌、

隠口の　泊瀬の国に　さ結婚に　わが来れば　たな曇り　雪は降り来　さ曇り　雨は降り来……（巻十三・三三一〇）

のように、「雪は」「雨は」の句は、道行きの困惑のさまを対句を用いて表現したものであって、正確な体験表現ではないだろう。このような民謡的表現が踏まえられて天皇の二五番歌は表現されているのであって、これを直接体験と解するのは、この歌を天智十年十月の天皇の吉野入りと関連させたい思いのなせる業であろう。

さらに言えば、「雪は……雨は……」の対句の機能は、山路をたどる身体的困難さの表現が直接の目的ではなくて、その雪や雨が時じく間なく降るように時じく間なく「思ひつつ来る」にかかることにある。すなわち、重苦しい思いが打ち続くことの表現に主眼がある。これを実景と心情との高度な融合の表現と解したい気持ちは分るが、直ちにそうと言うことは出来ないと思われる。したがって、この歌の作歌時点を、雪や雨の降る季節と断定することは出来ない。天武八年五月の作であって、回想の作ではなくその時点での「思い」だとしてもよいと思われる。

要するに二五番歌は、その時、吉野へと山路をたどる天武天皇の思いを歌っている。その時は、天武天皇の四年から八年にかけての或る時であるという万葉編者の認識を尊重したい。季節は不明であるが、いずれの季節であるかを問う要はない。民謡系の歌謡の対句を下敷にした身体的苦痛を精神的苦悩に転換する技法を用いたまでのことである。そしてその「思ひ」とは何か。壬申の乱後の政治運営にまつわる種々な「思ひ」であろう。就中私が言いたいのは、天武八年の吉野宮会盟時の問題と関連させて、わが政治の継承者を決めることが出来ぬという問題であったろうということだ。天武自身の作として考えるならそうした思いの存在を周囲の人々に知らしめて、その解決への助力を期待したと思われるが、おそらく専門詞人の仮託の作で、天武御製として世に伝わったものであろう。天武八年後に作られて、継承者決定の困難さが人々に如実に知られるようになったことを機縁に、吉野宮会盟時までの天皇の悩みを専門詞人が一つの物語めいて創作したのではないかと考えられる。従来の解釈の不審な点を検討してくると、こうした解釈が可能になるのである。

天武天皇の新王朝的革命的性格の政権存続か、継承者問題にからんでの日常的伝統的にして合法的官僚的性格の政権への移行変貌か、天武天皇の悩みは、天皇の崩ずるまで続いたものと思われる。

注

（1）神野志隆光「人麻呂の天皇神格化表現をめぐって」。『柿本人麻呂研究』（塙書房）所収。一九九二年
（2）秋間俊夫「人麻呂と近江」。文学四四巻一〇号。一九七六年
（3）・（4）辰巳正明「大君は神にし坐せば」。『万葉集と中国文学』（笠間書院）所収。二〇〇八年
（5）神野志隆光。注1論文。
（6）・（7）・（8）拙稿「壬申の『乱』と万葉集」。万葉古代学研究所年報第一号。二〇〇三年
（9）神野志隆光。注1論文。
（10）M・ウェーバー「世界宗教の経済倫理序論」。『宗教社会学論選』（みすず書房）所収。訳者は大塚久雄・生松敬三。
（11）M・ウェーバー『支配の諸類型』（創文社）。訳者は世良晃志郎。
（12）拙稿「天武天皇と五百重娘」。『青木生子博士頌寿記念論集上代文学の諸相』（塙書房）所収。一九九三年
（13）曽倉岑「天武御製歌と周辺の歌」。国語と国文学　五十九巻十一号。一九八二年

三　壬申の「乱」と万葉集

一　「乱」という呼称の問題

古代最大の内乱とされる壬申の乱は、六七二年、近江朝の後継者であった天智天皇の子、大友皇子と、天智天皇の弟で後継者を辞した大海人皇子との間に争われた。勝利した大海人皇子は、日本書紀のいう二年二月、帝位に即いた。後にいう天武天皇であるが、この時に「天武天皇」であったのではない。「天武」も「天皇」も後に贈られ、あるいは自ら称したものである。即位時に正式には何と称したか不明であるが、ともかくヤマト朝廷の最高の権力者の地位に即くべく戦ったのが壬申の乱であった。

しかし、大海人皇子すなわち天武天皇は、この戦いを「壬申の乱」と称したのであろうか。称していないのである。「乱」という語には「叛（反）乱」の意味がある。「叛（反）乱」は正統な権力・権威に対する叛逆である。正統性に問題があり、疑念があったとしても現実に機能している権力秩序に対する反抗もまた「乱」であろう。しかし「乱」を起こす側から言えば、正義や正統性は相手側には無く、自らの側こそが正義であり正統性の保持者であると主張するのが通例であろう。大友皇子の近江朝廷は現実に機能していた権力であった。政府機構も左右大臣、御史大夫（大納言）などの官職を持った行政機関が存在していた。大海人皇子はこの近江朝廷という権力機構を武力によって打倒したのであるが、その戦いを自ら「乱」と称することは無かった。前代からの権力の継承の正統性は自らの側にあって現実の近江朝廷の大友皇子には無い、としたのである。そのような主張はいかにして可能であったか。そして、そうした主張がなされたにもかかわらず後に「壬申の乱」と「乱」を付して言われるようになったのは何故であるか、またいつの頃から「乱」と言われるようになったのか、これらのことを、万葉集、日本書紀、続日本紀その他の資料によって跡づけてみたいというのが本稿の趣旨である。現代のわれわれが何気なく使う「壬申の乱」という用語にも一定の歴史的経緯があり、その経緯に無頓着であるならば、壬申の年と、それ以後の数十年に起きた事柄に対する適切な理解を取り逃してしまうことになり兼ねないだろうと私は思う。個人的な反省をこめて検討を始めたい。

二　正史における壬申の「乱」の表記

壬申の年、六七二年に起きた戦乱を当代の人々が何と言っていたかは不明である。しかし国家が、勝利した大海人皇子側の朝廷がこの戦乱を何と称していたかは日本書紀によって知ることができると思われる。日本書紀は養老四年に成立した正史であり、当時の朝廷は天武朝以後の権力をほぼ継承した政権であって、壬申の功臣あるいはその遺族も多く、壬申の乱に対する評価も、それが逆になるというような質的政治的変化は無いと見られるからである（評価がある程度変化したことは後に触れる）。また、日本書紀が天武十年（六八一）の「帝紀及び上古諸事の記定」に端を発した修史事業であるとするならば、書紀における壬申の年の戦いについての呼称は、おそらく天武朝当代の認識を表したものである可能性は一層高くなるだろう。

ひきつづく続日本紀においても、壬申の年の戦いについての呼称は検討の対象となる。続日本紀は成立・撰進こそ平安時代に入ってのことであるが、文武朝（六九七年～七〇七年）以後の歴史を記した正史であり、文武・元明・元正朝にかけては、先述した日本書紀を、壬申の年の当代資料と認めたと同じ根拠において当代資料であって、しかも続紀は編纂時に字句表現の改変、修飾することの少なかった実録の性格を持った史書であるから、その表現は当代の認識の反映であると言ってよい。二つの史書における壬申の年の戦いについての呼称は十分に当代資料の資格を持つと考えられる。以上の確認のもとに日本書紀と続日本紀とにおける壬申の年の戦乱についての呼称を次に揚げる。これらのなかには、戦乱そのものを指すのではなくて壬申の年を指すものもあり、また戦乱を表す語を用いずに婉曲に表現、あるいは省略して表現している例もあるが、「壬申」の語を有するものはすべて言外に壬申年の戦いを示しているものとして採択してある。なお、用例の収集は立命館大学文学部史学科の学生、吉田ちづゑ氏によるものを私が確認した。(1)

右によって見るに壬申の年の戦いを「乱」と称している例は日本書紀には存在しないことが判明する。用例のほとんどは壬申の乱そのものをいうのではなくて、壬申の乱の勝利に貢献した功臣の死に際して生前の功を賞するものであるが、「壬申年（之）功」という表現で、「乱」の語は避けられている。その中では3の「壬申年之役」、4の「大役」、10の「壬申年大役」、22の「壬申年役」、23の「壬申年之役」が、戦乱を「乱」と称さずに「役」と表現しているのが注目される。天武・持統朝においては「壬申の役」と称したのであって「壬申の乱」とは称さなかったことが諒解されよう。しかしなお考えるに、「壬申年功」という表現は正確には23の例の如く「壬申年之役功」とすべきであって、それらの例に「役」の語がないのは「役」の語さえも避けられていたか、

	年代（年・月）	呼称	対象人物	備考
1	天武2・5	壬申年之労	坂本財臣	死後贈位
2	天武2・8	壬申年労勲之状	紀臣阿閉麻呂等	顕寵賞の詔
3	天武3・2	壬申年之役	紀臣阿閉麻呂	死後贈位
4	天武4・6	大役	大分君恵尺	臨死時贈位
5	天武5・6	壬申年、大功	物部連雄君	死後贈位
6	天武5・7	壬申年之功	村国連雄依	死後贈位
7	天武5・8	壬申年之功	大三輪真上田子人君	死後贈位、諡
8	天武5・9	壬申年功	坂田公雷	死後贈位
9	天武8・2	壬申年之功	紀臣堅麻呂	死後贈位
10	天武8・3	壬申年大役	大分君稚見	死後贈位
11	天武9・5	壬申年之功	秦造綱手	死後贈位
12	天武9・5	壬申年之功	星川臣麻呂	死後贈位
13	天武9・7	壬申年功	三宅連石床	死後贈位
14	天武11・2	壬申年之功	舎人連糠虫	死後贈位
15	天武11・3	壬申年功	土師連真敷	死後贈位
16	天武11・7	壬申年之功	膳臣摩漏	死後贈位及禄
17	天武12・6	壬申年勲績	大伴連望多	顕寵賞、死後贈位
18	天武12・8	壬申年之功	大伴連男吹負	死後贈位
19	天武14・5	壬申年之功	当麻真人広麻呂	死後贈位
20	朱鳥元・3	壬申年之功	羽田真人八国	死後贈位
21	持統5・5	壬申年功	百済淳武微子	贈位・賜物
22	持統7・4	壬申年役	置始多久	赦レ罪
23	持統7・9	壬申年之役功	蚊屋忌寸木間	死後贈位、賜賻物
24	文武元・9	壬申之功臣	丸部臣君手	死後？贈位
25	文武2・6	壬申年功	田中朝臣足麿	死後贈位
26	文武3・5	壬申年軍役	坂上忌寸老	死後贈位、賜物
27	大宝元・1	壬申年功	県犬養宿祢大侶	死後贈位
28	大宝元・6	壬申年功	忌部宿祢色布知	死後贈位

あるいは使い慣れていなかったのではないかとも思われる。つまり、壬申の年の戦いは「役」というよりは実質「叛乱」であった。しかし「乱」という認識を正史は忌避して、ある場合にはこれを省略し、ある場合には「役」と称した、と推測されるのである。そしてまた、ある場合には「壬申年功」なる表現さえも省略して言外にこれを託する例も散見されるのであって、こうした用例は前掲の一覧表には挙げることができなかったが、これを次に挙げるならば天武朝にはなく持統朝に多いのである。たとえば、

i　持統五年九月　佐伯宿祢大目に死後贈位并せて賜賻物。

ii　持統九年四月　賀茂朝臣蝦夷

29	大宝元・7	壬申年功臣	村国小依ら十五人	贈食封、居中第
30	大宝3・7	壬申年功	民忌寸大火・高田首新家	死後贈位
31	慶雲3・2	壬申年功	大神朝臣高市麻呂	死後贈位
32	慶雲4・10	壬申年功	文忌寸祢麻呂	賜賻物
33	和銅3・10	壬申年功	黄文連大伴	死後贈位、吊賻
34	霊亀2・4	壬申年功臣	村国連小依息ら十人	賜田
35	天平宝字元・12	壬申年功田	贈位村国連小依ら五人 ※右五人は前項34の十人の中に含まれている。	功田は中功の決定
36	天平宝字元・12	壬申年功田	尾張宿祢大隅	功田は上功の決定
37	天平宝字元・12	壬申年功田	贈位星川臣麿ら四人 ※右四人は前項34の十人の中に含まれている。	功田は中功の決定
38	天平宝字2・4	壬申年功	尾張連馬見	子孫に宿祢賜姓
39	天平宝字7・10	壬申兵乱	高田毗登足人	下獄奪封
40	天平神護2・11	壬申年功臣	村国連男依孫嶋主	死後贈位

に死後贈位并せて賜賻物。

iii　持統十年五月　秦造綱手に忌寸賜姓。

iv　持統十年五月　尾張宿祢大隈に死後贈位并せて賜水田四十町。

v　持統十年五月　大狛連百枝に死後贈位并せて賜賻物。

vi　持統十年八月　多臣品治に死後贈位并せて賜物。

vii　持統十年九月　若桜部朝臣五百瀬に死後贈位并せて賜賻物。

ここに挙げられる人物はすべて壬申の功臣なのであって、こうした例が持統九・十年に多いのは何らかの意味があるように思われる。

次いで続日本紀を見る。文武朝から元明・元正朝にかけて壬申の功臣の死が相継いで記されるが、日本書紀の例と同じく「壬申年功」という表現で「乱」とは記さない。続日本紀は漢籍における皇帝の起居注の如き原資料に基いた実録の性格を持つとされるから、この時代の、壬申の年の戦乱についての表現が続日本紀の表現を生み出していると言ってよいだろう。その意味で文武朝においても壬申の年の戦乱は「乱」ではなかった。「乱」という認識ははばかられていた。この認識が続日本紀の表現に反映していると考えられるのである。

文武～元正朝にかけての例の中で注目すべきは29の大宝元年七月の記事である。左に掲出する（訓読は、新日本古典文学大系「続日本紀」に拠る。以下同様）。

また壬申の年の功臣に、功の第《しな》に随ひて亦食封《じきふ》を賜ふこと、並に各差《しな》有り。また、勅したまはく、「先朝、功を論《あげつら》ひて封を行ひたまふ時、村国小依に百廿戸、当麻公国見・郡犬養連大侶・榎井連小君・書直知徳・書首尼麻呂・黄文造大伴・大伴連馬来田・大伴連御行・阿倍普勢臣御主人・神麻加牟陀君児首、一十人に各一百戸、若桜部臣五百瀬・佐伯連大目・牟宜郡君比呂・和尓部君手、四人に各八十戸を賜ひき。凡て十五人、賞、各異なりと雖も、同じく中第に居り。令に依りて四分の一を子に伝ふべし」とのたまふ。

右の記事は他の多くの死後贈位の例と異なって、壬申の年の功によって食封を賜わっていたが、その功の等級を中第とするというのである。中第は35、37の例の「中功」と同じで、食封の四分の一を子に伝えることができるというものである。大宝律令成立に際して、令の規定によって壬申の功臣の功による特典は子の代までと限定されたわけである。子の代といえば、この時すでに壬申の乱後三十年になろうとしており、阿倍普勢臣御主人、文（書）忌寸祢麻呂、黄文連大伴らは存命であったが、多くは死没して子の代に入っていたと思われ、この後いくばくも経たずして壬申の功の特典を享受した人々は消滅して行くことになる。すなわち壬申の戦乱の影響から国家社会がフリーになって行くことになるのである。事実、この年以後、「壬申の功」を以て死後贈位された人物は四名、和銅三年十月の黄文連大伴が最後となる。（この他40の例に、村国連嶋主が死後贈位されているのは、祖父男依（小依）の壬申年の功に依ったのではない。恵美押勝（藤原仲麻呂）の乱に、朝廷方に内応したにもかかわらず、仲麻呂に与《くみ》したと誤解され誅殺されたことに対する名誉回復の処置としての贈位である）。

壬申の戦乱は、その当代及び当代の影響下にある時代においては「乱」と称せられることはない。しかし、やがて壬申の戦乱の影響を脱した時代が来る。39の例はそれである。次のような文脈の中でその例は現われる。

　天平宝字七年（七六三）十月

丁酉（二十八日）、前監物主典従七位上高田毗登《びと》足人《たりひと》が祖父、嘗て美濃国の主稲に任しき。壬申の兵乱に属《あた》り、私馬を以て皇駕を美濃・尾張に奉りき。天武天皇これを嘉《よみ》したまひて、封廿戸を賜ひて子に伝へしむ。是に至りて、高田寺の僧を殺せるに坐せられて獄に下り封を奪はる。

高田毗登足人は壬申の功臣高田首新家（30の例）の孫であったが、殺人罪のため食封を没収されたというのである。高田首新家は大宝三年（七〇三）に没したのであるから、足人の祖父に適わしいと思われるが、天武朝に封を賜わったことは記されていない。また壬申年の功は令によって中第（中功）であるから、孫にまで伝わらない。こうした疑問点はあるが、ここに初めて続紀は「壬申兵乱」と記し、壬申の功が剥奪されたと記すのである。「兵乱」とは直ちに「反乱」を意味しない。むしろ「戦乱」の意に近いであろう。当該文の文脈から言っても「壬申兵乱」は天武天皇の反乱を意味しているとは考え難い。「兵乱」は戦火による世の乱れを意味し、「壬申兵乱」は、壬申の年に近江朝廷側勢力と大海人皇子側勢力とが戦闘状態になり世の秩序が乱れたことを意味するだけであろう。

　しかしながら前代が避けてきた「乱」の語が、ここ正史に現われたことの意義は小さくはない。権力の所在が紛糾し、世が無秩序に陥った期間が存在したと認識することは、自らの権力の正統性を自明とすべき要のある大海人皇子とその後継者にとっては認め難いことであるはずだからだ。それ故「乱」という語は、恐らく注意深く意識的に避けられて来たのだ。しかしこの時点、天平宝字七年（七六三）の時点で、壬申の年を「兵乱」の存在した年、正統な権力の弁別が不明の無秩序の期間が存在した年と表現して一向に差支えがない状態が到来していたと、この用例は示してくれるものだと思われる。

三　正史以外の書における壬申の乱

八世紀後半の初期、正史は壬申の年の戦いを「壬申年役」「壬申年軍役」ではなく、「壬申兵乱」と初めて記した。他の当代資料では如何であろうか。吉田ちづゑ氏は、懐風藻、万葉集、藤氏家伝の三資料から「壬申の乱」の用例を提出された。次の通りである。

○懐風藻

A（序文）……当㆓此之際㆒、宸翰垂㆑文、賢臣献㆑頌、雕章麗筆、非㆓唯百篇㆒、但時経㆓乱離㆒悉従㆓煨燼㆒

B（大友皇子伝）……会㆓壬申年之乱㆒、天命不㆑遂、時年二十五。

○万葉集　巻十九

C（題詞）壬申之乱平定以後歌二首

皇者　神尓之座者　赤駒之　腹婆布田為乎　京師跡奈之都（四二六〇）

右一首大将軍贈右大臣大伴卿作

大王者　神尓之座者　水鳥乃　須太久水奴麻乎　皇都常成通　作者未詳（四二六一）

右件二首天平勝宝四年二月一日聞㆑之即載㆓於茲㆒也

○藤氏家伝

D（鎌足伝）……大皇弟初大臣所遇之高、自茲以後、殊親重之。後値壬申之乱、従芳野向東土、歎日、若使大臣生存、吾豈至於此困哉。

E（武智麻呂伝）……和銅元年三月、遷図書頭、兼侍従。……先従壬申年乱離已来、官書或巻軸零落、或部帙欠少。公爰奏請、尋訪民間、写取満足。由此、官書髣髴得備。

懐風藻は序文によれば天平勝宝三年（七五一）の成立。淡海真人三船の撰であるとする説が有力である。三船は大友皇子の曽孫、懐風藻成立の年の正月に臣籍に降って御船王から淡海真人に改氏姓されたばかりであった。近江朝や大友皇子を追想する思いの濃厚な年だったと言ってよい。Aの例は、近江大津京が戦火に焼かれ、その文化の象徴である漢詩文作品が灰燼に帰したことを嘆いている。「時経乱離」は世が乱れ統制を失ったことを言うが、文書類の離散をも含意しているであろう。したがって直接に壬申の乱を示してもいるが、反乱という意味合いは薄いように思われる。これに対しBの用例は大いに異なるところがある。Bは撰者三船の曽祖父大友皇子の略伝を述べた末尾の文である。ここには「壬申之乱」という表現があり、その「乱」によって大友皇子が「天命」を遂げ得なかったと記している。「天命」とは何か。「天から与えられた運命」（古典大系、学術文庫）と解するものが多いが、大友皇子にとって「天から与えられた運命」とは何か。寿命のことであろうか。略伝は大友皇子を「立為皇太子」と記している。皇太子に与えられた運命は、やがて皇位に即き天下を統治すること、すなわち受命の天子となることではあるまいか。しかし「天命」は、すでに受けていたのであって、それを遂げなかったというのである。「天命不遂」の原因が「壬申年之乱」にあるのであれば、その「乱」は反乱である。「乱」を起こした者は「天命」を受けていた大友皇子ではない。吉野方の大海人皇子である。かくして、ここでは壬申の年の戦いは大海人皇子の起こした反乱と規定されていると見ることができる。

略伝はそれだけではない。藤原鎌足が言った言葉として次のように天武天皇を表現している。大友皇子は或る夜夢を見た。朱衣の老人が日（太陽）を捧げ持って来たり、皇子に授けたが、忽ち人が現われ、これを奪い去った。この夢の内容を皇子が鎌足に説明したところ、鎌足は歎じて次のように言ったというのである。

恐るらくは聖朝万歳の後に、巨猾の間釁《かんきん》有らむ。然《しか》すがに臣平生曰ひけらく、豈如此る事有らめやといへり。臣聞く、天道親無し、惟《ただ》善をのみ是れ輔《たす》くと。願はくは大王《きみ》勤めて徳を修めたまへ。災異憂ふるに足らず。

……（訓読は日本古典文学大系本による。）

文章は漢籍による修飾の施されていることが指摘されているが、近江朝、天智天皇の死後に「巨猾の間釁」の有ることを鎌足が予想している。古典大系の小島憲之氏の頭注はこれを「非常に悪賢い者が隙間（天位）をねらう」意としている。文脈からは「巨猾の間釁」は大海人皇子に他ならない。鎌足の言葉であるが、淡海三船の表現であり、彼の壬申の乱に対する考え方そのものである。「天道」に則って、徳を修めるべき立場にある「大王」は大友皇子であるとも表現している。かかる思想からすれば、壬申の年の軍役は、当然「壬申の乱」であり、「乱」は反乱の意であることは言うを俟たない。こうした表現が懐風藻の成立した天平勝宝三年（七五一）に存在することは、淡海三船が大友皇子の直系の子孫であるにしても、孝謙朝という時代がすでに天武天皇の権威、天武・持統朝以来の壬申の年の戦いを聖化する呪縛から解き放たれていたことを表すであろう。壬申の年から数えて七九年を経過して「壬申年役」は「壬申年之乱」となったのである。

Cの例は万葉集である。歌われた歌は古いものであるが、記録された年はずっと降って天平勝宝四年（七五二）、懐風藻の成った翌年である。大伴家持が、その年二月二日にこの歌を聞き書き留めたのだと左注にある。おそらく題詞も同時に記されただろうと思われる。記録するに当たって、歌の作者名とあわせて題詞に由縁を書き留めておかねばならないだろうからである。

題詞に「壬申年之乱」とあり「平定」とある。家持は壬申の乱に大海人皇子側に加わって戦った大伴氏の人間であるから、懐風藻の三船の如く感情をこめて「壬申年之乱」という因縁はない。むしろ「乱」が反乱を意味するならば、使いたくない言葉であろう。したがってここでは「乱」は戦乱、兵乱であり、一時的な世の乱れをいうとしてよいであろう。しかし「乱」の語が大海人皇子側にとって全くマイナスのイメージが無い表現であったなら、「壬申年之乱」はもっと早期に、天武・持統朝に出現してよいはずだ。やはり「乱」には反乱の意味合いがある程度は存在したと見るべきだろう。しかし壬申の年から八十年経た時点において、それが反乱であったとしても、もはや天武朝の正統性はゆるがないものとなっており、「乱」という表現も忌避されず、一般的に通用される状態に立ち至っていたのだと考えられる。そのように考えると、前述の懐風藻の表現は、当時の一般的な表現における「壬申年之乱」の意味合いを過激に超えて特定の意味を付加したものだと思われる。そしてそのような過激性（天武朝の反乱権力的性格）を言い立てても権力は動揺しないという現実があった、壬申の年の戦いは、その聖なる呪縛力を発揮する要はもはやなかった、こうした現実の延長上に「壬申年之乱」の語が用いられ始めたのであった。

因みに当該「壬申年之乱」を、近時、下句の「平定」の語と合わせて、（大友皇子の起こした）壬申の乱を天武天皇が「平定」したとする解釈がある。もしこうした解釈が成立するならば天武朝にとって「乱」は何ら忌避すべき語ではなく、堂々と天武朝の初めから使用されたであろう。実例がこれを完全に裏切っていることは前掲した呼称一覧で明らかである。「平定」は他動詞でなく自動詞に「平定《しづま》りにし」あるいは「シヅマテ」（京緒）と訓むべきであろう。

D・Eの例は藤氏家伝中のものである。Dは、主語は大海人皇子。大津京の浜楼の宴に長槍を以て敷板を刺し貫き、天智帝の怒りを買い、ために害されんとした皇子を鎌足が救った事件を叙した後の記述である。後年「壬申の乱に値《あ》った（「後値壬申之乱」）」大海人皇子が「鎌足が生きていたら、このような苦しみに遭遇せずにすんだろうに」と歎いたというのである。壬申の乱を起こしたのは大海人皇子ではない、皇子は「乱」にバッタリ出会ったのである。「値」は説文に「一曰、逢遇也」とあって「遭遇」の意である。「乱」は不可抗力的に生じたのであって、反乱ではなく世の乱れの意で用いられているのであろう。Cの万葉の例とほぼ同様の意味合いと見られるが、この字句「値壬申之乱」の五字が欠落している伝本のあることは注意さるべきである。（『藤氏家伝　注釈と研究』沖森卓也・佐藤信・矢嶋泉共著、吉川弘文館、平成十一年）。思うに当該句は「後」の一字があれば文意は通じるのであって、なくともよいのである。「壬申之乱」の表現を嫌って、これを削除したのであるか、あるいは元来は無かった五字を文意の通じやすいように後に付加したのか、いずれとも不明であるが、この五字をめぐって微妙な感情が存在した機微をうかがうことができよう。

Eは「壬申年乱離」の表現で、「乱離」の語は懐風藻の序文にも存在したことは前述した。当該例も文章の散佚に関して用いられており、「乱」は反乱を意味しない。一般的な無秩序状態の戦乱を意味していると考えられる。

藤氏家伝の成立は奈良時代後半、天平宝字四年（七六〇）から同六年頃と推定されている。成立の中心人物藤原仲麻呂は近江朝の篤い敬慕者であったが、「壬申の乱」の用語については淡海三船が懐風藻に見せたような「乱」の反乱的性格を表現しているとは思われず、当時の一般的認識に従った用法と見られる。かくして壬申の年の戦火を「壬申の乱」と称する例は七五〇年代から六〇年代に四種の資料すなわち続日本紀、懐風藻、万葉集、藤氏家伝に、あたかも踵を接するように出現して来るのである。出現の順次は懐風藻が最も早く天平勝宝三年（七五一）、次いで万葉集の天平勝宝四年（七五二）、三番目は藤氏家伝の天平宝字四年（七六〇）から六年頃、最後に続日本紀の天平宝字七年（七六三）となる。最初に出現の記録を残す懐風藻が壬申の乱の反乱的性格を強く表現し、他は一般的戦乱の意味合いが濃かった。それは、懐風藻の用例が撰者の性格から推して突出したものと言うべく、当代の用法としては他の三種の如きが一般的だったのだと思われる。そして、聖武朝の天平時代を経過した後において、六七二年の戦乱を「乱」と表現できる時代がめぐって来た、すなわち壬申の年の戦いを聖化する圧力、風潮が消失したことを意味するのだと思われる。

四　壬申の乱の正当化

壬申の年の戦いは、戦後八十年、「乱」の呼称を避ける風潮が一般的であった。「乱」と称することは、勝利した大海人皇子の権力の正統性を疑うことにつながる。敗者の大友皇子、及び近江朝廷側の権力が戦いに敗れるまで一時的にせよ正統な権力であって、その権力を「乱」によって奪取したのが大海人皇子側勢力なのだという認識になる。それは正統権力に対する反乱である。そうした認識は、権力はともあれ権威の確立に大きな支障となろう。この点の処理こそは天武朝の政治課題であった筈だ。

大友皇子の近江朝が正統な権力組織であったことは天武朝も認めざるを得なかった事実であったろう。左右大臣、大納言（御史大夫）を揃えた行政の執行機関があり、朝廷としての形態も整っていた。また何よりも大海人皇子は天智帝の皇位継承者たることを不本意ながらとは言え明瞭に辞退していることは、天智紀、天武紀に明記されているのであるから、このことは当然公然にして既知の事実だったろう。大海人皇子に代っての近江朝後継者は、大海人皇子は倭姫大后を推薦したと書紀に記すが、大后即位の事を書紀は記さない。したがって書紀による限り壬申の年の皇位は不在である。大海人皇子は翌年二月、飛鳥浄御原宮に即位したと書紀は記している。これによれば天武の元年となる年は壬申の年の翌年、癸酉の年（六七三）である。即位の年の末尾に記される太歳記事も天武紀においては「是年、太歳癸酉にあり」と癸酉の年に記している。しかるにこの年は天武元年ではなく天武二年と書紀は記している。壬申の年が天武元年である。ということは、書紀は大友皇子の近江朝の半年間を無視していることになる。乱が勃発した六月までは近江朝が日本国（倭国）の朝廷であったにかかわらず書紀は、「元年春三月……阿曇連稲敷を筑紫に遣して、天皇の喪を郭務悰等に告げしむ」と記す。この「元年」は天武元年であって、大友皇子の近江朝の元年ではない。そのようなものとして書紀は編集されている。壬申の年に近江朝と天武朝と二つの「元年」があったと認めているわけではない。近江朝の「元年」を認めれば、皇位の継承は、天智→大友→天武とならざるを得ないのである。

日本書紀は大友皇子治世の年の存在を認めない。これは天武・持統朝の基本政策であり、公式の歴史観であったろう。ところが一般には必ずしもそのような歴史観を以て統一されていたのではない。日下部勝皐《くさかべかつたか》の「薬師寺檫銘釈」（寛政六年刊）はその事実を指摘する。すなわち薬師寺東塔の檫銘には冒頭に、

維清原宮馭宇　天皇即位八年庚辰之歳建子之月以中宮不悆創此伽藍……

と薬師寺建立の由来が刻まれてあるが、庚辰之歳は書紀によれば天武九年なのである。薬師寺の完成は文武二年（六九八）であるから檫銘が刻されたのもこの近辺の年と推定され、天武朝の治世の数え方を書紀のいう天武二年を以て初年としていることが知られるのである。書紀においても即位は二年二月としているのであるから、「庚辰之歳」が「即位八年」であることは檫銘と同じであるのだが、檫銘がこれを書紀の如く「天武九年」としてい

ないことが注目されるのである。壬申の年を天武元年とする治世年の数え方は一般的ではなかったのだ。太歳記事が天武二年条に記されることも、即位年と連動することの当然は理解されるものの、即位前年の壬申の年は天武朝の元年なのだという認識は一般には無かったし、天武朝においても、その前半頃には無かったのではないかと推測されるのである。つまり壬申の年は大友皇子の即位は認めないものの大海人皇子が即位した年でもないその一年は君主の存在しない年であった。そうした認識が天武朝廷の認識であったのではないか。しかし事実は壬申の年の前半は近江朝廷が存在し機能していたのである。唐使郭務悰への近江朝廷の対応はその一例であり、天武朝もこの事実は認め、正史に記したわけである。したがって一般世間的な認識では壬申の年は近江朝大友皇子の治世であり、それが大海人皇子の起こした反乱によって打倒された年である。つまり壬申の年は壬申の乱の年である、という認識が優勢であったと思われるのである。少なくとも天武治世の年ではないという認識が一般的だったろうことは薬師寺東塔の檫銘から推定してよいと考えられる。

しかし天武天皇、あるいは天武・持統の朝廷においては、こうした歴史観を放置しておくことはできない。放置すれば天武の王権は反乱政権であることになる。大友皇子の近江朝の正統性を認め、その存在を正史にも記載する必要が出てくる（実際にもその朝廷の名は記されなかったが郭務悰への対応は記さざるを得なかった）。かかる状況において天武天皇、あるいは天武・持統朝の正史編纂史局は、大友皇子の近江朝廷治世の存在を認めぬ方向で、天武朝は天智朝を直接継承するものとして壬申の年を天武元年とした。壬申の年の戦いそのものは、大海人皇子の政権樹立の基盤を成した事件であるから刻明に記す。戦いは反乱であったが、反乱ではないと正当化の論理を構築して記す。したがって「壬申之乱」という用語は一切用いない。用いることを許さない。「壬申之役」あるいは「壬申年之〜」という表現を用いる。こうした決定ないし申合せが正史編纂時になされたのではないか。当時、天武天皇の意向が大きく影響したであろう。あるいは意向というより命令であったかも知れない。かくして、書紀、続紀にみられた「壬申」の語を持った用例が、前掲した一覧表のように「乱」の語を用いずに出てきたのである、と私は考える。

そこで問題は、壬申の乱を反乱に非ずとする正当化の論理である。正当化の論理は王権の正統性を保証する論理でもある。天武王権の正統性はいかにして保証されたか。それは先ず壬申紀（書紀巻二十八）の記述の中に見出される。

先ず指摘されるのは、大海人皇子は天命を受けて起った新王朝の始祖に自分自身を見立てたと思われることである。その例として挙げられるのが自らを漢の高祖に擬して壬申の乱を戦ったとされることである。書紀には次のようにある。（訓読は新編古典文学全集による。以下同様）

数万の衆を率て不破より出でて直に近江に入らしめたまふ。其の衆と近江の師《いくさ》と別《わ》き難きことを恐り、赤色を以ちて衣の上に着く。

赤布を衣に着けたとあるが、これを、たとえば新編古典文学全集の頭注は「漢の高祖が赤帝の子と自負して赤い旗幟を用いた故事（『漢書』高帝紀上に「旗幟皆赤シ」）にちなんで、大海人皇子が自らを擬したことを示す。」と注する。書紀の赤布と漢書の「旗幟」とは物も用途もその大きさも大分違っていて、これだけの記事で俄かに自らを高祖に擬したとはとても言えないが、古事記序文や万葉集の高市皇子挽歌（二・一九九、柿本人麻呂作歌）と照らし合わせて考えると、どうやら大海人皇子が自らを高祖に擬するために赤旗を掲げたらしいことが推測されてくる。記序は「絳《かう》旗《き》兵を耀《かがや》かし」と記し、高市挽歌は「指挙《ささげ》有《たる》　幡《はた》之《の》靡《なびき》者《は》　冬木成　春去来者　野毎　著而有火之　一云　冬木成　春野焼火乃　風之共　靡如久……」と歌っている。記序と万葉歌は赤旗をかかげたことを壬中の戦いの象徴的光景として表現しているのである。これを赤布と赤旗とを共に用いたとする考え方があるが納得し難い。[2]高祖のひそみに倣うのは赤旗であって赤い布ではない。書紀は故意に赤旗を赤布に変えて表現し、天武天皇の高祖的印象を外らしたのである。後にも触れるが天武天皇の高祖的性格を強調しすぎることは、中国の王朝交替時の観念である易姓革命の思想に近づき、万世一系の皇統思想との整合性が困難になる。天武は新王朝始祖的性格は有するものの易姓革命の天子ではない。こうした顧慮が書紀編集に際して存したのではないか。赤布は敵味方識別のための目印であるという断り書き的な記述も、赤色の持つ象徴性を除去しようとしたように思われる。対するに記序と高市挽歌は、公的な性格を持つものの個人名を有する述作であり、壬申の乱の印象的光景は個人が認識した事実に即して表現されていると思われる。

大海人皇子が壬申の乱において、自らを漢の高祖に擬したことは井上通泰以来、[3]右の赤色の旗幟を立てたことについて言及されてきた。このことは右に述べたように限定的に解されねばならない側面があるとしても、大旨認めてよいことであろう。何のために自らを高祖に擬するのか、それは本来反乱であるところの自らが起こした戦いの正当化のためであった。石母田正氏は「中国の史書の輸入は、……物質文化や諸制度の輸入とは異なった質の関連であって、他民族の経験と歴史が、自己の行動を正当化する手段として、あるいはその特殊的経験を一般化する媒介として役立てられるという従来にない観念上の交通が成立しつつあったことをしめしている。」と言われる。[4]中国史書の流入、享受が壬申の戦乱の反乱的性格の質を変えることに役立っていることを指摘されるのである。反乱は中国的観念によって正当化され、前代の権力を奪取した新しい権力は正統な権力として容認される。前代からの権力の継承ではなく、始祖的性格の君主による新しい権力である。大海人軍の赤旗赤幟によって、こうした意図を認識し得る範囲は限定されようが、支配者天武天皇のかかる意志はその後の天武朝の施策の中に具体化されて現われて人々に新しい認識をもたらす筈である。天武二年閏六月、新羅の賀騰極使を受け入れ、弔先皇喪使を拒否したのもその一つの具体例であろう。

五　中国の天命思想

壬申の年の戦いは反乱ではない。新しい王権樹立のための戦いであって、中国史書の観念を受容すれば戦いによって権力を奪取した新しい王権は正統な王権である。しかしそのためには新しい王権は天命を受けた王権でなければならないのが中国の歴史思想である。大海人皇子も高祖に自らを擬するならば、自らは高祖と同じく受命の天子でなければならない。それならば「天命」とはいかなるものか。大海人皇子は「天命」をいかなるものとして認識していたか。

中国思想としての「天」や「天命」を簡潔に要約することは極めて困難である。今、『一語の辞典　天』（平石直昭著　三省堂　一九九六年）によって、その諸所から「天」と「天命」に関する記述を拾って行くならば、

「『天』は、殷を打倒した周が自己の権力を正統化する理念として強調したものであった。」（二八ページ）

「『天』は、もし周が『天』の下命に必要な『安民』を実現できないとすれば、殷をみすてたように周をもみすてるであろう。……こうした考え方でゆけば、有資格者による現王朝への挑戦と王朝交代の可能性は、潜在的にはつねにあることになろう。」（二九ページ）

「『天』は『有徳』『安民』という基準に従って、王もしくは王朝に天命を下すとされていた」（三七ページ）

「周初の諸篇では、『天命』と『徳』とは順接に連動するものとされていた。有徳者には幸運が『天』によって恵まれるというのである。……これにたいして『詩経』には、無辜《むこ》の自分がなぜこんな不幸にあわねばな

らぬかと嘆き、天を怨む詩がみられる。……ここでは『天命』と『徳』との関連は断たれている。しかも周初諸篇にはまだみられた政治的な含意はきえて、個人の私的な運命との関係で『天』が引照されている。」（三九ページ）

「『徳』と連動する『天命』という見方が、その後も消えてしまったわけではない。むしろ儒教史全体をみたとき、後者（『徳』と『天命』の連動、稿者注）の方が有力であったといえよう。」（四一ページ）

「『武帝の諮問にこたえた『賢良対策』で董仲舒《とうちゅうじょ》は、『春秋』の検討からひきだせる教訓として『国家まさに失道の敗あらんとすれば天乃ちまず災害を出して以て之を譴告し、自省するを知らざれば又怪異を出して以て之を警懼す。なお変ずることを知らざれば、傷敗乃ち至る。ここを以て天心の人君を仁愛してその乱を止めんと欲するを見るなり』とのべている。」（七〇ページ）

「あらためて注意したいのは、『詩経』『墨子』など素朴な天譴説の前提する『天』には人格神的傾向が強かったのにたいして、荀子以後の『天』には、災異説に立つにせよ不相関論に立つにせよ、陰陽の気から成る自然の運行という意味が強いことである。……戦国末から秦漢期にかけて、この非人格化の傾向が一層進んだ……」（七九ページ）

長々と引用させていただいたが、これらをまとめて一般的に中国の「天命思想」を要約説明するならば、関晃氏の次の文が適切であろう。

君主は、万物の主宰者であり天の抽象化・神格化である天（天帝・上天・上帝・昊天上帝などともいう）の子として、天の命を受けてその地位にあるものであり、この天子の徳が高く、政治がよく行われているときには、天はこれに感応して祥瑞を出現させ、天子が不徳で非政が行われているときには災異を降し、さらに進んでは、その王朝を滅亡させるに至るとする考え方で、儒家はこれをその徳治主義の根拠とし、法家はこれを君主権至上主義の根拠とした。(5)

大海人皇子は、自らを高祖に擬して壬申の年の戦いを戦った以上、中国の天命思想に無知であった筈はない。（しかし正確に中国風に理解していたか否かは別の問題で、この点については後に触れるところがある。）書紀の天武十二年（六八三）春正月条には、天皇は次のように詔して自らが天命を受けた君主であることを表明している。すなわち

丙午（十八日）に詔して曰はく、「明神御大八洲倭根子天皇の勅命をば、諸の国司・国造・郡司と百姓等、諸に聴くべし、朕初めて鴻祚《あまつひつぎ》登《し》らししより以来、天瑞、一二に非ずして多に至れり。伝に聞かく、其れ天瑞は、政を行ふ理、天道に協《かな》ふときには、応ふときけり。是に今し朕が世に当りて、毎年に重ねて至る。一たびは以ちて懼《おそ》り、一たびは以ちて嘉《よみ》す。……」

わが治政の世が天道にかなって天瑞が多いということは、自らが受命の天子であるということである。この詔が果してこの時に発せられたそのものか否か、また語句の修飾などの問題もあるが、天瑞出現は、天武九年七月と十年七月に朱雀出現の記事があり、十年八月には白茅鴟《いひどよ》の貢上、九月には赤亀の貢上もあった。十二年の正月、詔の直前には、前年筑紫で発見の「三足雀」の貢上もあった。これらの天瑞をふまえての詔の発布であった。二年後の「朱雀」建元とも合わせて、天武天皇が天瑞の出現をその証として自らを受命の天子と自覚していた、もしくはそうであることを周囲に認識させようとしていたことは疑いないだろう。この認識の浸透によって壬申の年の戦いは、たとえ反乱であっても正統な戦いとなり、勝利によってその反乱の正当性は保証され、反乱と称することを憚らせる風潮の醸成ができた。当然、権力中枢もそうした風潮醸成に加担して自らは決して「壬申年の『乱』」と称することをしなかった。かくして「壬申年之乱」は戦後半世紀以上にわたってその名を正史に現わさ

ないことになったのだと思われる。

六　天武天皇の天命思想

天武天皇は天命を受けての正当な反乱によって権力を奪取した正統なる君主であった。しかし、その時に理解された「天命」は、中国で理解されていたような非人格的な「天」ではなかったようである。関晃氏は、当時の人々が祥瑞を出現させた主体を何と考えていたかについて、朱鳥・大宝・慶雲の改元の場合は記事が簡略で不明であり、和銅の改元に至って「天に坐す神、地に坐す神」が祥瑞を出現させた主体であることを初めて明らかにしていると言われる。[6] すなわち祥瑞を出現させた主体は天神地祇だったのである。抽象的な「天」の摂理・理法ではない。おそらく天武朝においても同様だったのではあるまいか。先に触れた天武十二年正月の詔には「行レ政之理、協二于天道一」とあって、あたかも抽象的な「天」の如き存在を認めているかのようであるが、冒頭の「明神御大八洲（倭根子）天皇」の称は（　）部分を除いて養老令の文言であってみれば、詔勅自体の当代性を信じても、その表現字句の当代性をまでまるごとは信じ得ない。

「天神地祇」の表現は天武紀に三例あり、初例は壬申の年の六月二十七日条にある。行宮を美濃国の野上に定めた夜、雷電と雨とが激しかった。大海人皇子は「祈《うけ》ひ」をして言う。「天神地祇、朕を扶けたまはば、雷なり雨ふること息《や》めむ」と。言い終るや即ち雷雨が止んだという。抽象的な「天」よりむしろこのような人格的な天神の観念が、天武朝の祥瑞出現にあったと考えられるのではないか。その前日の二十六日、朝明郡の迹太《とほ》川辺に天照太神を望拝したことも、皇祖としての人格神的な「天」であるところの「天神」の加護、冥助を祈ったのであるし、高市郡大領高市県主許梅《こめ》の神がかりして口走った神は、これはこれでまた人格神の地祇であった。かく考え来ると、壬申の乱における赤色の旗幟を掲げた振舞も、漢の高祖に擬したとは言い条、天命革《あらたま》る革命の「天」を信じたのではなく、皇祖神を含めた「天神」の冥助を信じたのであって、「天」の内実は中国のそれとは似つかぬものに変質し、すりかえられて理解されていたことが判然としてくる。天武八年（六七九）五月の六皇子吉野会盟の際に「天神地祇と天皇、証《あきら》めたまへ」と草壁皇子が誓いの言葉を切り出し始めることでも分るように、事の真偽や正邪を判定するのは「天」ではなく「天神」と地祇なのであった。かかる「天神」によって、壬申の乱は正当化され、大海人皇子が奪取した権力は正統な権力となったのである。

大海人皇子は抽象的な観念であるところの「天」、天地自然の運行の理法であるところの「天」ではなく、人格神である「天神」や皇祖神の天佑神助を「天命」と解したのだ。壬申の乱の、高祖を擬した絳旗・赤旗幟も、かかる意味での「天命」による正統性の示威だったのである。したがって、もし日本書紀にそのまま赤色の旗幟を立てたことが記述されるならば、正史として対外的な性格を持つ史書であるだけに、中国思想による「天命」観をもつ中国や新羅などの諸国に対し、あるいはまた数多い渡来系律令官僚層に、天武朝の性格について天武の意図せざる誤解を与えることになるであろう。かかる顧慮に基いて書紀は「天命」革まる象徴であるところの赤色の旗幟を単なる敵味方識別のための赤布に変えたのであろうと思われる。この操作によって書紀の文面における天武朝の所謂「革命」的性格は消去される。しかし倭風ではあるが「天命」を受けた新王朝的性格は、多くの天瑞出現の記事や天智天皇への弔使受け入れ拒絶などによって、わずかに痕跡を留める。書紀はかかる前代との継承関係の構築を以て天武朝の歴史記述をしているのではあるまいか。しかしながら書紀編纂以前の時代すなわち天武・持統朝の政治的現実は如何というならば、壬申の年の戦いについて、それは赤旗・赤幟の下に大海人皇子を漢の高祖に擬したところの、倭風に変質してはいるが「天命」を受けた正当な戦いであって、実態は「乱」

であるが「乱」とは称さない、正統な新王権樹立のための戦いであったと、人々に理解、認識せしめるべく天武天皇は意図していたというような様相を見せていたのではあるまいか。これを要するに書紀の記述と壬申の乱の勝利者たる天武天皇の政治的意図もしくは現実認識との間には、天武朝の性格についての理解にズレがあったということである。書紀は大友皇子の近江朝を正統権力として否定しこそすれ、その前代の天智朝と天武朝との間には同質の正統性を以ての継承関係を設定して表現しようとし、天武天皇とその周囲の認識では天智朝ともいささか断絶感のある新王権として、後述する或る時期まで、自らの王権についての自覚を持っていたのだ、と私には思われる。

壬申の乱の赤旗と赤布との相違は、その辺のズレの消息をかいま見せるものであるが、他にもその標徴がある。他ならぬ万葉集の柿本人麻呂の高市皇子と日並皇子の二つの殯宮挽歌がそれである。

高市皇子挽歌（2・一九九）は前述したように大海人皇子の軍勢を、その掲げた「幡《はた》」の靡きは春野を焼く野火の風に靡くが如くだったと表現していた。当該歌の前半に大海人皇子について

……明日香乃　真神之原尓　久堅能　天都御門乎　懼母　定賜而　神佐扶跡　磐隠座　八隅知之　吾大王乃
所聞見為　背友乃国之　真木立　不破山越而　狛劔　和射見我原乃　行宮尓　安母理座而　天下　治賜
一云掃賜而　……

と歌っている。注目すべきことは大海人皇子を「天降った大王《おほきみ》」と表現していることだ。この表現についてはすでに辰巳正明氏や神野志隆光氏らが、天武の新王朝の始祖性を言うものとして指摘されており（7）首肯すべきものであるが、問題は日本書紀にはほとんど見ることの出来ない天武天皇の始祖性を、人麻呂が高らかに歌うことの背景であり因由である。同様な問題が日並皇子挽歌（2・一六七）にも存在する。

天地之　初時　久堅之　天河原尓　八百万　千万神之　神集　集座而　神分　分之時尓　天照　日女之命
天乎婆　所知食登　葦原乃　水穂之国乎　天地之　依相之極　所知行　神之命等　天雲之　八重掻別而　神
下　座奉之　高照　日之皇子波　飛鳥之　浄之宮尓　神随　太布座而……

右の歌は、「神分　分之時尓」の訓と「高照　日之皇子」の解釈に大きな問題があって、この問題を等閑に付しての内容検討は許されないのであるが、今その検討は後日に譲って仮に前者を「神分《わか》ち分《わか》ちし時に」と訓み、後者をニニギノ命と天武天皇とを重ね合わせたものか天武天皇のみであるかの決定は、いずれにしても天武天皇を含むものであるので留保しておくこととして扱うならば、高市挽歌と同じく天武天皇は天降った「日の皇子」であって、降臨は天の河原に神集いました「八百万千万の神」すなわち「天神」の「天命」なのであった。古事記や日本書紀第九段第一の一書の如き天照大神の至高神性は、そこでは歌われていなかった。ここにも天武天皇の地上世界の王朝における始祖性が表現されていると見ることができる。

天武天皇の新王朝の始祖性は柿本人麻呂によって天武天皇の死後において明瞭に表現されたが、それが神話形式によってであったことは、万葉集巻十九の「壬申之乱平定以後歌二首」の歌にあった「皇《おほきみ》（大王）は神にしませば……」の観念が、すでに乱後の間もない時代に存在していたことと無縁ではないだろう。ただしその歌における「神」は、本居宣長の言う「何にまれ、尋常《よのつね》ならずすぐれたる徳《こと》のありて、可畏《かしこ》き物を迦微《かみ》とは云なり」（古事記伝、巻三）の如き「神」であって、神話の下に系譜化された歴代天皇を聖化した「神」とは異なったものであろう。人麻呂の日並皇子殯宮挽歌における天武天皇を神とする表現は、「大王は神にしませば……」を基盤としつつも、そこから蝉脱したところの、「天神」の命を受けて天降る「高照らす日の皇子」としての「神」である。換言すれば「天命」を受けた天子である「神」と言えよう。かかる「神」である大海人皇子が壬申の年の戦いを戦ったのであると人麻呂は歌っていると見做される。こうした観念は日本書紀には見られない。しかし全く無から人麻呂が創造したものとも言えないのであろう。「天命」を象徴する赤旗幟の延長上に、「天命」を受けて降臨する「日の皇子」があるからである。人麻呂は、直接には持統朝の、さらには天武朝にさかのぼっての、時の王権の意図を体現して、当該意図に言葉による形を与えたのだ。人麻呂の歌うが如き壬申の年の戦いは、決して「乱」ではない。「乱」にはなり得ない。現実は反乱であった戦いを、かかる神話形式で表現することによって浄化したのである。

天武天皇は一方に中国史書の「天命」思想によって権力奪取の「反乱」を正当化し、他方に在来思想である「天神の天降り」の神話形式によって「反乱」を聖化し、この両方によって王権の正統的性格を自らに与えようとした。かくて「乱」は封印された。日本書紀、続日本紀はその封印の様相を如実に示している。

しかしやがて天武天皇は自らの王権の継承者をめぐって決断に苦しむことになる。継承者が継承する王権の万古不易を天武天皇があらかじめ確立しておこうとするならば、自らの王権もまた天地開闢以来の連綿たる王統下にあったとする方がより安定する。「天命」は自らの経験と知識によれば不易ではない。「天命」が不易であるためには王統の祖が至高神であって、その至高神による王統内継受の「天命」でなければならぬ。こうして天武天皇の史観は古事記の神話を構想して行くことになる。前に天武朝の始祖性を「或る時期まで」と言ったのはこの点と関連する。しかし古事記の構想は未完、未発表であった。人麻呂が歌ったのは作歌年次が持統朝と、古事記や日本書紀の編纂を意図された時期より新しいが、天武朝の性格を表現したものとしては、むしろ記・紀よりも古いのではなかろうか。万葉集、わけてもその中の人麻呂の二つの殯宮挽歌は、壬申の乱に対して記・紀より近く、壬申の乱にとってのすぐれて当代資料的性格を持つであろう。記・紀の編纂着手は天武朝と古いが、思想は人麻呂の殯宮挽歌より後のものではあるまいか。こうした点については、後日、別に検討の予定であるが、今は見通しだけを述べてひとまず稿を終える。

注

（1）吉田ちづゑさんは、私が立命館大学文学部の非常勤講師として出講していた平成十一、二年頃、私の講義を受講していた社会人学生であった。当該調査資料を利用させていただいたことに深く感謝したい。

（2）直木孝次郎『壬申の乱』一六〇ページ、塙書房　一九六一年。

（3）井上通泰「天武天皇紀闡幽」歴史地理五四の三　一九二九。

（4）石母田正『日本の古代国家』二〇八ページ、岩波書店　一九七一年。

（5）関晃『日本古代国家と社会　関晃著作集第四巻』一〇八ページ、吉川弘文館　一九九七年。初出は「中国的君主観と天皇観」一九七七年。

（6）関晃、前掲書。一一五ページ。

（7）辰巳正明「大君は神にし座せば—壬申の乱平定以後の歌二首—」国語国文五四の四、一九八五年四月。再収『万葉集と中国文学』笠間書院　一九八七年。神野志隆光「人麻呂の天皇神格化表現をめぐって」『稲岡耕二先生還暦記念日本上代文学論集』塙書房　一九九〇年。再収『柿本人麻呂研究』塙書房　一九九二年。

四　天武天皇と五百重娘

一　天武と五百重娘との年齢差

万葉集巻二に天武天皇と藤原夫人との相聞の歌がある。

１０３　吾が里に大雪落《ふ》れり大原の古《ふ》りにし郷《さと》に落らまくは後

１０４　吾が岡のおかみに言ひて落らしめし雪のくだけし彼所にちりけむ

前歌が天武天皇、後歌が藤原夫人である。藤原夫人と称される人は、鎌足の娘で天武天皇に嫁した二人の女性、すなわち氷上娘と五百重娘とがあるが、巻八・一四六五の題詞、「藤原夫人歌一首」の脚注に、「字曰大原大刀自、即新田部皇子之母也」とある、大原大刀自と言われた人が当面一〇四歌の作者であろうことは諸説一致して認めるところである。すなわち五百重娘が当面の歌の作者となる。五百重娘が大原大刀自と呼ばれることは歌の内容から言ってもふさわしいことであり、又一方の氷上娘は巻二十・四四七九の題詞脚注に「氷上大刀自」とあって呼びわけられているからである。

五百重娘は氷上娘の弟と書紀にあり、天武天皇の皇子の中で最も年少と推定されている新田部皇子の生母であるから、おそらく天武天皇の后妃の中、最も若かったか、それに近い年齢であったろう。相聞はそうした若い夫人と壮年の天皇との間に交わされたものであることは念頭に入れておく必要がある。まともに対等な男性と女性との間に交わされたものではない。と言っても両者の正確な年齢は分からない。天武天皇の年齢は書紀に何ら記されることなく不明である。天智天皇と間人皇女との同母弟であることから推定すれば、壬申の乱（天武元年、〈六七二〉）当時、四十三歳ほどとなろう。天武十五年の崩年には五十七歳となる。一方五百重娘は持統九年（六九五）に藤原不比等の第四子麻呂を生んでいる。麻呂と新田部皇子との年齢の差を十歳ほどとみれば、新田部皇子は天武天皇最晩年の子となり、その母親五百重娘はその数年前すなわち天武十年以降の頃に入内したと考えられよう。その頃五百重娘を二十歳とするならば天武天皇とは三十歳余の年齢差がある。五百重娘の年齢を引き上げて考える場合は、新田部皇子の生年を異母兄舎人皇子と同年とする場合が最上限であろう。舎人皇子は公卿補任によれば天武五年（六七六）の生まれであって、この年に五百重娘を二十歳とすれば天武天皇との年齢差は二十七歳となる。結婚はその数年前、壬申の乱の直後の頃となろう。もしこのあたりに両者の結婚を想定するならば、壬申の乱の勝者である天皇のもとに、敗者の側の藤原氏の女性として嫁ぐ五百重娘の心情には微妙なものがあったであろう。しかしこの点は後に触れることとして今はそうした問題に立ち入らない。五百重娘はいずれにせよかなり年の違う天皇のもとに入内し、天皇もおそらくわが子のような年齢の五百重娘と上記のような相聞歌を交わしたのであることをあらかじめ考慮しておく必要を述べたかったまでである。

二　両歌への従来の評価

天武天皇と五百重娘との相聞唱和の歌に対する諸家の批評はおおむね好意に満ちたものである。たとえば『萬葉秀歌』（斎藤茂吉）は御製について「即興の戯れであるけれども、親しみの御語気さながらに出てゐて……」と言い、答歌に対しては「御製の御揶揄に対して劣らぬユウモアを漂はせてゐるのであるが、やはり親愛の心こまやかで棄てがたい歌である。」と評している。またたとえば『完訳日本古典文学全集　万葉集』では「……頭韻を踏んで軽快な調べの中に、相手と共に雪を見られないことを残念に思う気持を秘め、格調の高さ、優しさのこもった佳品である」と御製について評する。言われるとおりであって御製の軽快な調べや、明るいユーモアは否定できない。対するに五百重娘の歌に対しては、御製には劣るとするものの親愛の情を底に置いた戯歌であると解する点では諸家ほぼ一致するようである。要するにこの相聞贈答歌に対してはその掛け合い的性格は歌垣における男女の掛け合いの性格を継承したものであり、御製のオホ、フル（フリ）の頭韻による軽やかな調べ、両歌の大げさな誇張表現などが親愛感の中での戯れの気持をよく表現していると評されるのである。

上述の批評に私見もまた異論はないのであるが、しかしこの相聞贈答をまったく明朗な純金の感情を展べたものと解することはできないと思われる。表面の歌意あるいは歌の調べの奥底になお天武の公開されぬ不満の感情が潜在し、五百重娘の答歌には敏感にそれを察した反発があると思われるのである。すでにその点にわずかに言及した評も存在する。

『萬葉集評釋』（金子元臣）は御製について「遊戯的の軽い御心持である」としながら「聊《いささ》か癪にお障りになる」「厭味を仰しゃって調戯《からか》って見たくもおなりになる」と忖度し、答歌については「揶揄一番、巧に先方の鋭鋒をかはしたのみならず、逆に十分打込んで成功した。作者は実に才女であられる。然しながら情味の饒かな点に於ては、懸歌に遠く及ばないやうだ」と五百重娘の争気を認めている。また『萬葉集私注』は、御製の心情を「……大原に居られて浄御原の宮にのぼらぬ夫人に、諧謔を交へながら雪もふって面白い浄御原の宮へのぼることを促して居られるのかも知れぬ」と察し、五百重娘には「身分の顧慮などにわづらはされない所は面白いが、余りに奔放で少し上ずつて居る如くにさへ聞える。」との評を下している。天皇と夫人両者の感情に一沫のわだかまりの存在を感じとった評言ではなかろうか。

三　大原の古りにし郷

諧謔を弄するとき、誇張表現はおかしみをさそうが、相手の弱点の直叙は人を傷つける。天武御製は、頭韻をふんだ軽快な調べの中に見落とされているが、五百重娘の心情を傷つけ刺す言葉を含んでいる。「大原の古りにし郷」がそれである。大原は鎌足の生地と伝えられる所で藤原氏の飛鳥地域における拠点である。ここに五百重娘が居ることは父鎌足への追慕の情と鎌足生前の頃の一家の繁栄をなつかしむ気持からのことであろう。あるいは近江遷都以前には五百重娘も父と共にここに住んでいたのかも知れない。そうであれば自分自身の幼なき日々への郷愁もあったはずである。そしてその幼ない時代には大原は決して古りにし里ではなく、通りも邸宅も樹木もみな手入れが行き届き、往来の人々も忙しく賑やかな所であったはずだ。大津の都に五年を経て再び飛鳥に都が戻った時、大原の丘の下に拡がる浄御原の一帯は昔日以上の繁栄を取り戻したにもかかわらず、なつかしき故里の大原はもの寂びた風景のまま静まり返っている。そうした現実を目の前にして、しかしそうした故里に愛着を覚え、そこに住まいする日々の多かったがために五百重娘は大原大刀自と呼ばれたのであろう。

「古りにし」は「古びてしまった」という、かつてそうではなかった時から現在そうなってしまった時までの時間の経過を示す表現である。その経過の中には父鎌足の死や壬申の乱という激しい移り変りの事件がはさまれている。その結果としての「大原の古りにし里」なのである。五百重娘にとって壬申の乱の勝者たる天武天皇が、わが愛する故里をそう呼ぶことに平然としていられるであろうか。

「古りにし里」はいかなるイメージであったのか、その用例を万葉集に見てみよう。

1　鶉《うづら》鳴く古りにし郷の秋萩を思ふ人どち相見つるかも（一五五八、沙弥尼等）

2　鶉鳴く故《ふ》りにし郷ゆ思へども何ぞも妹に逢ふよしもなき（七七五、家持）

右は「古りにし郷」に「鶉鳴く」という枕詞が冠せられている例である。この枕詞は実景をもとにしての慣用的な表現と時代別国語大辞典は説明している。深草の生い茂り、人気のない情景がイメージされるものである。

3　……おしてる難波の国は　葦垣の古りにし郷と　人みなの思ひやすみて　つれもなくありし間に……（九二八、笠金村）

難波は葦垣の貧しい里と思って無視していたというのである。反歌では「荒野らに里はあれども……」と「古りにし郷」を表現している。

4　……故りにし里にしあれば　国見れど人も通はず　里見れば　家も荒れたり……（一〇五九、田辺福麻呂）

久邇京の荒墟を歌ったものである。人も通らず家も荒れている古京の情景を「古りにし里」と呼んでいる。

5　人もなき古りにし郷にある人をめぐくや君が恋に死なする（二五六〇、未詳）

やはり人影のない里が「古りにし里」なのである。このようなイメージの範囲内に大原の里も存在していたと考えてよかろう。次の歌がそのことを示している。

6　大原の古りにし郷に妹を置きて吾いねかねつ夢に見えつつ（二五八七、未詳）

右のように大原が歌われているのは、大原が「古りにし郷」であることがある程度人々に定着したイメージであり、事実であったろうことを推測させる。『私注』も「諧謔の意を加へてかく呼ばれたのであらうが、浄御原の新宮に対して幾分事実でもあつたらう。」と懸念を表明している。五百重娘にとって過去の栄華の情況と比較すれば、たとえ余儀なく自ら選んだ住まいの地であったとしても、浄御原の新宮に対してわが故里の情況を貶しめられるのはつらいものであったろう。単なる冗談として受け流せるものかどうか、他人事と思わずわれわれはその心情を察する必要があろう。

一方、天武天皇の「我が里」はいかがであるか。

1　皇《おほきみ》は神にしませば赤駒の腹ばふ田居《たゐ》を京師となしつ（四二六〇、大伴卿）

2　大王《おほきみ》は神にしませば水鳥のすだく水沼《みぬま》を皇都となしつ（四二六一、未詳）

壬申の乱後の宮都の建設の盛んな様相をこの歌は伝えている。都は相つぐ建設のラッシュであった。北山茂夫氏は浄御原宮の宮殿は、内安殿、外安殿、大極殿の他、神官、宮内官、理官など六官の官衙も存在したことを推定し、この時代には「中央官衙の集中、貴族、官人の集住への傾向から、内容的には、よほど都城に近づいていたと想像する」（中公新書『天武朝』二〇四頁）と言われている。「京内廿四寺」（天武九年五月）、京職大夫（天武十四年三月）の語も書紀にあり、京内には壮大な伽藍が多数営まれ、五重塔などの高層の塔が「わが里」の宮殿周辺に空を摩してそびえていたであろう。京職という都城内を取締る役所も既に存在していたのである。現今の明日香村の田園風景からは想像もつかぬ殷賑の都であったと考えねばならない。かくして都はすでに狭隘をかこち、新しい都の建設が政治日程に上っていた。このような場所が天武の歌う「わが里」である。両地の繁閑の差は著しい。時代の先端を行く文化の粋が浄御原宮の周辺に一極集中して存在していたとするならば、そうした事実を背景にそれとは明らかに異なる大原の地の事実を「古りにし郷」と呼ぶのは思いやりを欠いたものだと言えないか。戯れに恋人をオバカさんと言うのとは違う政治的な過去がお互いの間にはあったのである。

四　天武の心情と配慮

当面の天武御製は頭韻をふんでいかにも軽快な調べを持っていることは諸家の指摘するところである。軽快な調べは軽快な心情を表す。これは歌の道理である。しかし、作者が天武天皇という卓越した政治家であるとき、そうした一般的な常人の道理がそのまま適用されてよいのかどうかの検討は必要である。

一〇三番歌の御製と似た軽快な調べを持つ天武御製二七番歌についてその点を検討してみたい。

天皇幸二于吉野宮一時御製歌

淑《よ》き人の良しと吉《よ》く見て好《よ》しと言ひし芳野《よしの》吉《よ》く見よ良き人四来《よくみ》三

「よし」の頭韻を七度も使用したまことに軽やかなひびきを持つ歌である。この歌はいつの作とも題詞に記されてはいないが、日本書紀には天武朝の吉野行幸が天武八年五月の一度しか記されていないところから、左注にあるようにその行幸時の作と考えられる可能性が高い。私見も八年五月の作と考えて論じるが、この時、天武天皇は大きな安堵感を得たと一般に解せられている。すなわち、五月六日、天皇は吉野宮において皇后、草壁皇子尊、大津皇子、高市皇子、河嶋皇子、忍壁皇子、芝基皇子に詔して「朕、今日、汝たちと倶《とも》に庭に盟ひて、千歳の後に事無からしめむと欲す。いかに。」と言い、皇子たちの同意を得た後、草壁皇子尊が真先に進んで、我々十余王はそれぞれ異腹の兄弟であるが、共に天皇の命を受けて助け合って行くつもりである。「若し今より以後、この盟《ちかひ》の如くにあらずは、身命《いのち》亡び子孫《うみのこ》絶えむ。忘れじ、失《あやま》たじ」と誓った。他の五皇子も同様に誓い、天皇は「今、一母同産《ひとつはらから》の如く慈まむ」と、襟を披いて六人の皇子を抱き「若しこの盟に違はば、忽ちに朕が身を亡さむ」と誓った。皇后もまた天皇と同じく誓った。これがいわゆる吉野の会盟である。壬申の乱後八年、ようやく政権の基盤が安定してきた中で、残る不安定要素は天皇の後継者の確定であった。ここに集まった六人の皇子は、中に河嶋、芝基のように天智天皇の皇子もいて、全員が後継者の候補というわけではない。吉野往復に従駕できる一定の年齢以上の皇子ということだったのであろう。してみれば、六皇子が助け合うことを誓うより重要なことがあったはずで、それは皇太子の決定であり、皇太子への忠誠の誓いであったはずである。それができて初めて天武天皇は心を安んじることができるのである。草壁皇子尊が真先に進んで誓ったとあるから、皇子の序列はすでに定まっていたのであろう。にもかかわらず皇太子の決定はできていない。皇后が一日も早くわが子草壁の立太子を望んでいることは明らかであるから、ここで皇太子の決定がなされていないのは、むしろあるいは天皇の意志であったかも知れない。天皇の意志は草壁以外の皇子の上にあり、それは皇后の臨席する場では到底できることではない。したがって止むを得ぬこととして六皇子の助け合いだけが誓約の内容となったのだと推測される。皇太子の決定はこの吉野会盟より一年半以上も後の天武十年二月二十五日であった。この時の決定は、前年末の皇后の病と天皇の病がひきつづいたことによる皇后の強い要請によるものだという直木孝次郎氏の説は説得力がある。(1)要するに天武八年五月には何も決まらなかった。事態は天皇にとっても皇后にとっても何ら改善されなかったのである。二七番歌はこうした情況の中で歌われたものと見做される。天皇はいかにも上機嫌にみえる軽やかな調べで歌を披露し、実際機嫌好く振舞ったのであろう。しかし内には何も解決されていないことを痛感していたに違いない。「芳野吉《よ》く見よ良き人四来三《よくみ》」と、末尾は「よく見」と命令形に解せられるのが一般であるが、二度も命令を繰り返すところに天皇の切なる心情が表われているのではないか。吉野の地は現政権の権力の源泉の地である。その吉野を見ることで常に原点に還って昔日の苦しみや不安を忘れることなく協力し合ってもらいたい、というのが天皇の心であろう。天皇の歌の調べは軽やかであるが心には重い思いが沈んでいる。天武天皇のようなスケールの大きな政治家に、人前での即興の歌に複雑な内面の率直な吐露は望むべくもない、と私には思われる。

同様なことが一〇三番歌の御製についても言えるのではなかろうか。「大雪《オホユキ》」「大原《オホハラ》」のオホ、「落れり《フ》」「古り《フ》にし」「落らまく《フ》」のフの繰り返しは調べが軽快である。しかし調べの軽快さだけでは天皇の内面を忖度することはできない。大体、相聞歌に分類されているからとて、誰にも知られずに個人的にこれらの歌が贈答されたわけではあるまい。浄御原宮の主人公としての天皇が歌を作り、その歌を大原の夫人に贈るのであれば、その間に複数の官僚が介在し、歌の用紙から筆硯の類の準備をし歌信としての包装にも形式があったであろう、それらの人手を経て使者が遣わされるのであろうから半ば公開の歌であることになろう。その上にさらに考えられることは、この作歌の機縁として、宮中の雪見の宴が想定されることだ。

雪の降った日の宴席としては万葉集巻十七の天平十八年正月のものが著名である。この日、左大臣橘諸兄は大納言以下諸王諸臣を率いて太上天皇（元正）の御所に参上、雪掻き奉仕の後、酒を賜わって、雪を賦《ふ》して各人が歌を奏上した。その歌が五首（三九二二以下）、その他十八名の名が列記されている。このような肆宴は他の機会にもあったであろう。巻十九・四二二七、八の歌は天平勝宝二年の最後に録されているが、家持の越中赴任以前に奈良の藤原房前邸で開いたものであろうし、家持もまた雪の宴席での歌は越中国でも因幡国でも詠んでいる。常に雪が降る雪国での雪の歌は別にしても、都においてたまたま降った雪には親しい人々、あるいは臣下の者は貴紳の邸宅に参上し豊年の前兆を祝い、美しく雪化粧した風景を楽しむことをしたと思われる。柿本人麻呂の新田部皇子への献歌（三・二六一、二六二）はそのような際に歌われたものであろう。二六一の末句「雪驪朝楽毛」は「驪」の字に定訓を得ないが、「朝楽毛」はアシタタノシモと訓まれる。雪の日の朝の心躍りは誰にも共通の心情である。こうした日に、近ければ顔を合わせ、やや遠ければ音信を交わして心躍りを伝えることが古代の宮廷社会に存在したと想定される。天武天皇の宮廷にもこの日諸王諸臣が参集したであろう。後宮にあった諸后妃も当然参上したに違いない。稀な大雪が降ったのである。天武十一年正月に薨じた氷上娘も、もしこの雪が生前のものであったなら必ずや参上したことであろう。彼女は宮中に薨じたと書紀にあり、その生活は後宮に起居するものであったらしいからである。それに対して「大原大刀自」と称された五百重娘は大原に居住することが多かったためにかく呼ばれたのであろうことは前に触れた。天武天皇は顔をそろえた后妃たちの中に五百重娘が見えないのを知って、『私注』が推察するように、歌を贈ってそれとなく参上を促したのだと思われる。「大原の古りにし里に落らまくは後」と歌うのは、こちらは大雪が降ったが、そちらはまだ降ってはいないのであろう、だから参上もしないのであろう、降っていれば参上するはずだから、との意味が含まれているともとれる。参上しないことを咎めるわけではない。しかし諸后妃が参集する中で五百重娘の無断欠席をそのまま見過ごすわけにも、諸后妃の手前、具合がよくない。直ちに参上させよという命令も大人気なく見苦しい。天皇自身、そんなに怒っているわけではないが不快の思いは心の隅にある。あからさまにそうした感情は出さずにたわむれの掛け合い歌を贈って悠揚快活の度量を示すと共に、その中に五百重娘の里を貶しめる言葉も調べにのせてさりげなく、しかし明確に彼我の立場を知らしめるものとして使って、諸后妃あるいはまた居並ぶ壬申の功臣、功将の気持も汲んでやる、といった諸方面への配慮も天武天皇としてはする必要があったのだと思われる。それくらいのことができなくては人の心を掌握するリーダーに不適である。

五　五百重娘の心情

天武朝は壬申の乱の敗者の側にあった人々にとっては決して生きるに易しい時代ではなかった。それは日本書紀によってみれば、壬申の功臣の死亡記事には必ず生前の功を賞する名誉追贈などのことがあり、逆に近江方の人々にとってはそっけないことでも明らかである。たとえば天武十二年六月三日の大伴望多の薨去に際しては「天皇、大きに驚きたまひて、則ち泊瀬王を遣して弔はしめたまふ。壬申の年の勲績及び先祖等の時毎の有功を挙げて顕に寵賞したまふ」とあり、同月六日の高坂王の薨去については「三位高坂王薨せぬ」と記すばかりである。高坂王は近江方の留守官として飛鳥を守り、途中から帰順した人物であった。

藤原氏が全体として近江側であったことは右大臣中臣連金が、天智八年の鎌足の死後、藤原（中臣）氏の代表者として行動しており、乱後に斬罪に処せられていることを以て察しがつくであろう。後に藤原氏の中心人物となった不比等は天武朝にはその名を史上に現わしていない。不比等を天武朝の末年には相当の勢力を持っていたかのように想像する向きもあるが、そうした考え方が成立しないであろうことは既に論じたことがある[2]。横田健一氏も天武持統朝に藤原氏は権力から離れていたとし、この期における不比等の過大評価に反対しておられる[3]。壬申の乱の当時、不比等は十四歳であったが、横田氏は尊卑分脈に引く不比等伝の「公有㆓所㆑避事㆒。便養㆓於山科田辺史大隅等家㆒。」の記事を、壬申の乱の時のことと解されて、山科の田辺史氏にかくまわれていたために難をまぬがれたと想定しておられる[4]。不比等は近江側に属して戦ったことはなかったとしても少なくとも大海人側ではなかったであろう。してみれば乱後に有利な扱いを受ける要素はない。

天武持統朝に生きた天智の皇子河嶋皇子は天武の皇女泊瀬部皇女を妻として天武からも吉野会盟の六皇子の一人として遇されたが、後に大津皇子を密告せざるを得なかった苦境に追い込まれた。また近江方の左大臣蘇我赤兄を祖父とする天智の皇女山辺皇女は夫大津皇子の死に殉じたが、生き残った後の苦難の予想が殉死を選ばせた契機の中にあったかも知れない。あるいはまた、穂積皇子（赤兄の孫）と但馬皇女（氷上娘の子）との人目を忍ぶ関係もお互いに近江方に連なる同気相求める心情がありはしなかったであろうか。

以上のように考えると五百重娘が宮廷の中で生きて行く状況も決して安易なものではなかったはずである。壬申の乱の勝者の人々に囲まれた宮中の生活は彼女にとって愉快なものとは言えなかったであろう。そのような雰囲気が彼女を大原にひきこもりがちにし、大原大刀自と呼ばれるようになった因ではないのか。氷上娘は宮中に留まった。この違いは両者の性質によるのであろう。あるいは皇子を生んだか皇女を生んだかで周囲の警戒心の違いがあったかも知れない。五百重娘が後に異母兄（弟？）の不比等と再婚するのは、天武朝時代の不遇への反発もあったかも知れないとも思われる。一〇四番歌の戯れの答歌には、天武天皇に対しての感情ばかりでなく、答歌が披露された後何やかやと口さがなく批評するであろうところの浄御原宮の諸后妃、宮廷人士に対する彼女の反発も含まれていたのであろうと解される。彼女の若さ、彼女の性質はそうした反発をわれわれに考えさせるに十分なものを持っている。以上、この贈答歌へのあまりにも好意に満ちた均一的な従来の解釈に少々の翳を落とし加えて再検討することが、両者の人生、人格を考えると必要ではないかと思うのである。

注

（1）直木孝次郎『持統天皇』吉川弘文館、昭和35年。

（2）拙稿「藤原不比等と万葉集」東アジアの古代文化64号、大和書房、平成2年。本書に収録。
拙稿「持統天皇の『藤原宅』即位説疑問」『万葉詩史の論』笠間書院、昭和59年。

（3）横田健一「不比等研究序説」関西大学東西学術研究所紀要七、昭和49年。

（4）横田氏前掲書。

五　藤原不比等と万葉集

一　律令制と抒情の文学

大宝律令を制定し、律令制の基を築いた藤原不比等は万葉集にどのように関係しているだろうか。それは無関係、というより反撥的・疎外的な関係であったと思われる。不比等が権力的な地位にあった時期、万葉集の公的な歌はほとんどない。不比等が未だ政界に頭角をあらわさなかった時期には万葉集に多くの公的な場で歌われたと思われる歌がある。この現象は不比等の権力確立――それは大宝律令の制定前後のことであるが――と関係があるのではなかろうか。この現象の理由には権力者不比等の個人的な性向の反映――不比等は万葉集に一首の歌も残していない、歌が得手でなかったのかも知れない――といってもよい面もあるだろう。しかし、その奥に律令制が本来的に公的な場では歌を必要としない精神を持っていたという事情があると言ってよい。律令制という政治形態と抒情の文学としての歌とが、公的な場でどのようにかかわり合うのかという問題がそこにある。

二　不比等と藤原の地の由縁

不比等は藤原鎌足の子である。鎌足は中大兄の改新政治を助け、中央集権的な律令制国家建設に向けて大きな役割を果たした人物である。鎌足は天智八年（六六九）に歿したが、その臨終の六日前に天智天皇は親しく病床を見舞い、死の前日には大海人皇子を遣わして大織冠と大臣の位とを賜い、また藤原の姓を賜与した。以後、鎌足は藤原内大臣と呼ばれることになったのであるが、翌日薨じた（後に触れるが、この時、鎌足は「藤原」という姓だけを賜わったのではなく、「藤原」の地、いうまでもなく後の藤原宮の地をも賜わったと思われる）。父鎌足の歿後の不比等の人生は決して順調ではなかった。一般に、不比等を偉大な父鎌足の後継者として早くから朝廷内に大きな勢力を持っていたかの如く考える傾向があるように見受けられるが、不比等は、持統朝の末年までは起伏はあるものの基本的に不遇だったのである。

不比等の生まれたのは尊卑分脈によれば斉明五年（六五九）であって（懐風藻によれば斉明四年。以下、年齢は尊卑分脈による）、父の薨時十一歳であった。氏の上は中臣金《かね》が継いだものと思われる。天智十年、金は右大臣となり左大臣蘇我赤兄とともに近江朝を支える重臣であった。しかし翌年（六七二）壬申の乱が起こり、中臣金は斬刑に処せられ、赤兄は流罪となった。中臣氏すなわち藤原氏は壬申の乱の敗者側となったのである。後に壬申の乱の功臣が厚く待遇されること天武・持統の両朝を通じて変ることなく続くのをみると、敗者側の負い目もまた同じく長く続いたとみて間違いはない。壬申の乱は天武・持統朝のまさに原点だったのであり、権威の源泉だった。この権威を風化させ相対化させることは後年の不比等にとって必要不可欠なものであり、大宝律令制定によってようやくそれが果たされたのである。そのことは既に神堀忍氏が説かれ（「持統女帝の吉野行幸」『講座　飛鳥の歴史と文学①』昭55、駸々堂）、私も驥尾に付して述べた（『持統天皇の吉野行幸と藤原不比等」『万葉詩史の論』昭59、笠間書院）のでここでは繰り返さない。

不比等は天武朝には書紀に全く姿を現わさない。中臣氏の人間では大嶋が帝紀・上古諸事の記定者の一人に任じられて名を見せているが、おそらく彼が氏の上であったのだろう。不比等は二十歳代を不遇なまま過ごしたとみるべきである。その一端がかいまみえるのが彼の結婚である。不比等の最初の妻は蘇我武羅自古の娘、娼子といい、この女性が武智麻呂、房前、宇合の三人の母となった。武羅自古は天智三年に歿しているが、赤兄の兄弟であるから、その一族は壬申の乱ではおそらく敗者側であろう。不比等は壬申の乱の敗者どうしのよしみでしか結婚ができなかったのではなかろうか。後年の犬養三千代などとの政略的な結婚を思えば、不比等には満足のゆく結婚ではなかったろう。武智麻呂の生年からすれば天武八年（六七九）ごろ不比等二十一歳のときのことである。次いで不比等は賀茂朝臣比売と結婚する。賀茂（鴨）氏は壬申の乱の勝者の側である。不比等にとっては壬申の汚点を薄め、勝者側の世界に自らを組み込む願わしき結婚である。このことが如何にして可能となったか。この結婚は天武十年から十二年ごろの間であろう。というのは、生まれた娘の宮子が文武天皇と同年とすれば天武十二年（六八三）の生となるからである。鴨氏が壬申の敗者との縁組みを承諾したのは、いくつかの理由が考えられる。その一つは不比等がある程度の復権を果たしたことである。天武十年二月、天皇は律令制定の詔を下した。これによって成ったのが浄御原令である。この経緯は直木孝次郎氏の言われるようにようやく皇太子となった草壁皇子の即位後の権力基盤を安定させようとする持統皇后の要望によるところであったと思われる（『持統天皇』人物叢書、昭35、吉川弘文館）。この律令制定の事業のために任命された者の名は記されないが、不比等が父の遺産として持っていたであろう渡来人学識者らの人脈と、彼らによって天智朝に既に収集されていたであろう資料とは、浄御原令制定のためになくてはならないものであったはずであるから、不比等に律令制定の協力依頼ないし命令があったことは想像に難くない。後の大宝律令が浄御原令を以て准正としたとあるのは、この推測を裏づけるものである。東大寺献物帳にある黒作懸佩刀を不比等が草壁皇子から賜わったというのは、この浄御原令制定の行賞だったと考えるのが妥当であろう。大津皇子謀殺の功によって与えられたとの説（上山春平『続・神々の体系』中公新書、昭50）は、その推測が密約というブラックボックスにまで安直に入り込んでいて、私には採れない。不比等は浄御原令制定への協力によってある程度の復権を果たした。そして持統三年（六八九）二月、判事に任ぜられた。時に位は直広肆、後の従五位下に相当する。上層貴族階級の末端に連なったのであって、不比等にとっては役不足の感があるが、この状態が不比等の置かれた現実だったのである。したがって浄御原令制定も不比等の協力は表だったものではなかったと思われる。壬申の敗者には律令制定のような名誉は未だ与えられぬ社会的雰囲気があったのであろう。黒作懸佩刀も表だった功業ならば時の称制持統から与えられたはずだが、草壁から与えられているのは、律令制定が実質的に草壁のためであったとしても、やや私的な性格の授受だったからと思われる。この刀が伝国の璽であるというのは最初からの性格ではなく、後に不比等が文武天皇に奉った時点以後に付加された性質であろう。このことも詳しくは別に述べたことがある（「東大寺献物帳の黒作懸佩刀について」『万葉詩史の論』所収）。

浄御原令制定事業が始まり、不比等がその事業に内々に協力要請されて（特に天武天皇からではなく持統皇后、草壁皇子らに要請されて）、ある程度の復権が認められたころに、不比等は賀茂朝臣比売との結婚をしたのであるが、なお考えられる結婚条件がある。それは不比等がその所有地藤原を賀茂氏に提供したのではあるまいかということである。鎌足が臨終に藤原姓を賜わったというが、姓だけを賜わること、特に「藤原」という姓を賜わることにどれだけの名誉があるのか解しがたい。鎌足の誕生地といわれる飛鳥の大原の地に程近い藤原の地を藤原の名と同時に賜わり、その縁で藤原姓を名告らしめられたのではなかろうか。書紀は、その後の藤原の地にまつわる藤原氏のさして名誉でもない歴史を嫌って、その藤原の地賜与の事実を記さなかったのではあるまいか。もしかすると藤原の地は本来賀茂氏の所有地だったのかも知れない。賀茂氏は三輪氏と同族であるから三輪山から遠からぬ地域に居地を持っていて不思議ではない。もしそうだとすると賀茂氏は天智天皇の命によって藤原の地を中臣氏に割譲したことになる。その土地を不比等は賀茂氏に返還することによって賀茂朝臣比売と結婚したのである。また藤原の地が本来的に賀茂氏の所有地ではなかったのだとしたら、不比等は結婚に際してその引出物として賀茂氏に藤原の地を提供したことになる。いずれにせよ藤原宮付近の地が後年賀茂氏の土地だったらしいことは、万葉集に鴨君足人が平城遷都後の香具山周辺の寂寥を歌っている（三―二五七～二六〇）ことからも察せられる。廃都となった藤原京を悲しむ歌はこの他にない。鴨（賀茂）氏のみが藤原廃都を悲しんでいる。藤原京の殷賑を最も喜んだ人がその廃都を最も悲しんだことであろう。ちなみに藤原宮大極殿付近には近年まで鴨公小学校があり、鴨氏に因む名が残っていた。

賀茂朝臣比売との間に生まれた宮子（後に文武天皇夫人となり、聖武天皇の母となる）の名も問題である。なぜ宮子と名づけたのか。宮子の生年は前述したように文武天皇と同年とすれば天武十二年（六八三）である。二歳年下とすれば天武十四年。文武元年（六九七）入内とみて前者なら十五歳、後者なら十三歳の入内となる。まず妥当なところと思われるから、宮子は天武朝の末年に生まれたと推定できよう。藤原宮はそのとき未だ存在していないが、藤原京の計画は天武末年には確実に存在していたことが岸俊男氏の研究で明らかである。近い将来、宮が建てられるべく指定された土地、そこが宮子の生まれた場所だったために宮子と名づけられたのだと思われる。

慶事を予祝したのである。赤子は母親の生家で生まれるのであろうから、藤原宮付近に賀茂朝臣比売の家はあった。鴨氏は藤原京建設が開始されて、その一部あるいは大部分を新都の用地として提供し、代替地を与えられて氏人の多くはそこに移り住んだのだと思われる。その代替地が山代国相楽郡の岡田の鴨であったのだろう。持統朝前半のころのことである。やがて賀茂氏は文武朝に葛野地方へ進出して先住民と悶着を起こす経過は別稿に述べた（「葛城・岡田・葛野のカモについて」『神田秀夫先生喜寿記念古事記・日本書紀論集』平成元年、続群書類従完成会）。

かくして藤原京は藤原の名を有しながら藤原氏とは無縁だった。藤原京の策定の寸前に不比等は自分の結婚のために藤原の地を手放してしまったからである。手放さなければ壬申の勝者側の人間と縁を結ぶことができないと思われたのである。しかし、もう少しのがまんで都城用地を供進し復権する幸運に恵まれたはずだったが、不遇の藤原氏にはそのような都城造営計画の情報も入らなかったのであろう。こうして藤原の地にかんする不比等の思いは、後の文武夫人宮子を得たとはいえ、苦いものであった。十六年後の平城遷都に不比等が積極的であったのも、苦い過去を有する藤原の地から離れたい思いがなかったとは言えないだろう。平城遷都の翌年（七一一）、藤原宮及び大官大寺が焼亡した（扶桑略記）という事件も藤原の故地に対する無情、無関心の風潮が不比等を中心とする廟堂に瀰漫していたことの一つの表れではあるまいか。もしも不比等が自分の氏の名である藤原の地に愛着を持っていたら藤原京はあれほど短命ではなかったであろう。不比等には藤原の地に対する複雑な心情があり、より大きな都城建設の希望の裏に不遇な己れの過去とからみあう藤原を離れたい気持があったのではなかろうか。不比等の心情をこのように推測すると、万葉集に藤原宮造営を喜び（藤原宮之役民作歌　一―五〇）、藤原宮の御井を讃美する歌（藤原宮御井歌　一―五二、五三）があるのは、万葉集に不比等的なるものの手の加わっていないことの心証になるであろう。

三　不比等復権の経緯

不比等が一応の復権を果たして政治の表舞台に登場してきたのは、前述したように持統三年（六八九）、彼が判事に任ぜられたときであるが、その後は持統天皇のもとで順調な出世コース、権力への道を歩んだかと言えば、必ずしもそうではないようである。というのは持統三年の任命記事以後、持統十年十月まで書紀に不比等の名が登場しないからである。その十年十月、直広弐藤原朝臣不比等は資人五十人を賜わった。役職名は記していない。彼の上位者として右大臣丹比真人嶋以下四名の名がある。不比等は第五位の朝臣となっていた。彼の上位者のうち直近の石上麻呂（直広壱）にも役職名がなく、その上の阿倍御主人と大伴御行の二人は大納言とあるから、麻呂と不比等はその下の中納言程度の待遇だったようである。しかし、大宝元年（七〇一）三月、中納言より大納言へ昇進していて、尊卑分脈に「中納言三日」とあるのをみればやはり持統十年には役職はなかったと思われ、無役職のまま抜擢されたのだと思われる。抜擢の理由は明白である。その三か月前の七月、後皇子尊と称されて持統天皇の有力な後継者候補だった高市皇子が薨じ、新たな後継者として軽皇子（持統天皇の孫、草壁皇子の子）の擁立を期した持統天皇が、草壁皇子の立太子の際と同じように、直系の孫の立太子、即位、そしてその後の天皇位の権威をより確かで万全な律令体制の確立によって守ろうとして、不比等に再度の律令制定を命令したことによる。不比等ほど律令制定についての人材と資料を豊富に持つ人間は他にいなかったのである。こうして翌十一年（六九七）二月の立太子、八月の文武天皇即位とともに不比等は完全に復権し、権力の中心に立つ人間となる。不比等三十八歳のときである。

以後の不比等は終始権力の座にあって擅権をふるいつつ律令制の強化につとめてゆく。文武元年には宮子が夫人として入内した。文武二年には藤原氏の中でも不比等の系のみが天智賜与の藤原の姓を名告ることを許され、同族の意美麻呂らは旧姓の中臣に復することとなった。文武四年六月には大宝令選定の功により禄を賜わった。次いで翌大宝元年（七〇一）には宮子が首皇子（後の聖武天皇）を生んだ。皇子誕生の直後に母親の宮子は病気の故をもって赤子から引き離されたらしいが、これは不比等の、宮子を通して賀茂氏の勢力が宮中に滲透することを恐れた処置ではあるまいか。賀茂氏が岡田から葛野へと移っていったのも宮子の出自氏族をなるべく京師より遠い地に置いて中央政治に参画の機を与えまいとする不比等の画策があったかも知れない。

大宝元年には一月に大伴御行、七月に台閣の長老丹比真人嶋が亡くなり、三年には阿倍御主人も世を去った。持統十年十月の新秩序構成のための人事で、不比等の上位にあった四名のうち三名がいなくなったのである。残るは石上麻呂一人であるが、彼は年長でもあり先輩格ではあっても同時に大納言に任命された（大宝元年）いわば同列の人間であり、壬申の乱ではともに敗者側に属している。不比等には彼に対するコンプレックスはなかったであろう。

また大宝二年十二月には持統太上天皇が崩じた。太上天皇の制度は唐令になく大宝令の創案になるといわれる。退位した皇帝は唐にあっては現皇帝の臣下であるが、わが国では現天皇の尊属として天皇に準じる存在であった。ここに不比等の持統天皇に対する配慮がうかがわれるのであるが、持統天皇と不比等との関係は天武・持統朝を通して必ずしも一様でなかったというべきである。天武十年の詔による律令制定事業の開始は、持統皇后の要請によるところ大で、この事業が不比等復権の第一歩となったことは既に記した。しかし律令制定がその人のためであった当の草壁皇子が亡くなり、持統が正式に天皇として即位した持統四年（六九〇）以後は、女帝の親政が開始される。それを支える人物は高市皇子、丹比真人嶋という皇親であって、浄御原令に基づく律令官僚制度は整備されつつあったとはいえ、女帝の専制だったと思われる。象徴的なのが在位七年間に三十回に及ぶ吉野行幸である。吉野行幸の意図は種々考えられるが、最も重要な目的は現天皇持統が前天皇天武の神聖な権威を継承する存在であることの宗教的政治的確認と誇示であった。度重なる回数はかかる重要な政治行事への全廷臣の参加を企図した故のものであろう。この行事を荘厳したのが柿本人麻呂の吉野離宮讃歌（万葉集一―三六～三九）である。吉野離宮行幸の往還に随行する廷臣の話題は壬申の乱の追憶に満ちていたはずだ。

このような性格の吉野行幸に壬申の敗者側に属する不比等が快かったはずはない。またこうした個人的感懐を別にしても、持統女帝の政治が一種の呪的権威を帯びて行われることに対する抵抗感、合理的な律令制とそぐわぬ違和感を不比等は持っていたに違いない。文武天皇即位後、吉野行幸は天皇が文武五年の二月と大宝二年の七月の二度、太上天皇は大宝元年六月の一度しか続紀には記されない。吉野を天皇の権威の源泉とする政治の時代が文武朝に入って終ったのである。同時にこの時代が不比等の時代の始まりであったことに注意せねばならない。

持統皇后は一人息子の草壁皇子の権力基盤を確立すべく律令の制定を夫の天武天皇に要求した。しかし草壁皇子が亡くなり自らが即位するや、律令整備より天武の天皇親政の路線継承の性格が著しい。そして高市皇子の死後、唯一の直系男孫文武天皇の権力確立に際して、草壁皇子のときと同様の情況に直面し再び不比等を重用することを決定したのである。したがって持統三年の判事任命以後、持統十年十月まで不比等を放っておいたと考えてよいだろう。その間不比等は政界の表面に出ず潜行して力を蓄え、文武が即位するや黒作懸佩刀に伝国の璽の性格を持たせて天皇に献じ、現天皇の父親とのきずなを内外に誇示してみせ、さらに娘宮子を入内させて一挙に権力基盤を強化した。ここに不比等の時代がようやく始まったのである。不比等が持統天皇の厚い信頼のもとに早くより権力基盤を確立していたとみるのは、持統の神聖権力的政治と不比等の官僚的律令政治との異質性を無視するものであろう。そして万葉集は前者の側に立つのである。

四　不比等と公的長歌

柿本人麻呂の殯宮挽歌は持統三年（六八九）の日並皇子の殯宮のときのもの（二―一六七〜一七〇）を最初として持統五年の泊瀬部皇女・忍坂部皇子献歌（二―一九四・五）、持統十年の高市皇子挽歌（二―一九九〜二〇二）、文武四年（七〇〇）の明日香皇女挽歌（二―一九六〜一九八）がある。最後の一例を除いて持統朝のものであり、殯宮儀礼のいかなる場で誦詠されたか不明であるが、公的な場での儀礼の荘厳に用いられたものとみてさしつかえない。持統七年（六九三）九月、天武天皇の御斎会に持統天皇が夢の中で歌を詠じられたという（二―一六二）ことをみても、死者を悼む儀礼の中で歌が何らかの機能を果たしていたことがわかる。しかしそのような公的な場での挽歌は文武三年の置始東人による弓削皇子へのそれ（二―二〇四〜六）と前述の文武四年、明日香皇女挽歌の後にはただ一例、霊亀元年（七一五）の志貴皇子挽歌（二―二三〇。作者、笠金村）を除いてはなくなるのである。これは持統天皇の火葬（大宝二年）以後、葬儀形態が変化したこともあろうが、形態の変化をも含めて不比等の領導による儀礼の荘厳の形式が変化したためであろう。いずれにせよ殯宮挽歌は大宝元年以後万葉集にはない。志貴皇子挽歌は殯宮時のものではない。歌が儀礼の荘厳となるという古い慣例は、万葉集の初期（一、二期）を彩ったが、令制後は衰退したのである。

行幸供奉の歌は如何であるか。人麻呂の吉野離宮讃歌は作歌年時未詳であるが、おそらく吉野行幸の度毎に誦詠されたであろう。また行幸ではないが、人麻呂には軽皇子（文武）安騎野遊猟に供奉した歌（一―四五〜四九）もあった。持統六年の伊勢行幸に際しては人麻呂は京に留まり供奉しなかった。供奉していれば従駕歌が万葉に残ったかも知れない。文武朝に吉野行幸がほとんど行われなくなったことは既に記したが、大宝元年の持統太上天皇の吉野行幸に際しては高市黒人の歌がある（一─七〇）。しかしこの歌は行幸従駕の歌という範疇ではなく、羇旅歌に属するべきものである。このような羇旅歌は文武朝においても少なからず存在する。文武三年の難波宮行幸、大宝元年の紀伊国行幸、大宝二年の太上天皇三河国行幸、慶雲三年（七〇六）の難波宮行幸の際のものがそれである。それらの歌は全部短歌であって、個人的な詠であり旅愁を歌っている。行幸のめでたさを歌ったものはほとんどない。わずかに舎人娘子の歌（一─六一）が例外と言えようか。ところが不比等の歿した養老四年（七二〇）以後すなわち養老七年の吉野行幸の復活から行幸従駕の長歌が俄然盛んとなる。神亀元年（七二四）の紀伊国行幸、神亀二年の吉野行幸、難波宮行幸、神亀三年の印南野行幸などである。作者も笠金村、車持千年、山部赤人と多彩であり、未奏上であったが大伴旅人も作歌している。不比等のいなくなったことが、この従駕歌の盛行と関係ありと考えざるを得ない。

都城讃歌の長歌も同様である。藤原宮については役民作歌（一─五〇）と御井讃歌（一─五二・三）があるのに対して、平城京（宮）讃歌はない。しかして天平十二年（七四〇）十二月から十六年までの僅かな期間の都であった恭仁京に対しての讃歌はある（十七─三九〇七、八）（六─一〇五〇〜一〇五八）。この現象も不比等主導の時代にあっては公的長歌が用いられなかった例証となろう。

律令は理性の産物であり律令制は整然たる理性の秩序である。少なくとも形式的に整然たる秩序を整え、恣意的な感情をさしはさまないことを建前とする。大宝元年の朝賀の儀が左右対称に整えた威容を以て行われ、「文物の儀、是に備れり」と続紀に讃美されているのは、律令制の具象化そのものだったと言ってよい。対するに歌は抒情の具であり、感情の昂揚がそこにはある。個人的、私的な場での抒情は許されても、公的な場での歌は律令制の根本的な思想とはなじまぬ存在である、たとえ叙事的機能を多分に有する長歌であっても、その本質は抒情である以上同様である、と不比等は考えたのではなかったか。不比等の時代、万葉に公的な歌がみられないのは、資料の偏在によるのではない、不比等の思想による、と私は考える。

六　藤原宮と万葉集の鴨君足人の歌

一　鴨君という氏族

万葉集の巻三に次のような一群の歌がある。

鴨君足人《かものきみたるひと》の香具山《かぐやま》の歌一首　併せて短歌

天降《あも》りつく　天の芳来山《かぐやま》　霞立つ　春に至れば　松風に　池波立ちて　桜花　木《こ》のくれ茂《しげ》に　沖辺には　鴨妻喚《よ》ばひ　辺《へ》つ方《へ》に　あぢむら騒《さわ》き　ももしきの　大宮人の　まかり出て　遊ぶ船には　梶棹《かぢさを》も　無くてさぶしも　漕ぐ人なしに（二五七）

反歌二首

人漕がずあらくもしるし潜《かづ》きする鴛《をし》とたかべと船の上に住む（二五八）

何時《いつ》の間《ま》も神さびけるか香具山の鉾杉《ほこすぎ》が末《うれ》に蘚《こけ》むすまでに（二五九）

或る本の歌に云はく

天降りつく　神の香具山　打靡《うちなび》く　春去り来れば　桜花　木《こ》のくれ茂《しげ》に　松風に　池浪立ち　辺つへには
あぢ群騒き　沖辺には　鴨妻喚ばひ　ももしきの　大宮人の　まかり出て　漕ぎける舟は　竿梶《さをかぢ》も　無くて
さぶしも　漕がむと思へど（二六〇）

右、今案《かむが》ふるに、都を寧楽《なら》に遷《うつ》したる後に旧《ふ》りぬるを怜《あはれ》びてこの歌を作るか。

この歌の作者鴨君足人は伝不明の人物である。鴨君という氏は姓氏録には摂津国皇別に依羅《よさみ》宿祢と同氏とし、「日下部宿祢同祖。彦坐《ひこいます》命之後也。続日本紀合」とある。一方、天武朝には十三年十一月、大三輪君らと共に鴨君が朝臣《あそみ》の姓を賜わったことが記されている。この朝臣に改賜姓された鴨君は、古事記の崇神天皇条に見える三輪山伝説のオホタタネコの子孫とされる氏族である。すなわち大物主神の子孫であるということになる。しかし万葉集の当該歌の作者は、作歌時期が天武朝より後であるにもかかわらず朝臣ではなく君を名告っているのは、天武十三年に朝臣姓を賜わらなかったからだと思われる。鴨君と称してはいるが、姓氏録に彦坐命の後とあったように、もともとは鴨朝臣とは別系の氏族であったのだ。しかしながら朝臣姓に改まった旧鴨君と同じ鴨君を称しているのは、鴨朝臣と擬制的に同じ氏族として同一集団を構成していたためと思われる。それが天武十三年の改賜姓の折に、出自を峻別された結果、一方は朝臣を賜姓され、他方は旧姓の君のまま鴨君として留まったものと考えられる。旧姓に留められたのは鴨朝臣に或る時点で服従し隷属した弱小勢力であったためであろう。しかしながら天武朝においては鴨朝臣と同一地域に居住し同一集団を形成していたのである。同一地域居住の点については下文に追々触れてゆくけれども、当該歌はこの点を前提に解釈して始めて適切な解が得られるのである。まずは歌の解釈に入ってゆくこととする。

二　作歌時期はいつか

歌は「香具山の歌」と題されているが、主として歌われているのは荒廃した池、おそらく香具山の麓にあった埴安池《はにやす》であろう、その様相である。作者はかつて雅やかに殷賑をきわめた池の周辺が、今は荒れはてて見るかげもないと悲しんでいる。なぜ池は荒れはてているのか。説は二つに分かれている。

釈注の説は、持統十年（六九六）七月、高市皇子が亡くなり、皇子の生前の宮殿「香来山の宮　巻二・一九九）が荒廃したためだというのである。万葉考は歌中の「大宮人」の句について、「ここに高市皇子尊の宮の在しを、薨まして後にさびしく成たるを見てよめる也」と注している。別記には又「香山の宮は高市皇子の命の宮なる事しるし、この命持統十年七月薨ませし後に、人すまずなりたる事をいたむ歌なれば、まだ同し藤原宮の末などによみけめ、……をしとたかべと船のへにすむ、といへるも、船などまだ失せざるほどの事也、……」と記す。藤原京時代の末期、慶雲・和銅初年頃の故高市皇子邸を歌ったというのである。こうした解釈をする注釈書は現代にも多い。澤瀉注釈は「この前後の作、持統文武の御世のものであって、ここに奈良朝の作がはいつてゐるとは考へ難く、歌の姿も第二期のもののやうに感ぜられる。」と、左注にいう奈良遷都後の歌とする見解を却けている。全注（西宮一民氏）も然りであって、「要は高市皇子が薨じたから宮殿も池も荒廃したのである。」と明快である。しかし又「これほどの荒廃ぶりであるから、高市皇子薨去後かなりの年数を経たものと考えるのが常識であろう。その意味では、奈良遷都の和銅三年（七一〇）以前ではあるが、それに近い頃であろう。」といわれる。万葉考別記の説に近いが、このように時代を奈良朝の直前にまで降らせると、澤瀉注釈にいう歌の配列を重視しての「持統文武の御世」と抵触してくる。和銅年間は元明天皇の御代であるからである。当該歌の前後の歌が柿本人麻呂の作であるから、歌の配列重視ということになれば大宝年間（七〇一〜七〇四）を降ることは難しいと考えるべきであるが、澤瀉注釈と全注との整合性は微妙である。釈注はこの点を考慮したのであろうか、高市皇子薨後の翌春の作と説いている。すなわち或る本歌を除いた三首の歌は「高市皇子逝《ゆ》いて翌年の春の頃、その香具山の宮周辺の荒廃を嘆いて詠んだものと考えるのがおだやかであろう。」とする。だがしかし、皇子亡きあとの香具山の宮が一年も経たないうちにこれほど荒廃するものであろうか。「これほど」とは、たとえば反歌に歌うように主のいない池に浮かんだ船に水鳥が住みついてしまうほどであり、香具山の鉾杉の梢に蘚《こけ》（かずら）が生えてしまうほどの荒廃である。明らかに歌は長い時の経過を表現している。考や全注がそのことを感じとっているのは正しい受けとり方である。現実的に考えても一年忌も済まぬ皇子の邸内には、高市皇子の妃御名部皇女や皇子たちも住んでいたであろう。多くの舎人たちも奉仕していたであろう。まだ皇子生前の賑わいは残っていたと考えるべきではなかろうか。岸につながれたままの廃船に水鳥が巣を作ってしまうという人跡絶えた景観が皇子の宮近くで一年も経たずに出来する状態を「おだやか」な解であるとは私には思われない。

次にもう一つの解。岸本由豆流の攷証は左注の奈良遷都後の作とする説を正しいとみる。「左注は、後人の加へつるなれど、是などは、実にさる事也けり」。歌句の注釈においても「遊船尓波」に注して「香具山のほとりなる埴安の池に、大宮人の遊ぶ料の船をつなぎおかしめ給ひしが、今は藤原の京もあれはてて、その船にも梶棹もなくなりしを見て、悲みて詠《よめ》るにて……さて、香具山は、藤原の宮の近きほとりなる事、藤原宮御井歌にてもしらる」といっている。

全註釈（増補版）は、鴨君の本居は藤原宮の近くであり、鴨君は遷都当時もその後も宮の近くの本居に住んでいて、「旧都となってさびれ行くのに悲哀の感を催して、この作となったのであろう。」と、作者と藤原宮との親縁性を作歌の動機として挙げて、作は奈良遷都後のものであるとされたのであった。左注についても「前の二五七以下の四首に関している。歌の内容によって、寧楽《なら》遷都以後の作と見たのはもっともである。」と、その正しさを認める。

藤原京の解明に大きな寄与をされた古代史家岸俊男氏も、「左注にもあるように、平城遷都によって大宮人の人影の消えた藤原京の埴安池を歌っている。」と、これは当然のように藤原京廃都後の歌として扱っている（『古代宮都の探究』）。

近時の注釈では稲岡耕二氏『和歌文学大系　万葉集（一）』が奈良遷都後説である。「岸本由豆流などの説いたとおり奈良遷都後藤原宮のあとの荒れはてたのを見て悲しんだ歌と見るのが正しいだろう。」とし、「大宮人のまかり出て遊ぶ船には」の歌句は藤原宮を想定して始めて理解される表現であると、「大宮人」とは退朝後の藤原宮の官人らをさし、高市皇子の「皇子の宮人」ではないと両者を同一視すべきでないことを説く。また「巻三の配列はそれほど確かでない」と、配列重視説をも批判している。

私見もまた奈良遷都後の作とみる。この一連の歌は藤原宮の荒廃を歌ったものである。高市皇子の香具山の宮は、皇子の死後直ちに荒廃したと考えられないことは上に述べた。妃や皇子、また舎人たちが少なからず皇子の死後も邸内に居住あるいは生活し、奉仕していたとすれば、近くの埴安池が人跡絶えることは考えられない。皇子の宮も埴安池も、藤原京の中心の藤原宮にほど近いところにあるのである。また巻三の歌の配列順について言えば、必ずしも厳密ではないと考えた方が実状に即している。たとえば当該歌の近くにある二四七歌の作者、石川大夫は、宮麻呂にせよ吉美侯《きみこ》にせよ、大宝年間以前に歌ったとは考え難いが、歌は人麻呂の羇旅歌八首（二四九〜二五六）より前に配置されている。また人麻呂の二六四歌「もののふの八十氏河の網代木に……」は、近江荒都歌（一・二九）と同じ旅の時、すなわち持統朝前半期の作と解する説が有力であるが、当該歌より後に配列されている。このような状況であってみれば、当該歌を配列順を以て持統文武朝の作、それも人麻呂と同時代の作とすることはできない。

もし巻三の当該歌前後の作が年月を追って配列されているのだと仮定しても、それは巻三の編集者の判断がそうであったのであって、その判断を直ちに正しいとするか否かは全く別の問題である。すなわち題詞に「香具山歌」とあるのは、元来、万葉集編纂の資料にあったもので、その「香具山」の表記にひかれた巻三の編纂者が、当該歌から高市皇子の香具山の宮に連想が行き、持統文武朝の作と誤まり解したのであろう。編纂者が配列を誤まったのである。香具山の宮は藤原宮と共に奈良遷都後に荒廃したと考えるべきである。文武朝に藤原京の中心地藤原宮のごく近くに人影のない廃宮廃邸が放置されていたとは考え難い。そこに疑問を感じて注を付したのが左注の筆者なのである。左注は「旧りぬるを怜びて」と、旧り荒びたものが何であるかを明示しないが、それが藤原宮であれ（私はそう思うが）、香具山の宮であれ、いずれにせよ奈良遷都後に荒廃した藤原京の宮殿邸宅とその周辺を歌った歌なのだと左注が判断したことは正しかったというべきである。

三　鴨君と藤原の地

鴨君足人の歌の作歌時期に少々筆を費しすぎたかも知れない。というのは、なぜ鴨君足人がひとり藤原宮の荒廃を悲しんだのかが本稿の問題であるからである。高市皇子の香具山の宮説をとる釈注は、鴨君足人は高市皇子に仕えた人であろうという。これは大いにあり得ることである。高市皇子は壬申の乱に際して父の大海人皇子を助けて将軍として奮戦した人であり、鴨君の一族も大海人皇子側に属して戦ったのだから、両者に勝者としての紐帯、連帯感があったと思われる。しかし藤原宮説をとった場合には高市皇子との関係を考える必要はない。

諸注釈書は、鴨君の本貫がこの藤原の地にあったことをいう。自己の本貫の地であったからこそ、その地が前代の殷賑さを失い、宮と共にさびれて行くことが悲しかったのだという。香具山の宮説をとる注釈書も、この点を指摘することが多い。香具山の宮が藤原宮に近接してあったと考えれば、鴨君にとっては、これはこれで自己の本貫地近辺の荒廃と感じられたであろうから、こうした注も無益ではない。しかし鴨君にとっては藤原宮の地こそが本貫であり、藤原宮の荒廃こそが悼《いた》ましいものだったのである。

藤原宮の大極殿があった附近は近年まで鴨公《かもきみ》村という土地であった。鴨君と記された氏族は天平宝字三年（七五九）十月に「君」から「公」へと表記が命によって変った（続日本紀）。その「鴨公」が地名として近年まで存続していたのだから、鴨君足人の居地が鴨公村であったろうことは史実に即していて無理のない推定である。鴨公村は明治二十二年（一八八九）に高殿村その他の江戸期より続く村々を合併統合して名付けられた村名である。大和志に村落名として鴨公の名は見えないが、高市御県坐鴨事代主神社の所在地として「在二高殿村一、今称二大宮一又名鴨《カモ》公《ク》森《モリ》」とあるから、おそらく小地名として古くから伝えられていたのだろう。現在は橿原市となっていて郵便番号簿にもその名はない。現高殿町内の小地名として今も存在しているのであろうか、私は知らない。昭和二、三十年代、大極殿址のすぐ近くに鴨公小学校があり、大極殿址へ行くために授業中の小学校の校庭の横をそっと通るようにして行ったことをなつかしく思い出す。今、その小学校は西方に移転してしまったようだ。

閑話休題。問題はさらに先にある。鴨君の本貫の地がなぜ藤原京の中心も中心、藤原宮の大極殿近くにあったのかということだ。鴨君が鴨朝臣と同族集団を形成していたであろうことは既に述べたが、鴨朝臣はしかし、奈良遷都の頃には藤原宮近辺には居住していなかったようである。鴨君から鴨朝臣に改賜姓された人々は、資料から見る限り葛城地方に居住している。姓氏録逸文には、賀茂（鴨）朝臣の祖大田田祢古命《おおたたねこ》の孫大賀茂都美命が賀茂神社を奉斎したことによって姓賀茂を負ったとあって、鴨朝臣の「賀茂（鴨）」は賀茂神社奉斎による名であるという。大和国神別の賀茂朝臣条には賀茂神社奉斎のことは記すが、それ故の「賀茂」の名だとは記していないので、この氏の命名由来には疑わしい点があるものの、賀茂（鴨）朝臣が葛城に居住のいわれが、ここにある。件の賀茂神社は御所市宮前町掖上《わきがみ》の鴨都波八重事代主命神社とされているからである。神護景雲二年（七六八）に高鴨朝臣の姓を賜わった賀茂朝臣田守らも葛上郡の人である（続日本紀天平宝字八年十一月条参照）。これらによって鴨朝臣の奈良朝後半における葛城居住は動かないが、鴨君もまた葛上郡に居住していた形跡がある。続日本紀の文武四年（七〇〇）十一月条に「大倭国葛上郡鴨君粳売《ぬかめ》」なる女性名が見える。これはおそらく鴨朝臣を賜わった人々とともに（あるいは「従属して」）葛上郡に住んでいたものであろう。すると鴨君は藤原の地と葛城の地との両方に住んでいたことになる。どちらが鴨君のより本貫の地であろうか。この問題は鴨朝臣にとっても同じである。鴨朝臣の藤原居住は資料に見えないが鴨君が藤原の地に縁故を有することは鴨朝臣もまた擬制的氏族集団として藤原に縁故を有していたことを示すものであって、葛城の地での両氏居住が如実にこのことを示している。私は鴨朝臣は藤原京（宮）の建設にともなって（あるいは先立って）、一部の鴨君とともに葛城の地に移ったのだと推測する。

鴨朝臣と鴨君、つまり天武十三年の改賜姓以前の擬制的氏族集団としての鴨君は、藤原京の建設が始まるまでは藤原の地に居住していた。それもいわゆる大藤原京の一隅にというのではなく、正方形の都城の中心に位置する藤原宮の近辺に居住していた。したがって藤原宮の造営には鴨君一族の主要な構成部分（の人々）の移転が不可避であった。しかし氏族全体の移転でなかったらしいことは、後世に「鴨公」という奈良朝後半期の表記による地名が残ったことから推察できる。

さて、鴨君が藤原宮近くに居住していたのはそこが鴨君の本貫の地だったからだと諸注釈書は記すのであるが、そこから先には進まない。先にも触れたように、なぜそこが鴨君の本貫の地であったのかということが問題だ。私は鴨君の本貫の地は本来藤原ではなかったのだ、藤原へは移転して来たのであって、本来は三輪山の近辺に本貫の地があったのだと思う。

鴨君は三輪君（神君）と同祖の、オホタタネコの子孫として大物主神を奉斎する氏族である（記の崇神天皇条、紀の神代紀第八段）。三輪君が三輪山の麓に居住していたことは、その名からして明白であるが、鴨君の居住地は明白でない。これを本来葛城地方とする説（『日本古典大系　日本書紀　上』）もあるが、三輪山の大物主神を奉斎する氏族の本貫としては遠きに過ぎる感がある。後代に葛城の高鴨の神を祭る氏族となったのも三輪山との距離の遠さのせいであろう。やはり本来は三輪君と同じく三輪山の近くに住んで三輪山の神を祭っていた小氏族と考える方が妥当ではないか。

壬申の乱（六七二）に三輪君高市麻呂と鴨君蝦夷は、いちはやく大海人皇子に呼応して兵を挙げた大伴吹負の麾下に馳せ参じ、近江を襲わんことを謀って奈良に向かったと書紀は記す。こうした迅速な行動を三輪君と共にしたことを考えても、両氏は近接した地に居住していたと思われる。鴨君は葛城から馳せ参じたのだとは考え難い。ただし、後日、三輪君高市麻呂は箸陵で近江軍と戦い、鴨君蝦夷は石手道（竹の内峠）を守ったとあるので、両氏はそれぞれ地理に通じた場所で戦いに臨んだのであって、鴨君はすでにこの時葛城地方に居住していたのだとも考えられる。しかし又逆に、この時の石手道防衛の功で、後に葛城の地に移る縁が生じたのだとも考えられ、この点は少々決め難いものがある。

とまれ三輪山近辺にせよ葛城地方にせよ、鴨君はもともと藤原とは別の地に本貫を有し、ある事情から、ある時期、藤原に移住したのだと私は推測している。では、いかなる事情が存在したのであろうか。

四　藤原の地と藤原氏

以下に述べることは、私が既に他稿（「藤原不比等と万葉集」『東アジアの古代文化』64号　一九九〇年七月。本書に収録）に発表したものと重複する部分があるので、詳しくはそちらを参照していただきたく、本稿では紙数の制約もあって、概略にとどめる。

藤原宮近辺の藤原の地は、鴨君一族の女性、賀茂朝臣比売の藤原不比等との縁組みによって不比等から贈与されたものである。藤原の地は藤原氏の所有であったのだ。天智八年（六六九）十月、天智天皇は中臣鎌足の臨終の床に大海人皇子を遣わして、鎌足に大織冠と大臣の位を授け、さらに「姓《うぢ》を賜ひて藤原氏とす」と、鎌足生前の功に報いるべく最大の贈り物をした。しかし、大織冠と大臣位は納得できるが、「藤原」という名にどのような栄誉の意味があるのかよく分らない。この意味を的確に説明した説の有無を生来寡聞の私は知らない。中臣という職掌名を表したらしい氏の名を、藤原という地名を負う氏の名に改めることによって、氏族の社会的地位の格上げがなされたというべきなのであろうか。それならばなぜ「藤原」なる地が選ばれたのであるか。鎌足の生地は飛鳥の大原である。そこは藤原京の一角を占める土地であるから藤原と言って言えないことはない。しかし藤原の地の中心は大原ではない。大原を生地とする鎌足に贈るにはや、的はずれな地名である。鎌足に地の名を負った氏の名を与えるならば大原の方がふさわしい。私は天智天皇が鎌足に賜わったのは「地の名」ではなく、土地そのものだったと推測する。これによって中臣氏はある程度の広さを持った土地貴族として、たとえば巨勢氏、蘇我氏、春日氏などの臣姓豪族と同格の家柄となったのである。

藤原の地は書紀によれば允恭天皇が弟姫（衣通郎姫《そとおしのいらつめ》）のために造営した宮の所在地である（允恭七年条）。おそらく允恭天皇つまり天皇家の所有地であったのだろう。この記事が真偽の定まらない伝説だとしても、次の記事は史実だと言ってよいだろう。すなわち推古十五年（六〇七）是歳条に「藤原池」を造成したとあり、十九年（六一一）には、五月五日、菟田野での薬猟への行幸出発に際し、諸廷臣が未明に藤原池のほとりに集合したという。この時の薬猟が多くの人々の参加した盛大なもので、それぞれが決められた身分に装いをこらした政治的イベントあるいは政治的パレードの趣きのあったことは記事を読めば了解されるが、かかる盛大な行事の集合地に藤原の地が選ばれていることは、この地が天皇家にとっての格別な所有地であったことを物語るであろう。現代にたとえて言うならば、矮小化の感じはあるが、皇室が春秋に園遊会を開く新宿御苑のごとき機能を藤原池近辺の地は持っていたというべきか。大功あった鎌足は、かかる特別な天皇家所有地を天智天皇から賜わったのである、と私は考える。

こうした名誉な土地の全部あるいは大部分を不比等は自分の結婚のために手放したのである。もし手放さず自氏の所有地として持っていたならば、藤原宮及び京の建設に際して、この土地を提供することにより、不比等の天武持統朝における壬申の乱の敗者からの復権をより早めることが可能であったろう。

不比等は天武朝にその名が見えず不遇であったと思われる。彼の復権は天武十年（六八一）の律令制定の勅のあった頃からであるが、持統朝にはなお末だしであった。彼の結婚の経歴を見てもそのことが分る。彼の最初の結婚は蘇我連子《むらじこ》の娘、娼子とであった。連子は天智三年（六六四）に没しているが、斉明・天智朝の大臣であったから、遺った一族は後に左大臣となった蘇我赤兄に率いられ、壬申の乱では近江方であったと見てよい。つまり結婚は壬申の乱の敗者どうしの間で行われたのである。後年、結婚を政略の具に用いた不比等にすれば、止むを得ないとは言え不満足なものであったろう。そして二人めの妻が賀茂朝臣比売であった。比売は壬申の乱の勝利者、鴨君の女性である。この女性との結婚によって不比等は乱の敗者としての不遇な境涯から脱出の手掛りを得ようとした。しかし乱の敗者が乱の勝者に払った代償は決して小さくはない、栄誉の証である藤原の地を贈与ないし割譲するというものだった。比売が後年の文武天皇夫人宮子を生んだのは天武十二年（六八三）頃であろうか。藤原宮造営の計画はある程度人々にも知られていて、生まれた子は将来の宮殿となるべき土地（の近く）で生まれた故を以て宮子と名づけられた。しかし、その土地は不比等の所有するところではなく、母賀茂朝臣比売の住むところだった。不比等は大原の古りにし里に住み、藤原に通ったのである。やがて宮都の計画は本格化し、土地を提供した鴨君の一族は山代の岡田の鴨や葛城に移住し、一部の者だけが宮の近くに住地を与えられ、引き続いて藤原の地にとどまったのであろう。そこが後世の大和志にいう鴨公森であり、残った鴨公（君）が鴨事代主神社を奉斎していたのだろう。

不比等はいかなる心境で藤原宮の造営を見ていたであろうか。折角、自らの氏族名と同じ藤原の名を冠した宮が造営されながら、その功績は彼に帰せられない。もし彼が造営地を提供したのなら、書紀にその旨記されたはずである。藤原の宮も京も藤原氏の藤原には一切関係がない。そのような態度を書紀はとっている。宮都と氏族名との一致を誇らかに語る伝説の一かけらもない。のみならず不比等は、十六年後の藤原宮都を廃する政策の主導者でさえあった。三十三年ぶりの遣唐使粟田朝臣真人が、現実の大唐国の都長安の都城を見聞しての帰朝報告を受けて、積極的に奈良遷都の政策を推進したのは不比等である。藤原宮の「藤原」の名を惜しむ様子は不比等には微塵もない。感傷を排した律令政治家として当然といえば当然の態度だが、藤原の地の名には不遇時代の苦い思い出がまつわっていたのだと、私には思われてならない。

藤原宮の盛観を喜んだのは「藤原宮御井歌」（一・五二）を歌った作者と共に鴨君一族であり、その廃都を悲しんだのは、ひとり鴨君足人だけであった。三輪山の神を奉斎する鴨君の一族はかくして宮都の繁栄をわがこととして誇る基盤を失ったのである。それかあらぬか同族の大神《おおみわ》朝臣も高市麻呂以後さしたる人物を中央政界に送り出していない。

七　平城遷都と万葉集歌
――七一〇年代の政治と文学――

一　はじめに

平城京への遷都は和銅三年（七一〇）三月に行われた。元明天皇の即位後三年めのことである。遷都の政治的意義は、一言で言って律令体制の新たなる強化にある。これを推進主導したのは主に藤原不比等であって元明天皇ではなかった。そして和銅八年九月、元明天皇は譲位し、娘の氷高内親王が即位する。元正天皇である。譲位の詔に述べてあるように、元明天皇の孫であり、先代の文武天皇の子である首親王が皇太子として存在していたのだから、本来ならば首親王が即位すべきであったが、それは実現しなかった。いかなる事由がそこに考えられるかは、ともかくとして、この譲位・即位に際しては、通常あるべきはずの宣命の発布がなかった。続日本紀は簡潔な漢文詔を載せるのみである。ここにこの時代の特色の一端がかいまみられるのだが、これは後に触れる。さらに五年後、養老四年（七二〇）八月、藤原不比等が薨じ、翌五年十二月、元明天皇が崩ずる。同時代に政権の中枢にあった二人の相次ぐ死は、一つの時代の終焉を告げるものであったろう。その時代、和銅三年から養老四・五年という時代は政治的にいかなる時代であり、そして文学的にはいかなる作者のいかなる作品が残されているであろうかという問題が、「二つの時代」というからには存在するであろう。その点について考えるとき、先に挙げた二人はたとえるならば楕円の二つの焦点である。焦点間の距離の如何によって楕円の形が変化するように、両者の意図・思惑のズレによって政情は揺れ動き、文学的情況も変化する。しかし二つの焦点によって描かれる形が楕円であることに変りがないように、両者が律令体制の強化発展と血のつながる首親王への皇位継承という目的においては常に一致していたと言えるだろう。奈良時代をひらく最初の十年間においての、両者の相互関係から生じる政治情況が、どのように文学の世界に、特に前代の天武・持統朝において盛んだった宮廷和歌（倭歌）の世界すなわち万葉歌の世界に影響を及ぼしたかを、万葉史の一端として考えてみようと思うのが本稿の主要な趣旨である。

二　元明天皇と藤原不比等とのズレ

平城遷都の詔は和銅元年（七〇八）二月十五日に発せられた。そこでは元明天皇は次のように言っている。

……遷都の事、必ずとすること遑あらず。而るに王公大臣咸言さく「往古より已降、近き代に至るまでに、日を揆り星を瞻て、宮室の基を起し、世をトひ土を相て、帝皇の邑を建つ。定鼎の基永く固く、無窮の業斯に在り」とまうす。衆議忍び難く詞情深く切なり。……方に今、平城の地、四禽図に叶ひ、三山鎮を作し、亀筮並に従ふ。都邑を建つべし。(1)……

天皇にとって、遷都は必須と決定するには十分な検討の余裕がない。しかし王公大臣のすべてが「帝都は昔から正しく方位を測定し地相をトして決定してきた。宮室の地・帝皇の都は永久不変のものとしてあるべく、そのように建設すべきである」という。衆議は無視できず、その言葉と心には深く伝わってくるものがある。……今まさに平城の地は人々が言うような四神相応、吉祥の地であるからよろしく都を建てるがよい。

元明天皇のこうした言葉の裏には、必ずしも遷都には積極的でない心情がありありと見てとれる。元明天皇には、現在の都、藤原京がまだ建都後十四年しか経っていず、しかも夫の草壁皇子亡き後、わが子軽皇子が成長し即位して大宝元年（七〇一）には大宝律令が発布され、律令国家としての体裁がようやく整ったばかりであるのに、何ゆえ新しい都作りの必要があるのか容易に理解し難い点があったであろう。藤原京は天武朝以来、当時としてはこれ以上ないと思われるほどの周到な準備を重ねて計画的に建設した都である。そのことは数次にわたる天皇の新益京、藤原宮の地視察からも明らかである。平城遷都を前にしても、おそらくまだ完成していない部分が宮にも京にも残っていたであろう。そうした都をあっけなく廃して急拠平城京を建設することにいかなる政治的意味があるのであろうか。前年七月に即位して政務に携ったばかりの、そしてそれまでおそらく政治に全くタッチしていなかったであろう元明女帝に遷都の緊要性が理解できなかったとしても不思議ではない。

遷都の詔には王公大臣全員が易学に基づいた永久の都を建設すべきだと言上したとある。「王公大臣」の語句は隋書高祖紀をそのまま借用したものとの指摘がある(2)が、それにしても少なからざる人々の新都建設の具申があったと思われる。藤原宮や京には多くの欠陥があったようである。それらの欠陥を一日も早く克服すること、それが平城遷都であった。詔によれば「四禽図に叶ひ、三山鎮を作し、亀筮並に従ふ」地への遷都が、古京藤原京の欠陥を克服することになるが、それは具体的には、遷都が大陸伝来の最近の知識と思想に基づいて造られた都城への移転、すなわちいうなれば当時の国際的基準・範型に合致した都城への移転だということである。藤原京はそのような国際的都城として相応しくなかったのである(3)。

大宝律令という初めて律も備えた律令制国家として発足したばかりの日本国家は、大宝二年（七〇二）、天智八年（六六九）以来三十四年ぶりの遣唐使を派遣（任命は大宝元年）し、具さに大唐帝国の長安の都を知ることができた。執節使粟田朝臣真人は慶雲元年（七〇四）五月に帰国、副使許勢朝臣祖父（任命時は大位）も慶雲四年三月に無事帰国した（大使の坂合部宿祢大分は養老二年（七一八）に帰国）。平城遷都の計画が議せられたのは最初は慶雲四年二月「諸王臣の五位已上に詔して、遷都の事を議らしめたまふ」と続日本紀に記されている。おそらく実際に見聞した粟田真人の報告ないし遷都提案を受けて、大納言藤原不比等が決意し、諸王臣に諮問するよう取り計らったのであろう。太政官トップの座にあった右大臣石上麻呂や知太政官事であった穂積親王らとの事前の意見調整ができず、こうした案件を衆議にかけることになったのかも知れない。藤原京造営に関しては見られなかったことである。その翌月、副使許勢祖父が帰国したことは、遷都議案を盛り上げ遷都決定の方向へ動くことに追い風となったのではなかろうか。時は未だ文武天皇の御代であって、後日即位することになる阿閇皇女（元明天皇）のあずかり知らぬことであった。文武天皇の譲位の志は慶雲三年十一月、始めて母阿閇皇女に伝えられたという。これを固辞した彼女が遷都の議案にその時すでに大きな関心を持っていたとは考えられない。

藤原京が大唐帝国の都城に照らして規範に外れた変則的な形式のものであることは、発足したばかりの律令制国家の外観の点からも放置できないと、遷都推進派の人々は考えたであろう。都城は対内的には中央政府の権力秩序確立の象徴であり、対外的には隣国の唐、蕃国の新羅に対する日本国家の近代性の示威表現であった。しかし、神代以来、神聖にして最高の権威を保持し続けてきているという伝承に支えられた天皇位、そして実際にも前代の天武・持統朝には絶大な権力を掌握していた天皇位を、孫の首親王（聖武天皇）に継承させることを至高の命題として、その中継者として即位した元明天皇には、平城遷都の持つ国家的・政治的意義を直ちには理解できず、衆議の赴くところ止むなしと消極的な遷都肯定を表明することになったのは止むを得ないことであった。そしてその消極さの表現を自らの心に従ってはっきりと述べている点に、元明天皇の不安に揺れつつも一種の毅然とした自己主張を見ることができる。

かくして和銅年間は、一方に律令制の整備推進を天皇家の伝統的な権威の確立と自らの皇統の安定化に願わくは利あらしめたい元明天皇、他方に大陸古来の知的伝統に基づいて成立した法秩序社会である律令制国家を先進的国家形態と認識して、これを範とすることで国際的にも自立した強力な国家を作り上げたい藤原不比等らとの間に微妙なズレがかいま見られることとなる。平城遷都は、このことを明らかに示した最初の事例であった。

三　議政官人事の思惑

和銅三年の平城遷都からの十年間は、基本的に藤原不比等の時代であった、ということができる。同時にそれは律令体制の強化の時期でもあった。律令制の強化・安定は元明天皇もまた志向するところであったと思われるが、しかし女帝には伝統的な保守的体質も存在し、急激な大陸風文化の流入による政治・文化の変革に違和感を覚える一面があったようである。

和銅元年三月、天皇は大きな人事異動を発令する。それら人事のすべてが天皇の意志によったものとは当然言うことはできないが、天皇に近侍する議政官の任命に関しては天皇の意志の介入があったと考えてもよいだろう。その人事は次の如くである。（　）内は前職

左大臣　正二位　石上朝臣麻呂　（右大臣）
右大臣　正二位　藤原朝臣不比等　（大納言）

大納言　正三位　大伴宿祢安麻呂（大納言）
中納言　正四位上小野朝臣毛野（参議）
中納言　従四位上阿倍朝臣宿奈麻呂（中納言）
〃　　　従四位上中臣朝臣意美麻呂（左大弁）
参議　　従四位上下毛野朝臣古麻呂（参議）

（右のうち、大伴安麻呂と阿倍宿奈麻呂は、すでにその位にあって留任したのであるが、他に解任された者もあることによって改めて就任者全員の名を記したものと、新古典文学大系『続日本紀　一』の補注は記している。また下毛野古麻呂については、元年三月の詔には式部卿に任命されたことが記されるのみであるが、同年七月乙巳条の記事によって参議と見るべしとする前述書補注の説に従った。）

元明天皇の意志がわずかながらうかがわれるのは、中臣朝臣意美麻呂の登用である。彼はこの時、神祇伯にも任じられており中納言と兼任であった。この任命は不比等にとっても藤原と中臣と姓は異にするものの元は同族であったのであるから異存はなかったであろう。意美麻呂は文武天皇の二年（六九八）八月の詔によって藤原姓から「意美麻呂らは神事に供れるに縁りて旧の姓に復すべし」と旧姓の中臣に復されたのであるが、神事を専らとする人物を議政官の一人に加えることには、固有の伝統としての宮中儀礼を保持する使命を有する天皇家の側からは望ましいことであったと思われる。しかし更に注目すべきは、この時まで議政官であった粟田真人と高向麻呂が再任されていないことである。大宝二年五月、この二人は大伴安麻呂、下毛野古麻呂、小野毛野と共に朝政に参議せしめられたのであった。二人はいうまでもなく国際派、開明派であって、慶雲二年三月には阿倍宿奈麻呂と共に中納言に昇任していた。粟田真人は前述したように大唐の都長安城を実際に見て来た遣唐執節使であり、平城遷都の中心的推進者だったと思われる。彼の実地見聞がなかったなら平城遷都を思い付く者はいない。また高向麻呂も天武十三年の遣新羅大使であった。不比等が新羅外交を重視していたことは、和銅二年五月、入朝した新羅使節金信福らを直接引見し会談したことにも表れている。新羅国使が執政の大臣と談話《かたら》うことは、かつて無かったことで使人らは衷心から恐懼感激したと続紀は記している。七一〇年代には和銅五年、養老二年、養老三年と三度の遣新羅使が任命されている。文武朝にも四度の派遣があった。こうした国際的経験を有する二人の名が議政官の名簿から消え、粟田真人は大宰帥、高向麻呂は摂津大夫に任じられたのである。おそらく解任左遷であろう(4)。大宰府も摂津も中国や朝鮮半島に対しての我が国の玄関口であり、大陸の高い文化を受け入れる要地ではあるが、中央から離れた現地司令官は国政に影響力を持つことができず、中央からの命令を執行する行政官であるに過ぎない。律令国家体制建設に有用な知識・経験を持つ国際派高級官僚政治家が、この時期に中央を離れることは異常としか思われず、この人事は時の最高権力者の意向によったものだと推測せざるを得ない。となれば平城遷都に消極的だった元明天皇か左大臣石上麻呂の意向ということになろうが、後者であるならば不比等はこれを押し切ることができたであろうと思われ、不比等がこの人事を認めざるを得なかったのは元明天皇の意向を忖度したからだと思われる。粟田真人と高向麻呂は平城遷都実現のための捨て石あるいは犠牲と言って言えないことはなかろう。高向麻呂は同年閏八月在任のまゝ没する。失意の病没か老衰か、その因は不明である。

今少し人事について筆を費やしたい。人事こそは人の思惑が交錯し利害が衝突する場であって、この結果如何によってその人の人生が変るばかりでなく周囲への影響も大きい。歴史に記された人事は、国政を動かし文化を変え時代を方向づけてゆくものが少なくない。和銅元年三月の大人事異動はそうした性格を持っている。このなかに下毛野朝臣古麻呂が式部卿に任じられているのも注目される。式部省は官人の人事と朝廷の儀礼を管掌する重要な官庁で、その長官は形式的に上位の中務卿よりも優位であったという[5]。このポストに律令撰定の中心的功労者の下毛野古麻呂が参議兼任のまま任命されたのは律令制下の官人の育成充実と儀礼の整備の点から順当なものと言えるが、彼は翌和銅二年十二月に没してしまった。この重要な役職に後任として任命されたのが長屋王である。任命は和銅三年四月二十三日、遷都の翌月であった。式部卿は四ヶ月の間空位であったが理由は分らない。長屋王は前年十一月宮内卿に任命されたばかりであったから、早過ぎる異動である。彼を式部卿に推す強い力が働いたことは否めない。この後、養老二年大納言に昇任するまで彼は式部卿であった、ということは元明天皇の治政下はずっと式部卿であり続けたことになる。長屋王はいうまでもなく天武天皇の最年長の皇子であった高市皇子の子である。母は天智天皇の女、御名部皇女で、彼女は元明天皇の姉である。そして正夫人は元明天皇の女、吉備内親王であった。何処から誰の力が働いた人事であるか、もはや推定は易しい。元明天皇は甥であり女婿である長屋王に律令制の充実整備とともに皇親としての一定の配慮、急激な開明的政策による伝統的習俗や文化の衰微、皇室権威の喪失などへの顧慮を期待したのではないか。しかし長屋王がその期待にこたえ得たか否かは別である。長屋王はいつの頃か不明であるが藤原不比等の女をも夫人として迎え、彼女の生んだ子は長屋王の自刭後も罪を得ることなく生き延びることができた。王は不比等との関係に破綻を見せず、むしろ律令官僚として協力する面もあったようだ[6]。律令制のほころびとなる三世一身法の制定は不比等没後の養老七年であり、王が右大臣として議政官のトップに立って後のことである。しかし元明天皇の王への信頼は失われなかったとみられ、元明天皇は養老五年十月、臨終の病床に藤原房前とともに王を召して後事を託している。もっともこれは王が臣下最高位の地位にあったためかも知れない。だが式部卿任命時は抜擢の人事であったことは間違いない。これに先立つ遷都に際して王の邸宅が元明天皇の起居する皇居に接した東南の地に割り当てられていることからも天皇の信任の厚かったことが推しはかられる。

さて和銅元年三月時の議政官の成員がその後どのように変化していったか見てみよう。それは一言で言って不比等擅権化の過程である。

① 和銅二年十二月　参議下毛野古麻呂没
② 和銅四年閏六月　中納言中臣意美麻呂没
③ 和銅七年四月　中納言小野毛野没
④ 和銅七年五月　大納言大伴安麻呂没
⑤ 養老元年三月　左大臣石上麻呂没
⑥ 養老四年正月　大納言阿倍宿奈麻呂没
⑦ 養老四年八月　右大臣藤原不比等没

右の④と⑤の間に、巨勢麻呂が霊亀元年五月中納言に任ぜられ、養老元年正月に没している。養老二年三月に、長屋王が式部卿から大納言に、阿倍宿奈麻呂が中納言から大納言になり、多治比池守、巨勢祖父、大伴旅人の三人が中納言に任ぜられ、一挙に欠員が補充されたが、それまでは養老元年十月、藤原房前が参議に任命されるまで補任のことは無かった。ということは巨勢麻呂が中納言であった期間を除いて議政官は減るばかりだったのである。石上麻呂が没して房前が参議に任命されるまでの半年間はなんと不比等と阿倍宿奈麻呂の二人だけだったのである。後任の補充がなく議政官が減るにまかせたままという情況の放置は、一体どういう理由によったのか不明であるが、権力はしぜんに残った者に集まってくるわけであるから、不比等の権力の相対的増大は当然で、房前の参議任命は石上麻呂亡きあとの不比等擅権の表われと言ってよい。こうした情況を元明天皇はどのように見ていたのであろうか。政治経験のない女帝にはどうにもならぬことであったろう。ただ、多少とも頼りになり得る立場にあった人に天武天皇第五皇子とされる知太政官事穂積親王がいた。穂積親王は前任者忍壁親王の後任として慶雲二年（七〇五）以来この任にあった。しかし最近の学説では知太政官事が設置された頃と異なり、その権限は時代が降るにつれて強いものではなくなったと考えられており(7)、議政官の後任人事を左右することは望み得べくもないことだったと思われる。この穂積親王も霊亀元年（和銅八年）七月に没する。前掲表の④と⑤の間であり、議政官は石上麻呂、藤原不比等、阿倍宿奈麻呂、巨勢麻呂の四人である。これまでの経緯からすれば、忍壁→穂積と続いた知太政官事のポストには当然後任の任命があってよい。しかしその任命はなく、不比等が没した翌日に舎人親王が任命されて復活したのである。穂積親王の没後一月、元明天皇は譲位を発表する。その漢文詔には次のようにある。

……朕、天下に君として臨み、黎元を撫育するに、上天の保久を蒙り、祖宗の遺慶に頼りて、海内晏静にして、区夏安寧なり。然れども兢々の志、夙夜に怠らず、翼々の情、日に一日を慎みて、庶政に憂労すること、茲に九載なり。今、精華漸く衰へて耄期斯に倦み、深く閑逸を求めて高く風雲を踏まむとす。累を釈き塵を遺ること、脱屣に同じからむとす。……

詔は漢文であって、漢文特有の文飾は認められるものの、元明天皇の本心はかなり率直に表現されているのではないか。内外の情勢は天下泰平と言ってよいが、自分は日々庶政に心労を重ねてきて、九年が経った。もう年齢のことも考えると休みたいと思う。俗世のわずらわしさから逃れるため、履物を脱ぐようにきれいさっぱり皇位を離れたい。ここには元明天皇がその治世の九年間を単なる傀儡として過ごしたのではない事実が読みとれる。

自分と太政官、あるいは太政官相互の意見の対立や調停、その裁断に苦慮したのであろう。今はもう政権を投げ出したいという、その心情の裏に直前の穂積親王の後任問題があるのではなかろうかと私は考える。穂積親王の没後、不比等の在世中は後任人事のことがなく、不比等の死んだ翌日に舎人親王に命が降ったということは、不比等の在世中は知太政官事不要と考えたことによるが、誰がそう考えたかが問題である。元明天皇がそう考えたのなら、天皇の不比等への信頼が厚く太政官のことは不比等に全て任せておいて皇親の口出し無用と判断したことになるが、もしそうであったなら譲位の詔にみせた天皇の夙夜の心労も無かったであろう。不比等の反対にあって知太政官事の後任は決まらなかったと考えるのが妥当である。決まらないことで利を享受するのは議政官の実質トップである不比等に他ならない。

四　元正天皇時代の唐風化

霊亀元年（七一五）九月二日、元明天皇が譲位し、同日、氷高内親王が大極殿に即位する。元正天皇である。議政官の最上位者は左大臣石上麻呂であったが、一年半後の霊亀三年（七一七、十一月に改元して養老元年）に没する彼はもはや形式上のトップに過ぎなかったであろう。年齢もこの時すでに七十六歳である（公卿補任）。かくして七一〇年代の後半、元正天皇の治世下は長屋王の台頭があったとはいえ、不比等擅権の時代である。元明天皇と違って元正天皇の不比等への信頼はほとんど完璧なものだったようである。知太政官事を空位のままにおいたこともその一つであるが、房前の参議任命も不比等への信頼の証であろう。議政官三名のうち二名が藤原氏の、しかも父子によって占められているという状態を任命権者の天皇が許容しているのである。続日本紀には記されていないが、公卿補任によれば元正天皇は養老二年、不比等に太政大臣就任を要請したという(8)。元正朝における不比等の政策はひたすら律令制度の強化充実であったが、その具体的施策については、古代史の研究書に拠るべくここでは詳述しない。高島正人氏は「不比等の晩年ともいうべき元正朝は、不比等の一家にとって慶事の連続であった。連年、いくつものよろこびが重なりあっていた。」といわれる。(9)公私にわたって彼の意のままの時代であった。

不比等は唐帝国の律令制を規範とした国家体制を日本国において作り上げようとしていた。「日本」という国名さえそうした観点からの新しい名称であった。この「日本」国家における公的な規範は、国際的に通用するものでなければならず、それはすなわち唐帝国の文物の規範そのものであった。政治体制のみならず、儀礼・習俗や思想、文学、芸術の規範もまた不比等においては然りであったと思われる。それらの具体例として次のものを挙げることができよう。

1　宣命を発せず漢文詔を以てすること。
2　大嘗祭の簡略化。
3　吉野行幸の中断および他の行幸における行幸従駕歌の献呈なきこと。
4　宮廷挽歌の衰退。

1については既に述べたことがあるが、(10)あえて再説しておきたい。宣命は続日本紀に六二詔を載せる。聖武天皇以後のものが多いが、それ以前のものが四詔ある。文武天皇の即位の宣命と不比等に食封を賜う宣命。元明天皇の即位の宣命と和銅改元の宣命とである。ここで顕著に目立つのは元正天皇の時代に宣命の無いことである。なかでも即位の宣命がないことは唯一の異例である。(11)代わりに元明天皇の譲位を受けた即位の漢文詔が続紀には記されている。譲位・即位ともに漢文の詔を記して宣命はない。現実には宣命が発せられたにもかかわらず続紀はこれを無視したのであろうか。実際に発したかも知れない宣命を、その時点での記事としては記さず、後の時点の宣命の内部に含み込む形で収録したものに、聖武天皇と孝謙天皇の即位の宣命がある（第五詔、第十四詔）。この第五詔の前半に元正天皇がこう仰せられて譲位なさったと述べるところの、いわば元正譲位の意志表明があるが、その内部に元明天皇の元正天皇への譲位の言葉が宣命体で記されているのである。これを見ると元明天皇は譲位の宣命を発していたのかも知れないとも解される。しかしまたそれは公的に発表されたものではなく、元明から元正への口授の言葉であって宣命の中に収録されたために宣命体をとっているに過ぎないとも解される（第十四詔の場合も全く同じである）。いずれにせよ元正天皇の時代には宣命が発せられたか否かはともかく、続紀は宣命を記していないとだけは言える。宣命を発する機会はあった。養老の改元のときがそれである。和銅の改元は元明天皇によって宣命が発せられている。天平への改元も宣命の発布があった。大宝、慶雲の改元のときには宣命もなければ漢文詔も記されない。改元を周知せしめる何らかの文書としての詔はあったのであろうが、その旨のみを記した通達文に過ぎなかったために記録しなかったのであろうか。対するに養老の改元は漢文詔で詳しくその事由を説明している。こうした説明が多くの人々に理解されるためには漢文詔よりも倭語である宣命体の方が適切だったのではなかろうか。なお言うならば平城遷都も漢文詔より宣命が適切だったであろう。これも漢文詔であった。

宣命が発せられなかった期間は、元明天皇の和銅元年（七〇八）の改元の宣命（第四詔）から聖武天皇の神亀元年（七二四）の即位・改元の宣命（第五詔）までの十六年間である。不比等が懸命に律令体制の建設に努力していた時期とほゞ重なり合った期間であることに注目しておきたい。倭語で発せられ記された文書がその国の最高権力者の公的な意志の発表文書であるということを、唐帝国を中心とする国際関係の中での恥ずかしからざる地位の保持を要する律令国家の制度として適わしくないと、政府首脳が考えた結果としての宣命発布の中断であるとするならば、それは主として不比等の判断であったと言えよう。

2の践祚大嘗祭についての記述もこの期間に行われたものは簡略である。元正天皇の場合を前後のものと較べてみよう。

○元正天皇　霊亀二年十一月

辛卯、大嘗す。親王以下と百官人らとに禄賜ふこと差有り。由幾の遠江、須幾の但馬の国の郡司二人に位一階を進む。

○元明天皇　和銅元年十一月

己卯、大嘗す。遠江・但馬の二国、その事に仕奉る。辛巳、五位以上を内殿に宴す。諸方の楽を庭に奏る。禄賜ふこと各差有り。癸未、宴を職事六位以下に賜ふ。訖りて絁各一疋賜ふ。乙酉、神祇官と遠江・但馬の二の国郡司と、并せて国人の男女惣て一千八百五十四人に、位を叙し禄賜ふこと各差有り。

○文武天皇　文武天皇二年十一月

己卯、大嘗す。直広肆榎井朝臣倭麻呂、大楯を竪て、直広肆大伴宿祢手拍、楯桙を竪つ。神祇官人と事に供れる尾張・美濃二国の郡司百姓らとに物賜ふこと各差有り。

○聖武天皇　神亀元年十一月

己卯、大嘗す。備前国を由機とし、播磨国を須機とす。従五位下石上朝臣勝男・石上朝臣乙麻呂、従六位上石上朝臣諸男、従七位上榎井朝臣大嶋ら、内物部を率ゐて、神楯を斎宮の南北二門に立つ。辛巳、五位以上を朝堂に宴す。因て内裡に召して、御酒并せて禄を賜ふ。壬午、饗を百寮の主典已上に朝堂に賜ふ。また無位の宗室、諸司の番上と、両つの国郡司と、并せて妻子とに、酒食并せて禄を賜ふ。

右を見るに、元正天皇の大嘗祭記述は基本的に文武天皇の場合と同じである。元明、聖武の場合は数日にわたる記述があるのに対して、文武、元正の場合は一日である。これは記述が簡単なのか儀式そのものが簡単だったのか判断し難いところだが[12]、文武と元正の場合を見較べても元正の場合の方が簡略に従った点がある。それはユキ、スキの二国の選定を元正の場合、前回の元明天皇のときに選定して二国、遠江と但馬にしたことである。文武の場合は持統天皇のときに選定した播磨と因幡ではなく新たに尾張と美濃を選定している。ユキ、スキの両国のト定は播種の段階でなされるのであるから、以後収穫に至るまでの関係者の苦労は大きなものである。これを前回と同じ国としたところに前回の経験を生かした負担減を考慮したと考えられよう。こうした日本独特の伝統的な祭儀に対して、この時期の律令政府が積極的だったとは思われないのである。

4の宮廷挽歌の衰退は仏教の火葬の普及と関連する問題であるが、仏教自体、律令制と密着した存在であったことに注意しておきたい。

五　七一〇年代の宮廷和歌

さてようやくこの時代、七一〇年代の宮廷和（倭）歌の様相を検討する段取りに入るが、この問題については既に早く橋本達雄氏の研究があった[13]。私なりに要約して言えば、氏は宮廷歌人の活躍した時期を持統天皇と柿本人麻呂、長屋王と山部赤人ら、橘諸兄と田辺福麻呂というように、皇族系の権力者の存在した時期に公的な性格を持った宮廷讃歌があり、これを歌った宮廷歌人ともいうべき歌人たちの活躍があった、そしてその合間は律令官僚が政治を主導した時代であって公的な和（倭）歌の製作は衰退したと説かれる。細部に問題はあっても大筋正しい認識であると私は思う。本稿の観点からは人麻呂と赤人らとの合間の時期が問題となるが、これについて橋本氏は、持統朝に盛行した吉野行幸が大宝二年を最後に養老七年までの二十二年間一度も行われず、宮廷歌人の活躍もなかったことを言われる(14)。記録にない吉野行幸があったかも知れぬと懐風藻の吉野を詠じた不比等その他の漢詩の存在を指摘されもするが、その可能性は高くないであろう。何故なら続紀は他所への行幸はこの二十二年間にも忠実に記しているからである。吉野行幸だけをことさら記さぬ理由はない。

この時代の行幸で顕著なのは甕原離宮への行幸である。和銅元年、遷都の詔を発した元明天皇は、半年後の九月、遷都予定地平城を視察に出立する。その帰途に山背国相楽郡の岡田離宮へ足を伸ばしている。岡田は甕原の近傍である。岡田離宮と甕原離宮との関係は未詳であるが、当該地から展望する山水の風景はほとんど同様であろう。遷都に消極的な天皇を平城が山水の美景に近い場所にあることを以て誘引せんとした遷都推進派の企画だったと思われる。以後元明天皇は、和銅六年六月、和銅七年閏二月、和銅八年三月、同年七月と行幸を繰返す。甕原は庶政に憂労の天皇にとって癒しの地であったに違いない。以後甕原行幸は聖武天皇の神亀四年まで続紀に記されていないが、万葉集には神亀二年三月の行幸に従駕した笠朝臣金村の長短歌（四・五四六、五四七）が収載されている。これは天皇讃歌ではなく「二年乙丑の春三月、三香原の離宮に幸す時に、娘子を得て作る歌」と題詞にあるものである。しかし金村が行幸に従駕していたことは明らかで、聖武天皇の御代には、こうした万葉歌人の随行があったのである。元明天皇の行幸に際してはこのような歌人の随行はなかった。次代の元正天皇の行幸に際しても同じことが言える。元正天皇は三度和泉離宮を訪れている。養老元年（十一月まで霊亀三年）二月と十一月、養老三年二月である。この時にも従駕応詔の歌はなかった。こうした行幸は山水の好風遊覧のためだったと思われ、持統天皇の吉野行幸のような王権の基盤確立のための行幸と性質の違ったものであった[15]。壬申の乱の原点の地であり、現王権の権力の淵源の地である吉野の地を実地に体験させることによって全廷臣を皇権の下に一致結束させるという政治的効果を獲得しようとした持統天皇の吉野行幸のような行幸は、以後のものにはない。したがって柿本人麻呂の吉野離宮讃歌のような行幸従駕歌は不要なのだ。養老七年以後に復活した吉野行幸においては、山水の美を歌うことが宮廷歌人たちの目標であって、天皇讃美は山部赤人以外間接的である。未奏上に終った大伴旅人の吉野離宮讃歌（三・三一五、三一六）は、清水克彦氏の説かれるように宣命の語句によって製作され、直接に王権を讃美する[16]。この時代には異色の讃歌である。それ故に未奏上であったと考えられるのではないか。吉野を詠ずる懐風藻の漢詩が山水の美と君臣和楽の喜びを歌うものであるように、和（倭）歌もその影響上に復活したのである。長屋王政権下の行幸従駕の讃歌の復活は白鳳の柿本人麻呂の讃歌の復活ではなかった。

大宝律令の制定、平城遷都の実施というように八世紀初頭の二十年間の日本国家は、唐を中心とする国際秩序の中に自身の国益と安定を得るべく矢継早に旧来の伝統や旧習を破棄あるいは修正して行かねばならぬ急湍に棹さす緊張の時代であった。構造改革が急がれたのである。当然、摩擦・抵抗も大きかったであろう。地方へ国司として赴任した中央官人が、しばしば苛政を非難され咎められているのも行き過ぎの施策があったためであろう。改革がすべて善であるわけでもなく、残すべき価値ある伝統、旧習もあったであろう。神代以来という権威を標榜する天皇家も律令制の推進には賛成であった。そのために宮廷和（倭）歌（公的な雑歌と挽歌）は、このような時代の流れの中で、律令制定後の緊張の二十年、特に平城遷都後の急湍の十年に姿を見せることなく、不比等の死を象徴的な境とする養老後半に、その内実を大陸あるいは自らの国の漢詩文に影響を被りながら姿を見せることになる。宮廷に和（倭）歌を献呈・提供すべき歌人が、柿本人麻呂ほどの卓抜な歌人はともかくとして、いなかったわけではない。たとえば霊亀元年、志貴親王の挽歌（二・二三〇〜二三二）を歌った笠金村は求められればこの時代に宮廷和（倭）歌、行幸讃歌を製作したであろう。山部赤人も不比等の生前にその邸宅に出入りしていたと考えられる点もあるから、[17]不比等の意志次第で不比等経由での応詔作品献呈が可能だったはずだ。彼らが養老七年の吉野行幸に突然にその才能と技術を獲得したのではない。私的な場での歌の需要はあったのである。たとえば養老三年頃、高橋虫麻呂は常陸国で国守宇合らのために多くの歌を作っている。[18]和銅三年の遷都時にも遷都を道行き風に歌った無名の歌人がいた（万一・七九、八〇）。長歌七九番歌の末尾に「座《いませ》多公《おほきみ》与《よ》」とあり、いずれ貴族のさる人からの応需の作品であることは明らかである。

六　古事記と日本書紀の成立

最後になったが、七一〇年代の律令制下の文化と政治にかかわる事柄として述べておかねばならぬことが一つ残っている。それは古事記と日本書紀の、僅か八年という短い年月の間に連続して成立した問題である。周知のように古事記は和銅五年、元明天皇の勅によって成った。しかしその成立は正史たる続日本紀に記載されなかった。そして八年後の養老四年、わが国最初の正史として日本書紀が成った。こちらは続紀にその成立撰進が記されている。勅命による史書の成立の相継ぐ成立と、一方への無視、他方への厚遇は何を意味するのか。律令国家にとって古事記の成立は正史に記載すべきものではなかったのだと判断すべきであると私は考える。今まで述べてきたように、元明天皇も藤原不比等も、同じく律令国家の整備充実を目指していたのではあるが、両者の目的意識にズレがあった。元明天皇は皇統の神聖にして永久の正統性を持つ所以を古事記に託したのであるが、国際的には蛮夷の言葉である倭語を以て、しかも理知を超越した呪的な権威を荘厳しながら、これを唯一の「邦家の経緯、王化の鴻基」の史書とする古事記は、国際関係の中での律令国家として発展すべき日本政府にとって決して好ましいものではなかったのである。古事記の成立は律令政府にとっては一種の不測の事態の出現だったのだと思われる。かくてこれを無視し急拠正史の編纂が促進されることとなった。八年後の書紀の完成は、古事記の成立によってもたらされた結果なのである。元明天皇と藤原不比等という、楕円を描く二つの焦点間距離が最も開いたのが、両書の編纂・成立の時期であったかも知れない。

注

（1）続日本紀の訓読は『新日本古典文学大系　続日本紀』（岩波書店）による。以下同じ

（2）注（1）の書の脚注（『続日本紀　二』の一三〇ページ）にある。

（3）藤原京を廃して平城京へ遷都する理由については、『藤原京の形成』（寺崎保宏　山川出版社）に易しく的確に解説されている。

（4）解任は『藤原不比等』（高島正人　吉川弘文館）の説（同書一八〇ページ）によるが、理由については同じではない。

（5）『長屋王』（寺崎保広　吉川弘文館）四一ページによる。

（6）拙稿「長屋王と藤原不比等――赤人登場の背景――」『万葉詩史の論』所収（笠間書院　昭和五九年）では、二人の対立関係を主に考察したが、協調関係も考えておく必要がある。

（7）注（5）の書物。二〇四ページ

（8）公卿補任に「養老二年、雖被任太政大臣、固辞不受」とある。三月、長屋王が大納言となり議政官として登場した時のことであろう。

（9）注（4）の書物。二三二ページ

（10）拙稿「律令制下の古事記の成立」（古事記年報42号　平成十二年）
（11）称徳天皇にも即位の宣命がないが、再度の登極でもあり、また淳仁天皇を廃する宣命がこれに代るものとも言えよう。
（12）『新日本古典文学大系　続日本紀二』の補注（二七三ページ）では、文武の大嘗祭について、数日にわたったものを一日のように記したと考えている。しかし、この時代の大嘗祭のあり方は未だ流動的であったとも記している。一日の可能性も否定できない。
（13）『万葉宮廷歌人の研究』（笠間書院　昭和五十年）
（14）注（13）の書物。三九九ページ
（15）拙稿「持統天皇の吉野行幸と藤原不比等」『万葉詩史の論』所収。注（6）参照。その後の拙稿「和銅五年の天武天皇」（古事記年報46号　平成十六年）で多少の訂正をした。
（16）「旅人の宮廷儀礼歌」『万葉論集』（桜楓社　昭和四五年）
（17）万三・三七八、「山部宿祢赤人詠故太政大臣藤原家之山地歌一首」と題詞にある「いにしへの旧き堤は年深み池のなぎさに水草生ひにけり」の歌によっていう。
（18）井村哲夫氏に虫麻呂の活躍時期に養老年間を認めない説がある。「高橋虫麻呂——第四期初発歌人説・再論」（『無差』京都外大、平成六年一月）

第二章　万葉歌人各論

一　柿本人麻呂 その一

――その「天」の諸用例、「天離」など――

一　はじめに

柿本人麻呂の歌句に用いられた「天」の用例は三十四例である（ただし「天皇」の用例は省いてある）。この用例は三種に大別できる。一は、景物としての「天」であり、自然界の「天」である。二は、観念としての「天」であり、天上界の「天」である。この二種の「天」はいずれもアマ、あるいはアメと訓む。三は、ソラと訓む「天」である。これが何を意味するかは後述するとして、二例の用例がある。一―二九の「天《そら》尓《に》満《みつ》」と、二―二一九の「天数《そらかぞふ》」である。一の景物の用例数は、私見によれば十例、二は同じく二十二例をかぞえる。しかし、この中にはどちらに属するか問題の例があって、用例数の確定は難しいし、又、数の確定にたいした意味はないと考える。どちらに属するかの検討自体が意味のあることであって、この検討を通して人麻呂が持っていた「天」の意識を知り、彼の歌の理解の深化を果たすことこそが重要なのだと私は考える。以下、この趣旨にそって問題例を検討していきたい。

二　「天地」と「天雲」の用例

景物（自然）としての「天」には次のようなものがある。

天地（一六七a、一六七b、一九六、二二〇）
天雲（一九九、二三五）
天　（二四〇）
天飛也（二〇七）
天伝（一三五、二六一）

「天地」の「天」や、「天飛也」「天伝」の「天」が、景物としての「天」であって、観念としての「天」でないことは、ほゞ自明のこととしてよいと思うが、「天地」については少々述べておきたい点がある。「天地」の用例二例を有する一六七の歌は、日並皇子尊殯宮挽歌であって、他にも多くの「天」の用例を有している。そしてそれらはすべて天上界を表す「天」であると認められるが、「天地」の語のみは天上界を表しているのではないと考えられる。

冒頭の歌句を見てみよう。

天地の初の時　久堅の天河原に　八百万千万神の　神集ひ集ひいまして……（二・一六七a）

の「天地」は「天地之初時」という一連の句を形成することによって時間の始源を表すのである。その意味では空間的実体としての「天」あるいは「地」としての性格が、「時」にかかわることによってやゝ薄くなる。しかし、それでもなお、この語句は世界を観念ではなく実体的な時空として認識した時の語であることに変りはない。

「天地之初時」が「時」を遡行した極点を表し、対するに「空」を延長した極点を後出の一六七b「天地之依相《よりあひ》之極《のきはみ》」が表すという対応関係がある。「天地之初時」が始源の時を指示することによって、流れるものとしての時間がとまり、そこに時間という次元の外に出た無時間、超時間の観念世界がひらかれるのである。そのような観念世界の扉をひらくための現実の時空の世界の側からのキーの一つが「天地之初時」という語句なのである。したがって「天地」自体は現実の時空の側のものである。

事情は「天地之依相之極」の「天地」も同様である。

天照らす日女《ひるめ》の尊《みこと》　天をば知らしめすと　葦原の水穂の国を　天地の依り相ひの極み　知らしめす神の命と
天雲の八重かき別けて　神下し座せまつりし……（二・一六七b）

「天」を知らしめすのは日女の尊であり、「葦原の水穂の国」を「天地の依り相ひの極み」まで知らしめすのは「神の命」である天孫ニニギであり、天武天皇である。「葦原の水穂の国」は、神代の高天原からみての天孫の統治領域をいう語であるが、この語に接する「天地」は、しかしながら観念世界ではなく現実の空間を表している。「天地之依相之極」が空間の極点であって、そこを超えたところが超空間の観念世界である。神話的世界としての異郷すなわち海神の国、根の国などの世界である。そしてその内側の「極《きは》み」までは、天孫ニニギと重ね合わされた天武、「天皇《すめろき》の敷きます国」なのである。これまた「天地依相之極」が、空間的に時空の側から観念世界に接する接点をいう語であること、「天地之初時」と同質である。一九六と二二〇の歌の「天地」については、景物としての自然であること明らかであって、ここに触れるまでもないと思う。

次に「天雲」であるが、これは人麻呂作歌に三例の用例がある。一つは前出一六七の歌にあって、観念世界のものである。他の二例は景物と見られるものであるが、なお観念性の付着も感じられる。その第一例、

……渡会の斎宮《いつきのみや》ゆ　神風にい吹き惑はし　天雲を日の目も見せず　常闇《とこやみ》に覆ひたまひて……（一九九高市皇子殯宮挽歌）

「天雲を」は「天の雲を以て」の意に解せられ、天の雲すなわち陽光をさえぎる黒雲である。その限りでは自然の景物であるが、文脈上は敵を討滅するための神助の雲であって、現実の日常の雲とは異なったものである。風を神風と認識している前句と対応して、多分に観念性が付与されていると見たい。第二例は次の歌である。

皇《おほきみ》は神にしませば天雲の雷《いかづち》の上に廬《いほり》せるかも（三―二三五）

明日香の地の小丘、雷岳に御遊の天皇を讃えた短歌である。「雷」の修飾語と見れば「天雲」は自然の景物に過ぎない。しかし「神にしませば」からの延長線に「天雲」を置けば観念性が強いものとなろう。「或本云」として当該歌の左に掲げられた忍壁皇子への献歌が、上二句を同じくしながら、「雲隠る伊加土山《いかづちやま》に宮敷きいます」とあるのと比較すると、「いかづち山」という自然物から「雷」という観念性を併せ持つ語に変えられていることと考え合わせて、「雲隠る」から「天雲の」への変化は観念性を増幅したものと言えよう。

三　「天」の単独用例

「天」の単独用例は、人麻呂に六例ある。日並皇子挽歌に二例（一六七、一六八）、高市皇子挽歌に二例（一九九、二〇〇）、長皇子遊獦歌二例（二三九、二四〇）である。この六例のうち四例が「久方の」の枕詞を冠している。しかしながら被修飾語の「天」の意味は一様ではない。

久方の天知らしぬる君ゆゑに日月も知らず恋ひわたるかも（二―二〇〇）

右は高市挽歌の反歌である。ここでは「天」は明らかに天上世界を表すであろう。

久方の天ゆく月を網にさしわが大王は盖《きぬがさ》にせり（三―二四〇）

右は長皇子遊猟歌であるが、この歌の「天」は天上界とは認められない。「空ゆく月」と言い換えも可能な、自然の景物としての「天」である。

他の二例は次の同じような歌句の例である。

久方の天みる如く仰ぎ見し皇子の御門《みかど》の荒れまく惜しも（二―一六八）

……久方の天みる如く　まそ鏡仰ぎて見れど　春草のいやめづらしき　吾が大王かも（三―二三九）

「久方の天みる如く」仰ぎ見ていた（いる）対象は、前者では日並皇子生前の宮殿であり、後者では長皇子である。天は高所にあるから仰ぎ見ざるを得ぬものであるが、皇子の宮殿や皇子を仰ぎ見るのは、これを高所にあるもの（人）とする意識と言えば言えよう。しかし単なる高所にあるものではなく神聖な価値を有するものとしてであるのは勿論であろう。その神聖性は、皇子やその宮殿が天上界に連なるものであり、日の御子の血脈をひくものであることに由縁がある。「天」はこの場合、皇子や皇子の宮殿の由緒深い本貫の地である「天」である。したがって、歌意は「天上の神々の世界を仰ぎ見るように……」と解すべきであろう。似た例に高市挽歌中の次の句がある。

……香具山の宮　万代に過ぎむと思へや　天の如《ごと》ふりさけ見つつ　玉手次《だすき》かけてしのはむ　恐《かしこ》くありとも（二―一九九）

右の歌はすでに反歌に「久方の天知らしぬる君ゆゑに」と、「天」を天上界に用いた例を持っていた。相隔たることほとんどない二つの例が、異なる意味を持つことは考え難いことであるが、諸注釈の多くは一方の天を「大空」、他方の「天」を「天上（界）」と解して怪まないのは不思議である。先にみた「久方の天みる如く」の用例と同様、ここも「天なる神々の世界」という観念をまとった「天」であると考えるべきであろう。

「天」の六例めは、日並皇子挽歌の長歌、

……天照日女命　天をば知らしめすと……（二―一六七）

である。右の「天」が天上界を表すことはいうまでもない。

かくして人麻呂の「天」の単独用例は、一例を除く五例が観念の「天」であり、自然の景物としての「天」ではなかった。人麻呂は「天」を多く観念的に用いていたと言うべきであろう。しかし、その人麻呂が、前掲のように一例ではあるが「天」を景物として用いていたことにも注目しておかねばならない。それは「天」が、人麻呂の時代に既に「空」とほぼ同じ意味の語として使用されていた状況を示す一端である。

さ夜中と夜はふけぬらし雁がねの聞ゆる空に月渡る見ゆ（九―一七〇一、人麻呂歌集）

月は「天ゆく」（前掲三―二四〇）ものであったと同時に、「空に渡る」ものでもあった。一方は叙景的な歌であり、他方は皇子を讃美する比喩的な歌であるという相違が、「天」と「空」との用語の違いを生んだと言えようが、それにしても「天ゆく月」の「天」は、実質的に「空」なのであって、天上界なのではない。この「天」が天上界であったら、月が天上界を通過することになる。かくの如き「天ゆく」なる語はあり得ないと思われる。

天の原振り放《さ》け見れば大君の御《み》壽《いのち》は長く天足らしたり（二―一四七　倭姫大后）

右の歌にある「天の原」「天」は、共に大空の意に解せられる。そのように口語訳する註釈書が多い。これを単なる「大空」という現代語に置き換えてしまうのは、詩語としての含意を切り捨てたものであろう。しかし、訳語としては止むを得ない面もあるのである。なぜなら、「天の原」は既に神々の「高天の原」ではなく、「天足らしたり」の「天」も天上世界ではないからである。「空（虚空）」という景物のや、呪的な、比喩的ないし讃美的な表現なのである。

「天」が、このように「空（虚空）」に近い例があることは、後述の用例検討に際して留意しておかねばならぬ点である。

以上、人麻呂の「天」の、自然の景物としての用例は十例と考える。

四　「天下」の用例

人麻呂の「天」が、観念としての天上世界を表すのは、次の用例である。（二二例）

天下（二九a、二九b、三六、一六七a、一六七b、一九九a、一九九b）
天　（一六七、一六八、一九九、二〇〇、二三九）
天雲（一六七）
天河原（一六七）
天照（一六七）
天原（一六七）
天水（一六七）
天都御門（一九九）
天領巾（二一〇、二一三）
天離（二九、二五五）

右の諸用例の「天」が、観念の「天」であり、天上界を表すものであることを、以下に確認しておきたい。

「天雲」と「天」単独用例については先にみた。「天下《あめのした》」については、近年、戸谷高明氏、遠山一郎氏、神野志隆光氏などによって、その本質が明らかにされた(1)。今ここでそれらの諸業績を的確に要約することは困難であるが、そのほとんどの「天下」が天皇の統治領域をいう語であることは間違いない。

……橿原の日知りの御世ゆ　あれまし神のことごと　樛の木のいや継ぎ継ぎに天の下知らしめししを……

（一―二九）

……楽浪《ささなみ》の大津の宮に　天の下知らしめしけむ　天皇《すめろき》の神のみことの……（一―二九）

右にみられるように「天下」は天皇の統治領域であるが、統治者天皇は同時に神として歌われている。それはすなわち高天原の主神天照大神の後裔として神なのである。したがって「天下」の「天」は、天照大神のまします世界を意味し、その言依さしを受けて天皇が治める地上世界を「天下」と歌っているのだと考えられる。漢語としての「天下」、稲荷山古墳鉄剣銘の「吾左治天下」の「天下」とは、人麻呂の用例は意味を異にしているというべきであろう。この近江荒都歌の用例を以て始まった人麻呂の「天下」は、その後の五例において同義であると考えてよい。

……狛劔《こまつるぎ》和射見我原《わざみがはら》の　行宮にあもりいまして　天の下治め賜ひ　食国を定め賜ふと……（二―一九九）

右は人麻呂の「天下」の最終用例、高市挽歌中のものである。天武天皇は和射見我原の行宮に「安母理（天降り）いまし」て「天下」を治めた。「天降りいます」は行幸の比喩的表現であるが、この比喩が可能なのは天皇を神とする認識があるからである。つまりこれは、神話的表現というものであり、それよりはむしろ神話たらんとした表現なのである。この歌句に先立つ部分が、いかに天武天皇を高天原の神々と同質に扱って歌っているかをみればよい。

……明日香の真神之原に　久堅の天都御門を　かしこくも定め賜ひて　神さぶと磐隠《いはかく》ります　八隅知《やすみし》し吾大王の……

これが天武天皇に対する表現であった。まさに神そのものであろう。かかる天皇の治め賜う世界が「天下」である。「天」は当然、天上なる神の世界であり、そして「天下」そのものまでが、神々の世界に昇格せんばかりに上昇さえしていることに気づくであろう。天皇は高天原の神に限りなく近い存在であって、したがってかかる天皇の統治領域は単なる地上世界ではなくなるであろう。この地上世界、天皇の支配下の、天皇の権威の内なる地上世界は限りなく「天」に近くなる。「天下」はそのような地上世界なのである。これが人麻呂の認識であった。

最初例と最終例との「天下」に、かかる意味を認めるならば、人麻呂の他の四例の「天下」にも同様な意味づけを認めてよいであろう。「天下」の用例は、その後の憶良、福麻呂、家持にもあるが、その意味づけはほとんど人麻呂の影響下にあると言ってよいだろう。

五　「天の河原」「天照らす」「天雲」「天の原」「天つ水」

日並挽歌（一六七）には「天」の用例が多いが、次の諸例はすべて観念の「天」である。

（ア）……久堅の天の河原に　八百万千万神の　神集ひ集ひいまして……
（イ）……神分《かむはか》り分りし時に　天照らす日女《ひるめ》の命　天をば知らしめすと……
（ウ）……天雲の八重かきわきて　神下しいませまつりし　高照らす日の皇子《みこ》は……
（エ）……天皇の敷きます国と　天の原石門《いはと》を開き　神上《あが》り上りいましぬ……
（オ）……大船の思ひたのみて　天つ水仰ぎて待つに　いかさまに念《おも》ほしめせか……

右の用例はすべて「天」が観念世界のものであることは説明を要しないであろう。「天雲」は人麻呂作歌に他例もあり、そこでは前述したように観念性も付着していたが、自然の景物とみられた。しかし他の四例は人麻呂作歌の中では孤例である。つまり他例のある場合は人麻呂作歌以外のものである。たとえば（ア）の「天の河原」は他に九例の用例がある。その中には二例の人麻呂歌集歌を含む（一九九七、二〇〇三）が、人麻呂作歌は無く、丹生王の歌（四二〇）を除くすべて八例が七夕の歌である。当時、「天の河原」で意味されるものが一般的には七夕の伝説であったことを示すものである。丹生王の歌は例外であるが、しかしその「天の川原」は高天原の神話世界とは別のものである。したがって「天の河原」を高天原のものとして歌ったのは人麻呂だけであったことになる。

（イ）の「天照らす」の用例は家持に一例あって、

安麻泥良須《あまでらす》神の御代より　やすの河なかに隔てて……（一九—四一二五）

と歌われている。この「天照らす」の「天」が、高天原であることはほゞ間違いがない。ところがこの歌は「七夕歌」と題詞にあって七夕の歌なのである。「天照らす大神」は、太古の時を表現するために用いられているだけで、生きて歌われているわけではない。観念の「天」ではあるが、慣用に従っただけのものと思われる。

「天照る」の用例は四例あるが、すべて「月」あるいは「日」を修飾するものであって、自然の景物としての「天」である。この中には

久方の天光る月の隠りなば何になそへて妹を偲はむ（十一—二四六三）

という人麻呂歌集歌がある。これは所謂略体歌であって、必ずしも人麻呂の自作と断定できないが、既にみたように人麻呂には「久堅の天ゆく月」（二四〇）もあり、人麻呂の「天」が「虚空」「大空」と等しい用例もあった。

一般的に「天」が、「日」や「月」に関してはかかる意味で使用される趨勢があったわけである。そういう趨勢の中で人麻呂は神話の「天」を最大限に用いているというべきであろうか。

右の事情は（ウ）の「天雲」の用例を検すればより明瞭である。先にみたように「天雲」の用例は、自然の景物の場合でも観念性が付着していた。しかし万葉集中の「天雲」の用例は純粋に自然の景物である場合が多いのである。

……出で立てる不尽《ふじ》の高嶺は　天雲もい行きはばかり……（三―三一九、虫麻呂歌集）
天雲の外《よそ》に見しより吾妹子に心も身さへ縁《よ》りにしものを（四―五四七　笠金村）
思はぬに時雨の雨は降りたれど天雲はれて月夜清けし（一〇―二二二七　作者未詳）
天雲の遠隔《そきへ》の極み遠けども情し行けば恋ふるものかも（四―五五三　丹生女王）

「天雲」の三十例以上は右のような用例であって、人麻呂の如き観念的な用例は私見によれば次の三例にすぎない。

王《おほきみ》は神にしませば天雲の五百重が下に隠りたまひぬ（二―二〇五、置始東人）
天雲をほろにふみあだし鳴神《なるかみ》も今日にまさりてかしこけめやも（一九―四二三五、犬養命婦）
あきづしま山跡《やまと》の国を　天雲に磐船浮かべ　ともにへにまかい繁貫《しじぬ》き　い漕《こ》ぎつつ国見しせして……（一九―四二五四、大伴家持）

（エ）の「天の原」についても事情は同様である。人麻呂以外の用例十四例。その中、観念的な用例は坂上郎女の祭神歌一例（三七九）、疑問として保留三例、他は景物としての「大空」の意である。先に倭大后の「天の原」（一四七）をあげたが、山部赤人も

……駿河なる布士《ふじ》の高嶺を　天の原振りさけ見れば……（三―三一七）

と歌っている。「天の原」が自然の景物であるという大勢は万葉集中では既に決していたと言えよう。

（オ）の「天つ水」は他に家持の用例（四一二二）が一例あるのみである。人麻呂の用例は「天つ水」を干天の慈雨そのものではなく、比喩的に用いて日並皇子の治世を表現していた。したがって「天つ水」の「天」は天上界につながっていた。ところが家持の「天つ水」は雨そのものであった。人麻呂とは逆に「天」が下落して「大空」となった用法である。「天」の語に対し、一方の人麻呂は観念性への志向を見せ、他方の家持は即物性への志向を持っていたといえるのではなかろうか。

六　「天都御門」「天領巾」「天離」

人麻呂の「天」の用例中、残るのは「天都御門」（一九九）、「天領巾」（二一〇、二一三）と「天離《あまざかる》」（二九、二五五）とである。

「天都御門」は高市挽歌の冒頭に近く天武天皇の宮殿をさす言葉として歌われている。

……言はまくもあやに畏き　明日香の真神之原に　久堅の天都御門を　かしこくも定め賜ひて……

天武天皇がここでは高天原の神と同質の神として扱われていることは前に述べた。ここの「天」は、したがって単なる神聖性の讃美ではなく、もはや神話として歌われ、「天都御門」は、地上のものならぬ天上性を獲得していたと思われる。後に大原今城が伝承した作者未詳の歌に、

かしこきや天の御門をかけつればねのみし泣かゆ朝夕《よひ》にして（二〇―四四八〇）

も、配列から考えれば天武天皇挽歌であるかも知れない。天皇の宮殿は当時、かくの如き神話の言葉で表現され

ていたか、あるいは人麻呂の作歌活動の影響のもとに持統・文武朝以後に成立した伝承歌であろうか。いずれにせよ「天」は観念の語である。

「天領巾《あまひれ》」の二例は、或本歌の一例を含むものであるから、実質一例である。この歌は泣血哀慟挽歌の第二歌であって、「天領巾」が何であるかについては諸説が分かれる。これを「白雲」の比喩的表現とれば、「天」は景物性の濃いものとなるであろう。又、死んだ妻を天女の如く取り成して、天人の羽衣と見るならば観念性の強い語となるであろう。

……かぎる火の燃ゆる荒野に　白妙の天領巾隠り　鳥じもの朝立ちいまして　入り日なす隠りにしかば……
（二―二一三）

とある情景は、具体的な自然を背景として「天領巾」が浮かび上ってきているので、白雲説も捨て難いが、亡妻の霊魂を天女のイメージによって偲ぶ悲しみは格別に美しい。天上世界の人なる七夕の織女が持っていた「領巾」は「天津領巾」（二〇四一）であり、「天飛ぶや領巾……」（一五二〇）であった。その領巾を白雲と比喩的に理解することがあった（二〇四一）としても、「天つ領巾」は天女のものなる「領巾」であるから、「天」は天上界を意味している。ただし、この「天」は高天原とは無関係である。一般の天上界、あるいは七夕歌の天上世界である。かかる観念の「天」は、今までに見てきた人麻呂作歌の「天」にはなかった。それはこの歌が私的な死を題材にした挽歌である以上当然のことであろう。

「天離」の人麻呂の用例は次の二例である。

いかさまに念ほしめせか　天離る夷にはあれど　石走る淡海の国の　楽浪《ささなみ》の大津の宮に　天の下知らしめしけむ……（一―二九）

天離る夷の長道ゆ恋ひ来れば明石の門《と》より大和島見ゆ（三―二五五）

「天離る」の「天」は、従来の注釈はほとんど「空」「大空」を意味するものとしている。「空遠く離れている意からヒナ（田舎）にかかる」（古典大系）、「はるか空のかなたである意」（古典全集）、「空遠く離れる意」（古典集成）、「天の下の中心地である都を基点にして空遠く離れる意を示す」（全注、伊藤）。以上は近江荒都歌（二九）における語釈である。澤瀉氏の注釈は「鄙は天の彼方に遠くはなれてゐるので鄙に冠らせた」と、「空」の語を用いないが、「天」は他の注釈者と同じく「空」であって、天上界を意味するものとは考えられないから、これも他書と同義の解釈と思われる。

なお、他巻の「天離る」の用例についての語釈を全注によってみてみる。「都から空遠く離れた鄙の意でかかるか」（巻二、稲岡）、「天を遠く離れている、の意で」（巻三、西宮）、「……この例だけアマサガルとなっている。……ヒナは天地の寄り合う極点に近く、天が低く垂れ下がっているとする理解がアマサガルという語形を生んだものであろう。」（巻四、木下）、「……この枕詞は、都と田舎との距離感、貴族たちの都へと志向する心情の上に生まれたものであろう。……ここは遠く離れた土佐国を都から思いやっての表現である」（巻六、吉井）、「……鄙は都から大空を遠く離れている意か」（巻十五、橋本）。

最近のほとんどの注釈が、「天」を空とみて、空遠く離れている状態を「天離る」としていることが知られるであろう。（2）その中にあって、全注巻三の西宮一民氏のものは明白な相異を見せている。「天を遠く離れている」のは「天」から遠い所がヒナであって、「天」はヒナと共に遠いのではなく、ヒナと逆の場所である。西宮氏は明言されないが、ヒナと逆の場所は都であって、されば「天」は都をさすことになる。そして、かかる説は既に早く戸谷高明氏が説かれていたのである。（3）

戸谷氏は、アマザカルの枕詞は万葉集中の作者未詳歌の歌巻、巻七、十、十一、十二、十四などには現われないことを確かめた上で、アマザカルが都に対する鄙、中央意識に対する辺境意識を内在させた語であるとされる。そしてアマとサカルとの接続関係を、天ヲ離れる（「天」は離れる対象）、あるいは天ニ離れる（「天」は離れる場所）と解すべきであるとして次のように言われる。

すなわち天から離れた所に存在するのが鄙である。ということは、国土を覆う天空は都にも鄙にも存在するが、アマザカルのアマは鄙に存在しない天《アマ》であったと考えなければならないということである。鄙にない天《アマ》とは何か。それは大君の存在する都であり、都の天空であった。

私見は戸谷氏の考え方が基本的に正しいと考える。全注巻六の吉井氏の説は「天」も「空」も使用していないが、戸谷説を紹介された上での訳であり、戸谷説に共感されている点のあることと察せられる。又、全注の伊藤氏、稲岡氏、橋本氏は「都から空遠く離れた」という表現を用いられ、「天」が「都」をさすか「空」をさすか態度を留保されているように思われる。「天離」の「天」が、いかなるものをさすか、なお検討の余地があることを、これらの諸注は示唆するものであろう。

「天」が都あるいは中央を意味する例はある。

あまざかるひなの奴《やつこ》に天人《あめひと》しかく恋ひすらば生けるしるしあり（一八―四〇八二）

右は大伴家持が都の坂上郎女に報《こた》えた歌である。郎女を「天人《あめひと》」と呼んでいる。自分を「奴」といい、郎女を「天人」というのは、鄙と都との格差を意識した表現である。戯れに都人を天人になぞらえたとしても、鄙からみれば都は天上界にも比し得る価値高き所であるとの潜在意識が家持にはあったはずである。

又、次の歌、

久堅の王都《みやこ》を置きて草枕旅ゆく君をいつとか待たむ（一三―三二五二）

巻十三の作者未詳の長歌（三二五〇）に付せられた反歌である。通常「天」に冠せられる枕詞「ひさかたの」が「王都」にかかっていることは、「王都」が「天」と響きあう内包を持っていたことを示すであろう。王都が天つ神の御子なる天皇のまします所であることによって「天」に重複してゆくのである。既に高市挽歌（一九九）で見たように、天皇の統治する「天下」は「天」への上昇志向を持っていた。「天下」の中心、王都が「天」に重なってくるのもゆえの無いことではなかったのである。

以上の二例は、作者未詳の歌を含むが人麻呂以後の用例であろう。しかし人麻呂以前あるいは同時代にも「天」は王都と密接な関係を持っていたと思われる節がある。古事記の雄略天皇条に記す天語歌の中にそれはある。

纒向《まきむく》の日代の宮は　朝日の日照る宮　夕日の日翔《がけ》る宮　竹の根の根足る宮　木《こ》の根の根延ふ宮　やほによし
い築きの宮　まきさくひの御門《みかど》　新嘗屋に生ひ立てる　ももだる槻《つき》が枝は　上《ほ》つ枝は天を覆《お》へり　中つ枝は
東《あづま》を覆へり　下枝《しづえ》は鄙を覆へり……

宣長は右の歌句の「天」を都とはみなかった。「……さてかく天を云ひ、鄙を云ひ、東をさへ云るに、都をしも云はざることは……」といって、この句は遠い所をばかりあげたものであるという。これは契沖の厚顔抄に「天ヲ以テ畿内ニ准ラフ」としたのに反対したものである。しかし「天を覆へり」は、「天」が天空ならば下から天を覆うことになり、いかに次句と対句とはいえ無理な言葉づかいである。「天」は「東」と「鄙」と三つを合わせて天皇の統治する範囲全体を表したものである。すなわち、「東」と「鄙」とを除いた地域を表すものである。つまりは契沖、あるいは山路評釈のいうごとく、畿内、ないし都を意味するものと思われる。[4]

纏向の日代の宮は「まきさくひの御門」であった。「ひの御門」は「檜《ひ》の御門」であるとともに「日の御門」である。すなわち日神の宮殿である。日神がましますのは即物的には天空であるが神話的には天上の神々の世界である。したがって「槻が枝」の覆う「天」は天上界である。天上界の新嘗屋に生い立った槻の大樹が天を覆うのは、「天」を上述のように考えれば当然のことである。ところが「まきさく日の御門」は現実の地上の存在、纏向の日代の宮であるから、天上界は宮のある場及びその周辺をいうことになる。「まきさく日の御門」は地上の存在であると同時に天なる存在なのである。かくして「天」は天上界であるとともに天皇のまします所すなわち王都となり得るのである。「天」が天上界であるとともに王都でもあるという二重性を理解することがこの歌句解釈の要点である。

「天」が王都であることを補強するものに「天尓満《そらにみつ》」の枕詞がある。(5) この枕詞は「山」にかかるのではなく「倭《やまと》（大和）」にかかる。「天」はアメではなくソラと訓む。アメと訓むと、同歌（二九）中の他の「天《あめ》」の語との間に意味上の矛盾をきたす。しかし作者人麻呂が「虚見《そらみつ》」（二九或云）を「天尓満《そらにみつ》」と推敲の結果変えたのには明らかな「天」志向があろう。「倭が『天《そら》』に満ちている」のは、倭が日の御子なる天皇のもとに繁栄していることを表す。倭讃美であり天皇讃美の枕詞である。「虚見《そらみつ》」を「天尓満《そらにみつ》」と変えた人麻呂の推敲は成功しているのであって、決して平板化した失敗作ではない。失敗というのは我々の感性が人麻呂に及ばぬか乃至《ないし》人麻呂とは異質であることを証するに過ぎないのではなかろうか。

かくして「天離る」は、人麻呂の場合、「天を離《さか》る」のであって、「天」は神話の天上界と重ね合わされた王都であると理解してよいであろう。かく解してこそ近江遷都に対する都人、官人らのショックも共感され得るであろうし、辺境への旅から都へ帰る官人の喜びも推察されるであろう。

なお付言するならば、「天離る」の枕詞は、「天」の意味が上述の如く神話的な語感を持たなくなった時、すでにそれは人麻呂の時代にも一方では進行しつつあったのであるが、意味の変化をひきおこす。「天」は天空、虚空であり、「天離る」は、空遠く離れていることと解されるようになる。たとえば巻十三の或本歌、

……王《おほきみ》のみことかしこみ　天疎る夷治めにと……（十三―三二九二）

は、そのような解釈を許すかも知れない。なぜならば、この歌の本文は当該部分が「夷離《ひなざか》る国治めにと」となっており、「夷の彼方に遠く離れた」と解せられるからである。「国」にかかる枕詞「夷離る」二例、「越《こし》」にかかる枕詞「しなざかる」五例は、こうした「天離る」の語義変化によって生じた類義の枕詞であろう。巻四の五〇九「天佐我留《さがる》」の語も同様であろう。しかし人麻呂の時代の、人麻呂の用法には、人麻呂の「天」の観念から考えてかかる後代的な「天離る」は無かったと考えられる。

七　「天」をソラと訓む歌

人麻呂の「天」の用例は、以上の他に「天」をソラと訓む二例がある。一例は前節で触れた「天尓満《そらにみつ》」であり、他の一例は「天数《そらかぞふ》」（二一九）である。

「天」をソラと訓む例は「蒼天《おほそら》」（二〇〇一）、「日香天《ひかをるそら》」（三三二三）がある。したがって、人麻呂の場合も「天《そら》」と訓み得る。前者の例はソラニミツと訓むことはほぼ確かであろう。もしアメニミツと訓んだ場合、その前後にある「天下《あめのした》」の語との整合性がなくなる。なぜなら「天下」の「天」は前述したように天上世界のことであるから、アメニミツの「天」もまた同義と考えざるを得ず、すると「倭」は天上世界に満ち満ちることとなり、「天《あめ》」の下にすなわち「天下」に「倭」は存在しないことになってしまう。「倭」はあくまでも「天下」の一部で

ありながら、同時に「天」であるという二重性を持つ。そこを、旧枕詞ソラミツを転生させることによって「天《そら》尓満《にみつ》」で表現したのである。アメとソラとの同義性と異義性とを活用した技法と言ってよいのではなかろうか。「天数《そらかぞふ》」（二一九）については、アマカゾフその他の異訓がある。「大津」へのかかり方についても説は定まっていない。今、万葉考、澤瀉注釈などに従ってソラカゾフと訓み、「天《そら》」の用例にかぞえたが、決定は留保してもよい。アマカゾフ、アメノカズなどと訓めば「天」は天空であって、観念の天上界のことではない。ソラと訓む場合は、神堀忍氏の説に従えば天空であり[6]、万葉考に従えば心の状態、うわの空を表す。いずれにせよ、観念の天上界なる「天」を表すものではない。

八　結び

以上、人麻呂の「天」の用例を概観した。人麻呂の時代、「天」はすでに「空」と重なり合う意義を持っていたが、人麻呂の公的挽歌、雑歌では、人麻呂の「天」の用例はかなりの程度、神話的であった。それも一般的な神話ではなく国家神話、高天原神話に忠実であった。おそらくそれは人麻呂が高天原神話の完成期である天武・持統朝に宮廷詩人として生きていたことと濃密な関係があろう。人麻呂の「天」の用例は、万葉集中の他作者の用例を以て推し測るよりも、人麻呂の生きた時代との関連のもとに考察すべきように思われる。

注

（1）戸谷高明氏「『天の下』の意味」（早稲田大学教育学部　学術研究　26号、昭和52年12月）遠山一郎氏「萬葉集のアメノシタと葦原水穂国」（萬葉　116号、昭和58年12月）その他。神野志隆光氏『古事記の世界観』（昭和61年6月　吉川弘文館）

の第一章。

（2）江戸時代の注釈書は、現代のものに比して案外に「天離」を「天から遠く」と解しているものが多い。今、二三を掲げてみる。

代匠記（初稿本）ひなとつ、けり。天離天放天疎なとかきたれば、帝都を遠さかりたる国といふ心なり。

燭明抄……又天離天放とかきてあまさかるとよめるを思へば、帝都に遠ざかりたる国といふとも聞えたり。

墨縄　大宮を遠ざかるひなといふなり。

（3）戸谷高明氏「『天離る鄙』の意味」（古代文学　15号　昭和51年3月）

（4）山路平四郎氏『記紀歌謡評釈』（東京堂出版　昭和48年9月）に次のようにある。「ここでは、『東をおへり』『鄙をおへり』と共に、三部立になっているので、アメは単に天空をいうのではなく都の天空をいうので、つまりは都を意味させているのだろう。」

（5）拙稿「『天尓満』――人麻呂枕詞考――」（古典と現代　54号　昭和61年9月。本書に「柿本人麻呂 その二―枕詞『天尓満』考」として収録。）に同趣旨のことを既に述べた。ただし、本稿と齟齬する点は、本稿を以て私見としたい。

（6）神堀忍氏「『吉備津采女』と『天数大津の子』」（萬葉　83号　昭和49年2月）。氏は「ソラカゾフ大津の子」を、天文暦数を職掌とした大津連（造）の家の男子と解される。魅力ある説であるが、稲岡全注などの批判もあり、今は断定を控えておく。

二　柿本人麻呂 その二

——枕詞「天尓満」考——

一　枕詞「そらみつ」の五音化

次に掲げるのは柿本人麻呂の近江荒都歌である。反歌は省略する。

玉だすき　畝傍《うねび》の山の　橿原の　ひじりの御代ゆ　生《あ》れましし　神のことごと　栂《つが》の木の　いや継ぎ継ぎに　天の下　知らしめししを　天尓満《そらにみつ》　倭《やまと》を置きて　あをによし　奈良山を越え（或いは「虚見《そらみつ》倭を置き　あをによし奈良山越えて」といふ）いかさまに　思ほしめせか天離《あまざか》る　夷《ひな》にはあれど　石走る　淡海《あふみ》の国の　楽浪《ささなみ》の大津の宮に　天の下　知らしめしけむ　天皇《すめろき》の　神の命《みこと》の　大宮は　ここと聞けども　大殿は　ここと言へども　春草の　茂く生ひたる　霞立つ　春日《はるひ》の霧《き》れる　ももしきの　大宮ところ　見れば悲しも（万葉集一―二九）

標題にあげた枕詞は原文の用字を以て記したが、他は適宜用字を改めた。又、原歌には「或云」が六か所あるが、今は不要であるので当面必要な一か所を除いて削除してある。訓は、新潮日本古典集成に従った。

右の歌に用いられた枕詞「天尓満《そらにみつ》」は、本来「そらみつ」という四音の枕詞であった。万葉集巻頭の雄略天皇御製「……虚見津山跡乃国」を始めとして人麻呂以外の万葉集歌五例みな「そらみつ」と四音に訓め、「に」の表記はない。古事記の仁徳記・雄略記の歌謡も同様である。この枕詞の原義については日本書紀神武紀巻末に、饒速日命《にぎはやひのみこと》が天磐船《あまのいはふね》に乗って太虚《おほぞら》をめぐり、この国を見て降ったので「虚空見日本国《そらみつやまとのくに》」と名づけた、とあるがもとより付会の説であって信ずるに足りない。原義はすでに人麻呂の時代に未詳となっていたと思われる。しかしこの伝説を信じていた人々もいたことは考えられる。

この本来四音の枕詞を「そらにみつ」と五音化したのは人麻呂であろうというのが今日の通説である。引用した近江荒都歌に「或云」として「そらみつ大和」とあるのは初案であろう。初案では枕詞を従来のまま用いた人麻呂が、推敲後の再案として「そらにみつ」と五音に改めたのである。この通説は認められてよい。

人麻呂は何のためにかかる改変をしたのであろうか。それは「彼独自の解釈をそこに示すと共に、前の『あまだむ』同様、四言を五言にして語調を整へようとした人麻呂の意図を示したものと見られないであらうか。」（「枕詞を通して見たる人麻呂の独創性」『萬葉の作品と時代』七五ページ　澤瀉久孝）と言われるように、独自の解釈と語調の整正である。その意図は成功したと見做してよいだろうか。語調については外形的なことであるから、これによって五七調となり、意図は外形的には達成されたわけである。しかしそれだけでは作品としての達成とは言えないのであって、むしろ字足らずの四音の方が引き緊っていてよいとも考えられる。一方、独自の解釈とは何であろうか。それは字面に表われている、つまり「天にいっぱいに満ちる」ということであるが、この人麻呂独自の枕詞新解釈は現代の我々にとって、いまひとつイメージが鮮明に伝わってないようである。

二 「そらにみつ」の問題点

前出の澤瀉氏は『注釈』において、「ここにのみ『そらにみつ』とあるのは『空に満つ――山』とつゞくものと人麻呂が独自の解釈をしたのではないかと思はれる」（二五九ページ）とされているが、そしてそれは略々通説と言ってよいのだが、実は問題がいくつかある。一つは原文の「天」を簡単に「空」と言いかえてよいかどうかという点である。二つは被枕ははたして「山」であるのかということである。そして三つは、上のように解したことが人麻呂の意図として作品の達成に寄与しているかどうかである。

便宜的に第三点を先にとりあげる。西郷信綱氏は次のように言われる。

「天にみつ、大和を置きて」を万葉冒頭の雄略天皇の「そらみつ、大和の国は」の句に比べると、ことばの機能のちがいがはっきりする。むろん全体のなかの一句としてだが、後者では、大和の国の空間がひろびろと呼び起されてくるのに、人麻呂のこの枕詞はほとんど働きのない虚辞に終っており……（『万葉私記　第二部』十五ページ）

つまり枕詞の改変が作品達成に有効でなかったと判定されているわけである。稲岡耕二氏も同様に批評されている。

人麻呂はそれに新たな解釈を施し、「天《そら》尓《に》満《みつ》大和」すなわち大空に満つる山という視覚的なイメージを付与したものであろう。「そらみつ　大和」に比べて確かに分り易くなったとは言えるが、言葉の働きが一面的となり平板化したことは否定しえない。（『鑑賞日本の古典2　万葉集』一六二ページ）

「天に満つ」の効果のほどを称揚した批評は多くはないようである。今全部を調査する余裕がなくて、手許の数冊を見たところでは好意的な批評は五味智英氏の次の言葉程度であろうか。

人麻呂は時々こうして新しい枕詞を作っていますが、これもその一つであります。いかにも感じが出ている。空いっぱいになっている山という意味で、かけて言ったのです。（『五味智英萬葉集講義第一巻』一四七ページ）

第一点と第二点が正しい解釈である限り、西郷氏や稲岡氏のような批評が出てくるのは止むを得ないことと私は思う。五味智英氏の批評は人麻呂に好意的なあたたかいものである。氏は、山が空にいっぱいになっている、という言葉で、どのようなイメージを思い浮かべていられたのか、うかがうすべも今はないが、人麻呂の大和讃美の真心を我らの知らぬところで、あるいは汲みとっていられたのかも知れない。

問題は第一点、第二点の解釈である。これも便宜上第二点から先に考える。「そらにみつ」は、「山」にかかると当然のように決めることはできないだろう。なぜなら原義不明ながら「そらみつ」は全例「山」ではなく「大和」にかかっていたと思われるからである。当代の人々が神武紀のような起源伝説を持っていたのは、そのことを示すものである。饒速日命は空から「山」を見たのではなく「大和の国」を見たのである。したがって、これを改変した「そらにみつ」も一義的には「大和」にかかると解すべきではなかろうか。橘守部以来、何の疑いもなく「山」にかかるとしてきたのは、考えて見れば少々おかしいことであった。「山」には「あしひきの」という古来有名な枕詞がある。「山」をひき出すためならそれでよかった。「大和」を引き出すためであるからこその「そらみつ」であり、その五音化形の「そらにみつ」だったのである。人麻呂がこの枕詞を五音化することによって「大和」ではなく「山」を引き出そうとしたと考えるのでは、人麻呂の大和讃美の心は間接的になってしまうだろう。

しかし人々が「そらにみつ」を「山」にかかると考えてきたのには理由がある。空いっぱいに満ちるものが

「大和国」であるとは到底思い浮かべ得ないことだからである。山ならば、そそり立つ、そびえ立つことによって空に満ちるイメージも可能である。しかし「国」が空に充満するとは不可解である。このことが「そらにみつ」を「山」にかかると一様に考えてきたことの理由であろう。そこで問題は第一点に帰着する。「そら」が「天」と記してあることの意味である。

三　「天」なる大和

「天尓満」を「そらにみつ」と訓むことは問題がない。「大和」にかかる枕詞として他に幾つもの「そらみつ」がある以上、同じ「大和」にかかる枕詞として「天尓満」とある字面を「そらにみつ」と訓むのは当然の成り行き、必然的な類推というものであろう。

人麻呂は他にも「天」を「そら」と訓む例を持っている。巻二の二一九の歌である。

　天数《そらかぞふ》凡津《おほつ》の子が相《あ》ひし日におほに見しくは今ぞくやしき

吉備津采女が入水した時の挽歌といわれる。旧訓アマカゾフであったが冠辞考がソラカゾフと改めた。

　こは物をさだかにせで凡《おほよそ》にそら量《はか》りするを、そらかぞへといふを以て、大津の大を凡の意にとりなして冠らせたり

若干の疑義があるけれども、これに従うことにする。人麻呂は「天」を「そら」と訓んだことがあったのである。

しかし本来「天」と「そら」は異なるものであった。「そら」は「虚空」であり、「太虚」である。天と地との中間、空中という空間が「そら」である。古事記上巻、海幸山幸条に「この人は天津日高の御子、虚空《そら》津日高

ぞ」とあるのは、記伝が「谷川氏、天津日高は天子の称、虚空津日高は太子の称なりと云り、信《マコト》に然るべし」と言うように、「天《あめ》」と「そら」とを峻別したものである。「天《あめ》」と「そら」とを混用してはならぬことは、記紀や万葉の用例の中で、「天《あめ》」を「そら」に、「そら」を「天《あめ》」に置き換えてみれば直ちに分ることである。

しかし又、「天《あめ》」と「そら」が紛れやすい一面のあったことも確かである。

ひばりは天《あめ》に翔《かけ》る　高行くや速総別《はやぶさわけ》　さざき取らさね（仁徳記）

み園生の百木の梅の落る花し天《あめ》にとびあがり雪と降りけむ（万・十七・三九〇六　大伴書持）

うらさぶる心さまねし久方の天《あめ》のしぐれの流らふ見れば（万・一・八二　長田王）

右の例は実質的に「そら」を意味しているのではなかろうか。又

この山の峰に近しと我が見つる月の空なる恋もするかも（万・十一・二六七二　作者不詳）

天の海に月の船浮け桂梶《かつらかぢ》かけてこぐ見ゆ月人壮子《をとこ》（万・十・二二二三　人麻呂歌集）

右は月を空にあるものとも天にあるものとも思っていた例である。現実には「そら」である所が神話的には「天」と感じられていた。又、雁も枕詞では「天」を飛び、現実には「そら」を飛んでいる。

常には通はして、天《アメ》をも蘇良《ソラ》といひ、虚空《ソラ》をも阿米《アメ》と云ことも多きは、地よりいへば、虚空も天の方なればなり

記伝は右のように言うが、常識的な解であろう。「天」と「そら」は明確に区別されながら、重なり合う部分を持った関係にあった言葉であったのである。かかる言葉を人麻呂が用いたところにこそ人麻呂の意図があったというべきである。

人麻呂は「そらにみつ」を「虚空《そら》尓《に》満《みつ》」と記さなかった。「そらみつ」を改変したのは五音化のためだけでは

ない、「天」と「そら」との観念の癒着を利用して「そら」の意味を改変しようとしたのである。「そら」は「天」の意味を、「そら」の語のまま荷なったのである。「天」とは天上世界である。神々の世界である。皇祖神の知らしめす世界である。したがって「天尓満大和」は、大和が天にいっぱい満ちることである。それはつまり、大和が皇祖神につながる皇孫にして神なる天皇の敷きます所として、皇祖神の知らしめす天上世界に満ちることである。大和は上昇し、大和は膨張し、大和は天となる。すなわち大和は神々の天上世界と同質のものとなる。言うならば大和を神々の世界として把えようとした表現である。人麻呂にとって大和は「天」と一つづきの世界であった。神話的観想として人麻呂は大和をそう認識していた。かかる認識を持ちながら、

……生れましし　神のことごと　栂《つが》の木の　いや継ぎ継ぎに　天《あめ》の下　知らしめししを　天《そら》尓《に》満《みつ》　大和を置きて……

と訓み下してくると、神である天皇の知らしめす所が天《あめ》の下であり、その天の下には大和があり、大和は「天《そら》」に満ちて「天《あめ》」に融化し、聖化されて「天《あめ》の下」の中心というべきところであったと、人麻呂が言わんとしていたと分ってくる。まことに大和は国のまほろばであって神々の世界につながっていた、いや神々の世界の一部であった。人麻呂はかかる讃美の言葉を大和に冠していたのである。神話的呪的なイメージの荘厳だったのである。

四　「天尓満」の文字文学性

しかし考えてみれば古い四音の枕詞「そらみつ」も、神話的呪的な文脈で使用されるのが本来の用法であった。前出の西郷信綱氏もそのあたりにはすでに注意されていて、「大和」にかかる他の二つの枕詞「あきづしま」、「しきしまの」にくらべて、その神話的原質を言われていた（「枕詞の美学」文学・昭和六〇年二月号。『古代の声』に所

収)。稲岡氏も西郷氏説を承けて、「そらみつ」は「神話的・歴史的な文脈に用いられることの多い賛称といえようか」(『柿本人麻呂　王朝の歌人1』一八六ページ)と述べられている。人麻呂は、このような「そらみつ」の原質を正しく継承しながら、「天」の文字を用いることによって、神話性を更に強化したのである。ただしその神話性は、雄略朝ごろの相対的に古朴な神話性ではなくて、天武・持統朝の新しい神話性であったのである。「天」を皇祖神のいます高天原世界とし、「大和」を皇孫の知らしめす「天下《あめのした》」の中での、天と同次元の、皇孫のましまス地と観想する神話性であったのである。このような方向で「天尓満」を理解しようとする時、初めて我々は人麻呂の枕詞改変の意図の一端に触れたと言えるのではあるまいか。

もとよりこの改変は文字の上のことにかかわる。したがって口誦、朗誦の際には「天」すなわち天上世界までもの神話的観想は表現できなかったであろう。「或云」の語句は口頭の発表が予定されていた初稿であった、そして本文は思うに作者の手許に残った歌稿を推稿したものであって特に口頭発表の場を意識しなかった文筆作品であった。あるいは、正式に用字を練り直した公的保存用の文献であった。経緯は不分明であるが、いずれにせよ現存の本文は口誦の際の効果もさることながら、見る作品、読む作品としての性格も持っていたのだと考えられる。

この枕詞改変の波及効果は、次句の「天離る夷にはあれど」に現われる。「天《そら》」は「天離る」の「天《あま》」と響き合って、「夷」は「大和」とは異質、異次元の世界として際立って立ち現われてくるからである。私見は枕詞「天離る」の現行解釈に多少の異議を持つが、今は詳言の余裕なく、擱筆することにしたい。

注　「天離る」の解釈についての私見は、本稿の前編「柿本人麻呂 その一」に記した。

三　柿本人麻呂歌集非略体歌の作歌年代について

一　人麻呂の表記進展過程と非略体歌

柿本人麻呂歌集の非略体歌は、一体いつ頃まで書かれていたのであろうか。巻二・一四六歌の題詞に「大宝元年辛丑……」とあり、題詞下に小字で「柿本朝臣人麻呂歌集中出也」とあるのを以て、単純に考えれば大宝元年（七〇一）の作をも人麻呂歌集は含んでいたことになる。他方、人麻呂作歌は、制作時期の推定されるものが持統三年（六八九）頃から文武四年（七〇〇）頃までの作と考えられるから、歌集歌のうち非略体歌（一四六歌は非略体歌である）は、作歌年代とほぼ併行して作られていたことになる。

しかし、こうした考え方に対して否を唱えられたのが稲岡耕二氏である。氏は非略体歌の制作時期の下限を持統三年頃とされ、以後は人麻呂作歌の時代であり、歌集非略体歌はこの時代には書かれていないと説かれるのである。(1) これは氏が長年にわたって築きあげて来られた表記史の眼目をなす人麻呂の歌にみられる表記の進展をつぶさに調査された結果の結論であって、その意味するところは重いものである。今、氏の論を詳しく紹介する余裕はないし、又、氏の論はあまねく知られていることでもあるから、その必要もないことであろう。簡単に言えば、略体歌は天武九年（六八〇）までに筆録されたものであり、非略体歌は天武九年から持統三年、作歌はそれ以降の作であって、その表記法はそれぞれの時代のわが国の文字表記の状態を反映しており、それらの表記を開拓進展せしめたのが他ならぬ人麻呂の努力に負うところ大であったとされるのである。そして和語に適した形に表記が進展してゆく様相は、助辞の表記の密度、音仮名・訓仮名の使用度、特殊な漢字や反読法の減少などによって明瞭に跡づけることができるとされた。

私見は氏の説に大筋において異議はない。むしろ敬服して賛成したい。しかし略体歌から非略体歌への表記の進展がいわば質の変化を主とするものであったのに対し、非略体歌から作歌への進展は主として量的変化、表記の精細さの程度の違いに過ぎないと思われる(2)。こうした量的な違いはある時点を境に一挙に生じるというものではないであろう。したがって持統三年以後においても非略体的な表記はみられてよいと思われるし、事実そうした表記は存在する。巻一の軽皇子安騎遊猟歌の短歌四首、就中四八歌「東野炎立所レ見而……」など、その一例と言ってよい。すると、さらに考えを進めて非略体表記を持った柿本人麻呂歌集が持統三年以後にも存続した、そしてその中から人麻呂作歌あるいは人麻呂歌集歌（非略体歌）として万葉集に採られた歌もあるのではないかと考えられてこよう。本稿はそうした観点からもう一度稲岡説を検証してみようとするものである。念のため一言しておくが、この試みは表記史の進展に異を唱えるものではない。稲岡氏が略体歌を古体歌、非略体歌を新体歌と名づける論拠に反対するものでもない。名称はしばらく使いなれた言い方に従うばかりであって他意はない。大宝元年の歌がたとえ人麻呂歌集に存在したとしても稲岡氏の表記史論の体系には何らの痛痒もないはずであると私は思う。その点で事柄は小さい。しかし私の側にひきつけて言えば、巻九の編成の問題に、いくばくかの展望がひらけることを期待しているのである。

二　大宝元年の非略体歌の問題点

稲岡氏は非略体歌製作の下限を持統三年におかれる。この点で先ず問題になるのは、巻二・一四六歌の存在である。それは次のようにある。

大宝元年辛丑幸㆓于紀伊国㆒時見㆓結松㆒歌一首　柿本朝臣人麻呂歌集中出也

後将㆑見跡　君之結有　磐代乃　子松之宇礼乎　又将㆑見香聞

右の歌は題詞と題詞下の注によって大宝元年に作られた人麻呂歌集の歌（非略体歌）であることが明瞭である。にもかかわらずこの歌が歌集歌ではないと言われるのは、稲岡氏によれば次の理由による。

1　題詞が人麻呂歌集の題詞として例外的に長く詳しいこと

2　「柿本人麻呂歌集中出也」の下注がない写本もあり、注の仕方も一定しないこと

3　結局「又将見香聞」をマタミケムカモと訓むとすれば、その書き様が人麻呂歌集の用字と異なること

の三つである。そのうち1と2は後藤利雄氏のあげた理由をそのまま採用されたもので、(3) 稲岡氏独自の理由は3にある。ミケムと過去推量を表すときに非略体短歌では、兼、険、祁牟を用い、「将見《ミケム》」と表記した例はない。渡瀬昌忠氏が末句をマタモミムカモと訓まれることは、(4) 初句の「将見」主体と末句の「将見」の主体とが異なってしまい不適当であるから、ミケムと訓むほかなく、したがって当該歌は人麻呂歌集より出たところの非略体歌ではない、と言われる。そして、当該歌になぜ人麻呂歌集歌であるとの注が付せられたかについて、次のように推測される。

こうした表記上の不審とともに、後藤氏の指摘されている題詞についての疑問を併せて、私は次のような推測をしている。すなわち、一四六歌は、もと、後藤氏の推測されているように、巻九冒頭に近い「大宝元年辛丑冬十月太上天皇大行天皇幸紀伊国時歌十三首」と一団とみられる位置に収載されていたのであろうが、巻九に手を加えた者が、意吉麻呂作（一四三、一四四、稿者注）と同じような歌というわけで、巻九から抜いて巻二に移したものではなかったか。

とされ、巻九・一七〇九の左注「右柿本朝臣人麻呂之歌集所出」の「右」の範囲を誤認して一六六七歌まで、すなわち前述の十三首をすべて含むところまでと思い、一四六題詞下に「人麻呂歌集中出也」と小字で注記を加えたのであろうと推定されたのである。その前提には当然一六六七～一六七九までの十三首及び後人の歌二首（一六八〇、一）は人麻呂歌集歌ではない、歌集歌は一六八二から左注のある一七〇九までだとの判断があるわけで、次いで一六八一以前の歌と一六八二以後の歌との用字の相違が説かれ、一六八二以下が人麻呂歌集の用字として適合するとされるのである。

三　二―一四六歌の題詞問題

用字についてはしばらくおいて、まず題詞に考察の目を向けてみる。一四六の題詞が人麻呂歌集のものとしてふさわしい形式のものでないことは誰もが認めるところであろう。短い簡単な題詞が付されているか、題詞の無い歌が多い非略体歌の中にあって長い詳細な一四六の題詞が異例であることは明らかである。

しかし一四六歌が巻九から抜きとられた際に、巻九の題詞ごと抜きとられたものだと直ちに推測することはできない。吉田義孝氏は一四六歌の題詞はもし人麻呂歌集にあったものとしたら「紀伊国作歌一首」として人麻呂歌集に存在したものであり、巻二の有間皇子の歌に追和して付加されたときに記されたものと推定される[5]。人麻呂歌集中に存在していた時の題詞のあり方は恐らく氏の推定されるようなものであったろう。しかし巻二に追和歌として補入されたときに付された題詞ではない。それは巻一に追補されようとしたときに付された題詞である。周知のように万葉集巻一は五四歌から題詞の様式が変り、その部分から後の歌は、太上天皇、大行天皇の呼称のあり方から和銅年間以後の追補と考えられている。巻二・一四六歌はこの追補部分の題詞の形式と全く一致している。恐らく五六歌の後に配列の計画で記された題詞であったか、あるいは又ある時点では五四歌の題詞「大宝元年辛丑秋九月太上天皇幸二紀伊国一時歌」と一括して配列されたものであったのだろう。しかし巻二に有間皇子関係の挽歌が集められることになり、行幸従駕の雑歌として巻一に配列される予定であった、あるいは配列されていた一四六歌は、配列を変更されて巻二の有間皇子挽歌群五首の後に追加されたのである。一四五歌の左注は五首がまとまった一群であることを示し、一四六歌の存在を無視している書き方である。そして又、一四六歌の題詞は巻二にあっても異例なのであって、巻一に配列予定であったとき、あるいは配列されていたときの題詞を曳きずってきたものと解される。本来ならば巻二ではこの題詞は不要なのであって、一四六歌は直接一四五歌に接続し、一四五歌の左注が一四六の左にあることの方がすっきりする。

四　人麻呂歌集歌表記への他者の介入

こうして人麻呂歌集から（巻九からではない）一四六歌が引きぬかれたとき、巻二に配列された当該歌は、人麻呂歌集の用字をそのまゝ保存して記されたと考えるべきであろうか。その証拠は見出し難い。むしろ変改を蒙ったと考えられる可能性がある。当該歌には読み添えが全くないことがその一つである。「宇《う》礼《れ》」の仮名書きも人麻呂歌集には「末」（二三一四、二四七八）とあり、「宇礼」とする歌はない。また「将見」をミケムと訓むことは稲岡氏の言われるとおりであると私も思うが、これも人麻呂歌集には無い用字である。しかし、これらの用字法が人麻呂歌集と異なっているからといって、この歌を直ちに人麻呂歌集から外すことには慎重であるべきだろう。なぜなら編者の書き改めの手が加わっているかも知れないからである。

述べたように一四六歌は巻一、二の編集の最終段階で巻一から移され補入されたとみられる。その際、編者は直前に配置された有間皇子挽歌群を見て、その用字にひかれたと考えられる。意吉麻呂作の一四三歌に「将結」をムスビケム、「将見」をミケムと訓ませている。また一四四歌にはタテルを「立有」と記している。こうした用字法が編者の目に入って、人麻呂歌集の用字とみられる、そして本来一四六歌に存在したたとえば「結在」「見兼」の表記が書き改められて補入されたと考えることができる。巻二の編者が原資料の用字法を書き改めて採録したと思われる例には、他にも九〇歌の「君之行気長久成奴山多豆乃迎乎将レ往待尓者不レ待」がある。これは一字一音式の古事記の歌謡表記を巻二の他歌の表記にならって編者が改め記したものである。(6) 巻二（巻一も）の編者はそうした書き改めをする、特に引用歌においてすることを考慮しておく必要があろう。

編者の書き改めに関しては古屋彰氏の論がある。(7) たとえば氏は、吉野離宮讃歌において巻一・三六「見《み》礼《れ》跡《ど》不《あ》飽《かぬ》可《か》問《も》」の「礼」の表記について、「みれ」の「れ」を音仮名の「礼」で書き添えた例は、人麻呂関係歌においてこの一例のみであるが、巻一には長皇子の歌（六五）に例があること、これに関係して「みれど」の「ど」についても人麻呂関係歌ではすべて「雖」を用いて反読していることを指摘されている。また接続助詞「ど」の訓仮名表記例四四例中、音仮名に接して用いられたものが前記の「見礼跡」（三六）と「見礼常」（六五）の巻一の二例のみであることも指摘され、巻一の「特別な状況の反映」を想定される。

その他にも「絶事無久《たゆることなく》」（三七）の「久」の書き添えが人麻呂関係歌にないこと、三六歌の「絶事奈久」のナクの仮名表記も人麻呂関係歌中の孤例であり、これ以外には巻十九に四例、うち三例は家持の用例、他に賀茂女王の一例（八・一六一三）があるのみであることを指摘され、新しい表記の様相かと言われる。さらに又「弥高思《いやたかし》良珠《らす》」（三六）のシラスの仮名書き例が他にないことや、助詞の「かも」が巻一の人麻呂作歌においては音仮名二字で記す例が三例（三六、三九、四二）であるのに対し、「鴨」と記すものは一例のみ（三八）で、この傾向は人麻呂作歌全体の傾向（「鴨」11例、「カモ」8例）とそぐわないものであり、巻一全体の傾向（「鴨」1例、「カモ」5例）に添うことをも言われる。

古屋氏はさらに近江荒都歌についても、人麻呂関係歌に見出し難い用字の独自性を指摘されている。（8）「待ち」を「麻知」と記すこと（三〇）、「楽浪《さざなみ》」を「左散難弥」（三一）と記す「散」と「難」の用字、「此《ここ》」を「此間《ここ》」と記す二例（二九）、人の尊称の「神の命」を「神之御言《みこと》」と記す例（二九）などがそれで、これらの現象について氏は「端的に言って、人麻呂作歌の用字に最終段階での編算整理者の手の介入を考慮するだけでなしに、人麻呂作品を書承した人たちの手の介入をもまた疑ってみる必要がありはしないだろうか。」と論じられるのである。

巻一の人麻呂作長歌は他に軽皇子安騎野遊猟歌（四五）があり、ここにも「神長柄《ながら》」と記された巻一の例（他に三八、三九）が、人麻呂関係歌の他例（「神（在）随」、一六七、一九九（三例）、三二五三）と対立しているのを古屋氏は指摘される。氏は「長柄」の用字に関しては巻一的用字のようにも見受けられるが、一六七九を人麻呂歌集歌とみるならば人麻呂自身の一時期の用字であるようにも見受けられると判断を保留される。（9）

以上を要するに古屋氏は巻一の人麻呂作歌に、原筆録者、万葉集の編纂整理者、伝写者の三様の用字の存在を視野に置くべきことを説かれるのである。この指摘は有用なものであろう。人麻呂作とある歌でも人麻呂の用字がそのまま表れるものではない。

五　四六〜四九歌の表記

額田王や中大兄の巻一の歌では誰もが作者自身の表記ではないことを認めながら、人麻呂作になるとそのことを忘れてしまう傾向があった。私見では巻一は五三歌までが最初にまとめられたときに編纂者の手が入った可能性があろうと思う。そして五四歌以降が追補され、巻二と共にまとめられたときにも編纂者の手が入ったであろうと思われる。巻一の人麻呂作長歌（二九、三六、三八、四五）は前者の際に用字の書き改めがあったと推定され、巻二、一四六歌の題詞、用字は後者の際のものであろうと思われる。あるいは前者と後者は同時であって、手を入れた編纂者が相違するのかも知れない。その点は現段階では判断できないが、編纂者の用字についての介入は認めるべきだろうと思う。

なお補足して言えば、巻一の四七、四八歌には編纂者の介入がなかったと考えられる。なぜならこの両歌には、巻一の他の歌にほとんどない主格のノの読み添えがみられるからである。稲岡耕二氏が人麻呂作歌には主格のガの無表記はないが、ノの無表記は少なくないことを指摘され、巻一、二における実例を挙げられているが、巻二は人麻呂作歌以外には全くなく人麻呂作には八例、巻一では四七歌に一例、四八歌に二例。他には天武御製の異伝歌（二一六）に二例の存在を示される。(10)他の作歌にはこのノの読み添えがないことは、他の作が人麻呂の作以降の表記の様態をみせているのに対し、人麻呂作歌が人麻呂自身の文字遣いの証と稲岡氏が言われることは認めるべきであろう。逆に言えば、巻一の近江荒都歌、吉野離宮讃歌などにノの読み添えのないことは前述した用字の傾向と相俟って、それらの長歌に人麻呂以外の手の加わっている可能性を高めよう。対するにノの読み添えの集中する四七、四八歌は大略人麻呂自身の用字と考えられる。そしてその前後の四六、四九歌の表記の精しさと対比すると、四七、四八の両歌は大部分原資料のまゝであり、四六、四九の両歌には編纂者の介入の可能性があろうかと思われる。

六　一四六歌題詞下小字注と巻九紀伊行幸歌群題詞の関係

巻二、一四六歌は、巻九からではなく人麻呂歌集から引きぬかれたものであること前述した。その推論の根拠は、巻一と二とがまとめられて、二巻本の歌集が出来たときに、未だ巻九は存在していなかったと思われることにある。

巻一、二は伊藤博氏の万葉集成立論によれば、和銅五年（七一二）から養老五年（七二一）の間に成ったと推定されている。[11] 対するに巻九の編纂時は、巻三・四が養老年間以後に巻一・二の拾遺歌巻として編纂されたものとするならば、それ以後恐らくは天平年間ということになろう。[12] そうであるならば巻九は、巻一・二が編纂された時には現行の巻九の形ではなく、原資料のまゝで存在していたことになる。その際、その原資料が人麻呂歌集であったなら、現存巻九の紀伊行幸歌一三首の題詞のような長大な題詞は人麻呂歌集にはないのであるから、一三首の題詞は巻一、二の影響を受けて付されたものであるということになる。つまり、巻二・一四六の題詞はその時点には存在しない巻九の紀伊行幸歌群の題詞の影響で付されたのではなく、逆に一四六歌の題詞の影響によって巻九の行幸歌群の題詞が付されたものである。されば一四六歌題詞下の小字注「柿本人麻呂歌集中出也」は、この注が巻一・二編纂時に付されたとするならば、巻九・一七〇九左注の「右」の範囲を誤認したものということはできない。原資料の歌が今の巻九のまゝ並んで配列されていたと想定される場合を除いて、一四六の下注は何らかの然るべき理由に基いて記入されたものというべきである。そして原資料の歌々が現行巻九と同じ配列だったとは考えられないことは、「鷺坂作歌」「名木河作歌」等の明らかに人麻呂歌集歌である歌が現行巻九では不自然に二個所ないし三個所に分割配置されていることから明らかである。原資料では「鷺坂作歌」「名木河作歌」はそれぞれ一括してあったと考えることが妥当だろうからである。そこで考えられることは、紀伊行幸歌一三首は、二・一四六歌を含めて一四首、さらに後人の歌二首（一六八〇、一六八一）を合わせて一六首が一括して原資料に存在し、その中から一首すなわち一四六歌だけが引きぬかれて巻一へ、さらに変更があって巻二へ持って行かれたという想定である。そしてそれはどうやら一括して人麻呂歌集であったらしいということである。一四六歌題詞下の小字中は巻九の成った後、後人が誤って付けたものではないらしいとなれば、問題は紀伊行幸歌群一三首の人麻呂歌集歌性、非人麻呂歌集歌性の判定にある。

七　紀伊行幸歌群の人麻呂歌集性と非人麻呂歌集性

紀伊行幸歌群一三首のうち、最も人麻呂歌集的な用字を持つのが一六七一歌である。当該歌の末句「敢而滂動」をアヘテコグナリと訓むことはすでに佐竹昭広氏の説[13]によって定説となったが、「動」をナリと訓む例は他二例とも人麻呂歌集歌の中にある。

動神《なるかみ》之《の》　音耳聞　巻向之　檜原山乎　今日見鶴鴨（七・一〇九二）
吾世子尓　裏恋居者　天漢　夜《よ》船《ふね》滂動《こぐなる》　梶音所レ聞（一〇・二〇一五）

こうした用字法は特殊なものであって、人麻呂の筆録である可能性を示唆しよう。
また一六七九歌の末句「妻《つま》常《と》言《いひ》長柄《ながら》」の「長柄」の用字も注意すべきものである。ナガラは通常「随」と記されるなかで、人麻呂作歌の三八、三九、四五歌に使用されていることが古屋彰氏によって指摘されていることは前述したが、「長柄」の使用例が他にないことからすれば人麻呂的な用字と言わざるを得ない。巻一の五三歌までの編纂者を人麻呂と想定する伊藤博氏の説[14]と考え合わせて注意しなければならない[15]。

また「往来」(一六七九)の用字も人麻呂的なものであることを古屋氏は指摘されている[16]。カヨフの訓字表記は通常「通」であって、集中に四〇例以上をみるのに対して「往来」は九例に過ぎず、その中の一例は人麻呂作歌(一九六)、三例は非略体歌(一七八二、二〇〇一、二〇一〇)である。人麻呂はユキカヨフにも「往来」(二六一)の用字を用いた。そしてカヨフに「通」を用いた例は「蟻通」(三〇四)の一例のみである。この人麻呂的用字を紀伊行幸歌中の一六七九歌も用いているのである。

また伊藤博氏はこの歌群を人麻呂歌集歌と認定する根拠の一つとして「後人歌二首」の中の一首、一六八〇歌の初句「朝裳吉《あさもよし》」の用字を挙げられた[17]。「朝裳吉」は「麻裳(毛)吉」(五四三、一二〇九)のと異なってキヌギヌの情趣を狙う特殊なニュアンスを漂わせたものであって、この用字は他の一例が巻十三の挽歌(三三二四)にみられ、当該挽歌は、人麻呂在世中に他界した忍壁皇子(七〇五没)と弓削皇子(六九九没)の双方に通用された皇子挽歌の一サンプルとして人麻呂が作成したものであろう。したがって「朝裳吉」は人麻呂の用字と推論されるのである。多少、推測を重ねる危さがあるが、当該歌群の人麻呂歌集歌性の可能性の一つとして紹介しておく。

また一六八一歌において第三句「白雲」にノの読み添えを要することも人麻呂的用字の可能性をみせる例である。人麻呂の作歌と非略体歌において、主格のノがしばしば表記されないことを稲岡氏が指摘されていることは前述した。当該歌群で主格のノが存在すると考えられるのは上の一例の個所のみであり、そこに表記がないことは人麻呂関係歌の用字の傾向に添うものである。

しかしながら当該歌群が人麻呂歌集非略体歌的ならざる徴候も幾つか存在する。その一つは、完了の助動詞リを「在」ではなく「有」と書く例（一六七七）である。非略体歌に完了リの「有」字表記の無いことは沖森卓也氏の調査の結果によって明らかである。(18)

また助詞トの用例であるが当該歌群には「跡」が三例（一六七四、一六七五、一六七七）と「常」の一例（一六七九）がある。前者の「跡」は作歌にも非略体歌にも存するものであるが、後者の「常」は作歌にのみ二例存するものである（一九四、四九九）。

また助詞のヲの表記は当該歌群では一個所も欠落せず全七例が記されている。しかるに当該歌群に接する一六八二以下一七〇九までの、人麻呂歌集歌と万人が認める二八首の歌群では、六個所の読み添えがある（一六八三「妹手ヲ」、一六八九「浜ヲ過者」、一七〇五「春部ヲ恋而」「実成時ヲ」、一七〇六「衣手ヲ」、一七〇八「春草ヲ」）。そしてヲを表記する例が「乎」八例、「矣」一例となっている。無表記率はかなり高いと言わざるを得ない。

紀伊国行幸歌群一五首の一首あたり平均字数は一八・七三字、対するに後続二八首の非略体歌群の一首あたり平均字数は一六・七九字で、約二字分少ない。両歌群の配列を連続した現状でみるとき、表記の精粗に明らかな差の存することを認めないわけにはいかない。

八　非略体歌の表記進展

紀伊行幸歌群一五首の有するこうした人麻呂歌集的要素と非人麻呂歌集的要素とを矛盾なく統一的に理解するためにはどのように解釈したらよいか。私見では、持統三年以後も人麻呂歌集歌は書き継がれ、表記はそれなりに進展があったのだと考える。持統三年以後、人麻呂が朝廷の公的な場での発表を予定した歌を作るようになり、推敲を重ねて表現はもとより表記も精細になった。そうした精細な表記が、一方で書き継がれていた歌集歌に影響しないはずはない。歌集歌は持統三年以前の表記の特徴を残存させつつ、作歌表記において得た表記、用字を次第に用いるようになっていった。かくて大宝元年ともなれば人麻呂歌集歌はかなり人麻呂作歌に近づいていったのだと考えられる。

人麻呂歌集の略体歌と非略体歌が表記の進展を示すものであるならば、それは或時点で一挙に変ったというよりも、画期的な変化をみせた変革期（時点）が存在することは十分認められるとしても、たとえて言えば階段状の変化ではなく、スロープ状の進展であったのではないか。そして、それぞれの表記時代、略体歌の時代、非略体歌の時代の内部においても漸進的な表記の進展があったのではないか。略体歌はともかく、表記にさまざまに精粗の程度の相違、用字の違いがみられる非略体歌においては、資料を一括して共時的に検討するよりも、巻ごとに、あるいは歌群ごとに通時的な観点を持ちつつ検討すべきではなかろうか。非略体歌の内部にも通時的な表記進展の経過が隠されていると考えるべきではないか。このように考えて持統三年以後の人麻呂作歌と人麻呂歌集歌との間における相互干渉関係を検討してもよいのではないかと私は考える。

大宝元年紀伊行幸歌群一五首は、人麻呂の晩年に人麻呂によって構成された、他人の歌も一部交えた、あるいは利用した（冒頭の一首一六六七はその例である）ところの、人麻呂歌集に書き記しおかれた作品であろう。この歌群の構成については伊藤博氏の考察がすでにあった。[19] 最近はまた村田右富実氏の精細な論考も発表されている。[20]冒頭歌一六六七を除いて前半六首を海の歌、後半六首を陸の歌と分けるならば、巻二の一四六歌は陸の歌に属しよう。冒頭歌は明らかに海の歌であるから、一四六歌が他巻に切り出される以前にも海の歌と陸の歌は七首ずつ均衡を保って構成されていたのであろう。題詞は巻九の編者が巻二の一四六歌及び巻一の五四歌の題詞を見、さらに他の記録を参照することによって訂正付加して記したものであると思われる。現行の題詞は人麻呂歌集にはなかったものである。一四六歌題詞下の小字注は出典を示す形式としては異例であるが、巻二には一六二歌の題詞下に「古歌集中出」とあり、そうした形式も巻二編纂時にはあったのであろうと思われる。

九　人麻呂の紀伊国作歌の同時性

紀伊国行幸歌群一三首を人麻呂の構成によるものとし、一四六歌を含めて人麻呂の歌集歌と想定したが、人麻呂は大宝元年の紀伊行幸に供奉したのであろうか。そのことを示す証が万葉集中に見出せないであろうか。人麻呂の紀伊国での作歌、あるいは紀伊国での事柄を歌った作と思われる歌は集中に一〇首ある。左の如くに収められている。

巻四　四九六～四九九　　作歌（相聞）
巻九　一六九二、一六九三　　非略体歌（雑歌）
巻九　一七九六～一七九九　　非略体歌（挽歌）

巻四の四首が人麻呂作歌であり、巻九の歌が人麻呂歌集歌であることは論議の余地がない。そこで、今、非略体歌を作歌に先立つ時期の製作とするならば歌の内容から矛盾が生じてくる。すなわち巻四の作歌は、男女二首ずつの贈答の形式を持っているのに対して、巻九の非略体歌は挽歌の表題歌にあって男が思い出の紀伊国の地で亡き妹を偲ぶ内容を歌っているからである。しかし又巻九雑歌の二首は一人寝のわびしさを歌い、妹は未だ生存している趣きである。

かつて私はこの紀伊国人麻呂関係歌を、一度は宮廷に仕える恋人と共に紀伊行幸に供奉した人麻呂が、行幸先で巻四の歌を作り、彼女の死後に再び紀伊国へ旅した際に巻九挽歌部の四首を作ったと想定した。[21]この想定は雑歌部の二首を視野におかず、これらの人麻呂の歌の仮構性をも考慮しないものであったので、今は撤回する。そして坂本信幸氏の批判を受け入れ、[22]これら一〇首の仮構性を考えることにする。坂本氏は巻四と巻九との作を、大宝元年紀伊行幸時の同時の作と説く。人麻呂は自身の妻を亡くした体験をもとに、軽太子・軽大郎女の悲恋物語を「古」として踏まえ、「今」の悲恋物語を創作したのである。巻九は恋人との死別の悲しみを四首の連作として、巻四は挽歌創作の後に宮廷の人々の要望に応えて、生前の恋人たちの相聞の歌が創作されたのである。行幸の主人公文武天皇が軽皇子であったという同名を契機として、おそらく軽太子、軽大郎女も流罪の道行きにたどったであろう紀州路を行幸の一行はたどりながら人麻呂の創作を享受したことであろうと推測されるのである。

坂本説は巻四の歌が人麻呂作歌であり、巻九の歌が人麻呂歌集歌であることを峻別しないが、巻四には人麻呂歌集と注された歌がなく、当面の四首の他には五〇一～五〇三の三首の短歌が人麻呂作としてあることを考えると、巻四の七首は人麻呂歌集歌であった可能性がなくはない。人麻呂の生存期間の紀伊国行幸としては大宝元年の他に持統四年（六九〇）のものがあるが、巻四の作歌をこの時の作とし、巻九の歌集歌を大宝元年のものと分けて考えるよりは、同時の作として紀伊国行幸歌群一三首や一四六歌と合わせて大宝元年作と考える方が妥当であろう。但し、巻九、一六九二、一六九三の両歌については判断を保留する。確証は見出せないものの、大宝元年の太上天皇・文武天皇の紀伊国行幸に際して人麻呂も従駕供奉したと想定しておきたい。この時に当って天皇讃美の長歌がないのは、律令制の施行によって神聖王権を神話的呪的に讃美荘厳する持統朝の精神が公的な舞台から退いていたことと関連するであろう。行幸従駕の長歌が復活するのは、人麻呂が死に、律令制推進の原動力であった藤原不比等が没した養老四年（七二〇）を過ぎた三年後のことであった。

人麻呂歌集が大宝年間まで書き継がれていたであろうことを確かなものにするためには、さらに人麻呂作歌のうちの一部の長歌あるいは或本歌と題詞のある長歌などを検討しなければならない。しかし先学の諸論も多く、これらを整理し再検討しつつ私見を述べるためには、すでに紙数も時間も尽きたので、ひとまず稿を閉じることにしたい。

注

（1）稲岡耕二「人麻呂歌集歌の筆録とその意義」『万葉表記論』（塙書房、昭和51年）所収。P.205。所出は「国語と国文学」昭和44年10月号。

（2）略体歌から非略体への進展がいかに質的な革命的な変化であったかについては稲岡氏の著『人麻呂の表現世界——古体歌から新体歌へ——』（岩波書店、平成三年）に詳しい。特にその第一章、三、四節参照。

（3）後藤利雄『人麿の歌集とその成立』（至文堂、昭和36年）P.9。

（4）渡瀬昌忠『柿本人麻呂研究　歌集編上』（桜楓社、昭和48年）P.330。

（5）吉田義孝「人麻呂歌集非略体歌原資料の形態について・再論（その一）」「岐阜女子大学紀要」25号、平成七年。

（6）神野志隆光「『万葉集』に引用された『古事記』をめぐって」『論集上文学　第十四冊』（笠間書院、昭和55年）所収。

（7）古屋彰「人麻呂作歌の表記をめぐって　其三」「金沢大学文学部論集　文学科編」第十四号、平成六年。

（8）古屋彰「人麻呂作歌の表記をめぐって　其四」「金沢大学文学部論集　文学科編」第十六号、平成八年。

（9）注（7）に同じ。

（10）稲岡耕二「人麻呂作歌異伝攷（二）」『萬葉集研究　第十二集』（塙書房　昭和59年）所収。

（11）伊藤博『新潮日本古典集成　万葉集一』（新潮社　昭和51年）の巻末の「巻一～巻四の生いたち」に拠る。さらに詳しくは

『萬葉集の成立の構造　下』（塙書房　昭和49年）第九章参照。但し、そこでは元号による年次までは明示されない。また伊藤氏は一四六歌を巻二の編纂後の天平の追補として考えられるが、私見では巻一、五四歌以降の追補時と同時と考える。

（12）伊藤博『萬葉集の成立と構造　下』第九章、P.240に、巻三、四の成立は天平五、六年ころ、巻九はその続拾遺として編まれたと推定されている。

（13）佐竹昭広「人麻呂歌集の歌二首」文学十五巻八号、昭和22年。

（14）（11）の「巻一～巻四の生いたち」P.384。

（15）この場合、四八歌にみられるような略体表記を、他歌と同様な精密な表記に人麻呂が改めなかったことについては別途に考える必要が生じる。

（16）古屋彰「人麻呂作歌の表記をめぐって　其二」「金沢大学文学部論集文学科編」第十一号、平成五年。

（17）伊藤博『萬葉集の構造と成立　上』第四集。P.242（塙書房、昭和49年）

（18）沖森卓也「上代文献における『有・在』字」「国語と国文学」五六巻六号、昭和54年6月号。

（19）伊藤博「紀伊行幸歌群の論」『万葉集研究　第十六集』（塙書房　昭63年）、『万葉集の歌群と配列　上』（塙書房　平成二年）所収。

（20）村田右富実「大宝元年紀伊行幸歌の配列について」「美夫君志」第五十五号、平成九年。

（21）拙稿「『軽の妻』存疑」『論集上代文学　第一冊』（笠間書院、昭和45年）、『万葉詩史の論』（笠間書院　昭和59年）所収。

（22）坂本信幸「人麻呂の紀伊の歌」『日本古代論集』（笠間書院　昭55年）所収。

四　山部赤人の心と表現

一　赤人の現実渾融

万葉集巻八、春雑歌の部に次の四首の短歌が山部宿祢赤人の歌として載せられている。

Ａ　春の野にすみれ採みにと来し吾そ野をなつかしみ一夜宿にける　（一四二四）
Ｂ　足ひきの山桜花日並べてかく開きたらば甚恋ひめやも　（一四二五）
Ｃ　吾がせこに見せむと念ひし梅の花それとも見えず雪の零れれば　（一四二六）
Ｄ　明日よりは春菜採まむと標めし野に昨日も今日も雪はふりつつ　（一四二七）

右の四首の赤人の歌としての評価は、たとえば「望不尽山歌」（3・三一七～八）や「吉野離宮行幸従駕歌」（6・九二三～五）などに比してさほど高くないようであるが、赤人の資質をよく表したものと言ってよい。されば、赤人の資質とは如何なるものであろうか。これが本稿の主題である。先立って先ず四首の歌意をみてゆきたい。

Ａの歌は、まことに素直に心境を吐露したもののように思われる。すみれは、食用あるいは染料と考える説もあるが、もしそうならばこの歌は実用的な現実生活に根ざした歌となる。しかし全註釈に説くように、すでに大伴池主が

山びには桜花散り　容鳥の間なく数鳴く　春の野にすみれをつむと　白たへの袖折りかへし　紅の赤裳裾引き　少女らは思ひ乱れて　君待つとうら恋ひすなり……　（17・三九七三）

と、春野のすみれを雅びの花として解し模倣していることは、この時代の赤人歌に対する一般的解釈のありようを示すものであろう。赤人はすみれの可憐な美しさを愛でるために春の野にやって来たのである。もっとも池主の歌が示すように、春の野にすみれを採むのは多くは女性の行為であろうから、赤人は女性の立場に立って歌っていると考えられるが、歌の心は赤人その人のものであると言ってよいだろう。したがって赤人が現実に野宿してしまったか否かはともかく、春の野に限りない愛着を持ち、野を抱き野に抱かれて、野と一体になりたいと作者赤人が願っていたことは確かなことであろう。

この歌に関連して諸註釈がよく引く歌に良寛の次の歌がある。

飯乞ふとわが来しかども春の野に菫つみつつ時を経にけり

たとえば全釈は「相通ずる心境である」と言う。春の野の自然を愛する気持が、両歌ともによく表され、またそれを表そうとしている点は確かに言われるとおりである。しかし両者には本質的な相違がある。良寛には「飯乞ふ」という現実の生活があり、その生活をひきずって春の野にやってくる、というより通りかかる。そして現実の生活の重力に抗して、あるいは重力圏から脱け出て、自然の美しさに心やさしく魅せられてゆく。しかし、赤人の歌には良寛歌のような現実の生活背景は歌われず、赤人は素直にあるいは単純に、まっすぐ春の野にやって

きてまっすぐ自然に同化してゆく。ここで赤人に「飯乞ふ」というが如き現実の生活背景がないことを以て、また一夜の野宿が現実遊離の願望と解せられることを以て、赤人の歌はこの世捨人良寛の歌よりもむしろ「現実逃避の心情が強い(1)」と解すべきであろうか。

良寛の歌は写実である。その意味で合理的であり虚構がない。「飯乞ふ」と野に来たのが事実であり、すみれを採みに野に来たのではない。また「一夜寝にける」と歌わず「時を経にけり」と歌ったのも事実として納得し易い。しかし赤人には現実の次元での事実を歌おうとする心はなかった。赤人は春の野をなつかしむ心を歌いたかっただけだ。そのために余分なものを捨象し、必要なものを採り入れたのである。赤人がまっすぐ野に来ているのは、春の野を愛することと無関係の現実を捨てたのであり、一夜寝たと歌うのは野に来る以前にもまして野への愛着が強まったことを言うために必要だったのである。良寛の歌には「すみれつみ」の前後に現実の生活のあることが意識されている。「わが来しかども」の「ども」によって現実の時間から離れ、無時間の世界に入り、末句の詠嘆の「けり」によって、はっと気がついて現実の時間に戻る。世捨人は俗世を捨てたが故に、なお捨て得ぬ世のあることが意識されている。

これに反し、赤人は世に在って世の重力を感じていない。赤人は良寛のように「……ども」という逆接の助辞を用いて現実と現実の重力を感じているおのれとを対照する構図を歌に持ち込む意図を持たなかった。したがって末句の「ける」は良寛の「ども」のように呼応、対立する現実がないから、「ける」の詠嘆は気がついた今の現実へ向かわずに、過ぎ去った昨夜への回想に向かっている。赤人は「すみれつみ」の前後の時間、現実は捨象しているのである。これは現実逃避とは異なる。

赤人は良寛のような衣食住の現実をふまえて歌う歌人ではない。赤人にとっての現実は、今の歌においては現前する春の野であり、そこに咲くすみれの花であり、それを愛するわが心であった。もうひとつの現実が他にあり、そこから逃避する心で歌ったのではなかった。彼が衣食住という形而下の現実にどのように対したかをこの歌から知ることはできない。又、知ろうとすることは無いものねだりであるかも知れず、おそらく彼の作品理解に有用でもない。赤人は赤人の現実に誠実に対応しているのであり、そのことは追い追いに述べてゆくところである。赤人は、おのれの生きた世界の現実を愛していた。春の野を愛するように愛していた。現実への愛と調和の喜びを歌う詩人であった。逃避には寂しさ、悲しさや不安がある。暗さがあり、韜晦がある。赤人はそれらのものと無縁であったように思われる。

二　赤人の現実対応の二律背反

Bの歌は、山桜花の盛りの短いことを愛惜している。「日並べてかく開きたらば」と仮構の世界を歌っているが、作者の心情は現在の眼前にある桜花を愛でることにあるのであって、それ以外ではない。目の前の桜の美しさへの陶酔が限りなくて、赤人は「見れど飽かぬ」おのが心をもてあましているのである。そして、この花の美しさに恋着した如何ともしがたい胸の思いをしずめようとして、桜花の日並べて咲く空想に思い到ったのである。日並べて咲いたらこんなに焦がれる恋はしないと、恋しない心情を歌ったのではない。それでは散文の論理による理解でしかない。Aの歌で春の野に身も心も渾融してしまいたい願望を歌った歌人は、ここでも眼前の美しい現実へ没入してしまいたい、一体化したいと願っているのだと思われる。出会いの喜び、調和の喜びである。「日並べてかく開きたらば」の「かく」には、眼前の桜花が十分に美しいことへの讃嘆がこもっている。桜花との出会いの喜びがこの語にこめられているのを見逃すべきではない。

しかしまた、その喜びの永続しないことが赤人の心を不安にさせ落ちつかせない。赤人という歌人は、眼前の現実を愛すると共に、その現実の不安定さに堪えられない。そこで桜花が日並べて咲くという、そのときの心の安らかさを欲し想像するのである。ところがその安らかさは桜花への係恋を失うことでしか得られないことに気づくのである。こうした安らかさ、安定への指向にふっと湧いた疑いが反語法「甚恋ひめやも」となって表されたのである。安定志向と眼前の現実への一体化志向と、裏腹の志向が短詩型の中におしこまれたのがこの一首であるように思われる。仮定法と反語法とを用いるというように、表現が屈折して素直でないのは、そのような二方向（今の現実に没入する方向と、その現実を失って得られる平正な安定への方向と）へ引き裂かれる歌人赤人の心情が内在するからのことであって、決して技巧をもてあそんだというだけの作ではあるまい。赤人は、おのれの心を可能な限り的確に表現したかったのであって、技巧は必然的な技巧だったのだ。

しかしこの歌は赤人の作として良いものではない。五味智英先生の言われるように(2)、屈折の多い歌で、失敗作に属する。五味先生は、この仮定と反語とを含んだ修辞技法を「手の込んだ表し方」とし、「かかる紆余曲折は、そのまま作者の、桜花の美しさと一膜隔てて相対し」た智巧的態度だと言われた(3)。まことにその通りではある。歌は智巧的態度のために理におちた。表面の意味「日並べて咲いたなら恋いはしない」は理であって情を抒べたと言い難い。桜花への係恋の心情がこの歌の趣意と先に稿者が述べたのは、作者の内部に立ち入ってその心情を酌んだのであった。歌がその表現の範囲で評せられるならば、この歌が智巧的態度のため理におちた失敗作だとされることも止むを得ないところである。

とまれ赤人はこの歌において、桜花に対して、かくも美しく咲き続けて欲しいという情と、咲き続けたら恋いはしないという理との二つの心を持ち、まったく誠実におのれが心のあり所を見つめ、眼前の現実への愛と、その現実の安定への願いとを、みな歌い込もうとしたのである。赤人がこれらの心情、志向の持ち主だということだけは、むしろ失敗作だけに露呈されていて、よく分かる。

三　挫折から調和へ

Cの歌は、表現を言葉の意味どおりに受けとれば、梅の花をわがせこに見せることのできないのを嘆く歌である。雪のふることは作者の予期に反したものであって、そこには期待していた心の挫折がある。梅の花もまたBの桜の花と同様、作者を魅する美しい存在である。その花が、折も折わがせこの訪れる日に雪に妨げられて見られないことは痛恨の嘆きであるはずである。しかし果して作者赤人は心から嘆いているだろうか。この歌には五味先生もかつて言われたように、期待がはずれながらなお風情を楽しんでいる趣きがある。先生は「期待の裏切られたのを遺憾とする心に終始せず、寧ろその意外な出来事によって醸し出された一種の風情ともいふべきものを楽しんで居る事は注目すべきである。両首（一四二六と一四二七、稿者注）の調べの一種の流暢さは、斯る作者の心情の反映であるに違いない。」と言われた。(4) 調べは心情の反映である。Bの歌では屈折した心情が屈折した調べ、表現を必然的に生じさせていた。この歌では第四句と第五句との倒置の他には屈折した表現はなく、調べはなだらかであると言ってよい。それは作者のある安らぎの心情の反映である。つまり、赤人にとっては雪もまた賞すべき美であったのだと思われる。雪におおわれて見えない梅の花が面影に浮かび、それはそれで一つの美的情景を構成し、その情景をおおいかくす雪もまた一つの美的情景として、二つの美が紛い重なるのである。

梅花に白雪が降り紛う情景は、万葉集の時代にはすでに一つの美的イメージと受けとられていた。

梅の花それとも見えず降る雪のいちしろけむな間使ひ遣らば　（10・二三四四）

右は、春の雪の霏々と降るさまに梅花を取り合わせたところに一首の作意があり、美的感覚があるだろう。今の歌も同様であって、雪は苦しくも降り来るものではなく、梅花と映発する美しいものである。したがって作者の落胆は、新しく出現した眼前の情景によって、むしろ別の新しい喜びへ移行してゆく。歌はその新しい喜びをひそやかに、しかしはっきりと伝えている。

作者は、他の歌でもそうであるが、今という現在を嘆かない。稀に嘆いても慟哭しない。今の現実を受容する。予期に反した意外な出会いにも、むしろ喜びを見出そうとしていることが多い。そのような場合に彼は歌を歌ったと言うべきであろうか。慟哭の現実を彼は歌えなかった。嘆くことしか見出し得なかったとき、彼には歌うことが難しかった。嘆きは歌うことによって増幅され、それによって彼の心が激動してしまうことに彼は堪えられなかったように思われる。たとえば、

須磨の海人の塩焼衣の馴れなばか一日も君を忘れて思はむ　（6・九四七）

旅に馴れず家郷の「君」がしきりに思われてならぬ、そういう日々の中で赤人は「君」を忘るる間もなくて辛い、と嘆きを直接に歌わない。旅に馴れたならば「君」を忘れる一日もあるだろう、と嘆くことの辛さに嘆かぬ日を思いやるのである。この屈折した表現は、嘆きを真正面から取りあげて歌うことの不得意な彼の資質から生じたものだと稿者には思われる。

かく考えくれば赤人が「雪の零れれば」と歌っているのは、梅花をわがせこに見せられぬ嘆きではなく、雪に紛う梅、梅に紛う雪の風趣を眼前の雪景色に見出しているのだと分かる。挫折した希望、落胆の現実の中から、新しい喜びを見出し、今の現実に調和してゆこうとする心性が赤人にはあったと言えるのではなかろうか。

Dの歌も前歌Cとよく似ている。楽しく予期していたあることが雪の降ったために実現できない嘆きを歌いながら、雪に風情を感じている点で両歌は共通している。しかしDの歌は、明日、昨日、今日と語を並べた表現に遊びがあり、赤人は技巧に興じていると指摘されることが多い(5)。はたして赤人は技巧に興じているだろうか。

赤人は表面的な技巧を、特に機知的な技巧を顕示しない人である。目に見える顕著な技巧よりは、真摯におのれの感情を表現しようと努めているように思われる。屈折した表現もそのための必然であったことはすでに述べた。窪田評釈が「明日、昨日、今日と細かく刻んだ日を関係させ、それによって焦燥の感を現したものである」と評されたのは、技巧に興じたとするよりは射程の長い理解ではあるまいか。結句の「雪はふりつつ」の「つつ」を反復、繰り返しの意を表すと解するならば、昨日も降り今日も降りと、雪の降るたびごとに頓挫する希望が、焦燥の思いとなり変る、その思いの反復を「つつ」が担っていると言えよう。

一方、また文末の「つつ」は余情を言外にのこした詠嘆の働きを持っている。繰り返された落胆や焦燥は、この詠嘆の働きによって静かに鎮められてゆくのである。雪にとざされた標野を眺めながら、そこに展開されるはずだったはなやかな光景をまぶたに思い浮かべると、眼前の雪野はその光景と二重写しになって見えてくる。まぶたの春野のイメージは静かに雪野に変り、眼前の雪野は美しさに満たされてくる。明るい春野の雪である。不満が消え新しい満足がただよい始める。挫折した希望に赤人はいつまでも執着していない。新しい今の現実におのずから融和してゆくのである。

赤人は一首の中でほとんど上の句と下の句とを対立的に表現しない。前件と後件を対立させない。「明日よりは春菜採まむと標めし野」が前件であり、後件は「昨日も今日も雪はふり」であるが、前件と後件を連結する語は格助詞「に」であって、対立を表現する機能は持たない。ところがたとえば家持は同じような情況を、

みしま野に霞たなびきしかすがに昨日も今日も雪はふりつつ　（18・四〇七九）

と歌うのである。作は明らかに赤人を模倣したものであるが、「春が来た。しかるに雪が降る」と前件と後件は対立表現形式をとっている。実は、集中こうした表現が一般的なのである。

うちなびく春さりにけり（春さりくれば）しかすがに天雲きらひ雪はふりつつ　（10・一八三二）

梅の花咲き散りすぎぬしかすがに白雪庭にふりしきりつつ　（10・一八三四）

梅の花散らくはいづくしかすがにこの城の山に雪はふりつつ　（5・八二三）

雪と春（の景物）とは「しかすがに」という対立を示す語で結ばれている。赤人も歌の内容を論理として表現しようとしたのであれば、そのような表現を何らかの形で採ることができたはずだ。しかし赤人はそう歌わなかった。赤人は本来、対立を示す構図を心情的に持っていなかったのだ。春の野と降る雪とを対立と思っていなかった。それ故に対立語が現れてこないのである。表現は心情の反映であれば当然のことであろう。ここに赤人の面目があり、資質が認められるのである。

四　現実への調和志向

上に述べた春雑歌四首を通じて言えることは、この四首に赤人の資質と思われるものが顕著に表れているということである。Aの歌では、赤人は眼前の現実への渾融、一体化を願っていた。Bでは眼前の現実に執着すると同時に安定を志向し、そのために現実を失いかねないジレンマに身をおいて屈折していた。CとDでは現実の挫折の中から新しい現実を見出し、そこに美を見、心の安らぎを得ようとしていた。通じて言えることは現実への調和志向である。これが赤人の資質である。このことを春雑歌四首以外においても確かめておこう。

わが宿に韓藍種き生し干れぬれど懲りずてまたも蒔かむとそ念ふ　（3・三八四）

巻三、雑歌の部立の中にある歌である。韓藍は現代でいう鶏頭のことであって、当時は大陸渡来の珍しい外来植物であったという。したがって多くの人々はその栽培法に習熟していなかったのであろう。鶏頭の種は非常に細かくて、少数を播種したのでは場所によっては発芽率もわるく、苗の生育に失敗することもあったのであろう。翌年からは特に播かなくとも自然に生えて出るほどの植物であるが、最初の年には歌われたような失敗もあったのであろう。そういう植物への「マニア的な執着心」（全注、西宮一民氏）を述べたものだと言われるのは、おそらく正しいであろう。女性との恋愛を寓意したものと解されやすい歌であるが、巻三には、この歌の直後に譬喩歌の部立もあり、そう解する根拠があれば編者がこの歌を譬喩歌の中に移すことは難しくなかったと思われる。赤人が女性への恋情を歌うことはほとんど無いのであるから寓意を取り立てて考えるには及ばないと思われる。

この歌には、長歌を除き、赤人の歌において唯一例の「干れぬれど」の「ど」という逆接の助詞を用いた句法がある。長歌の三例は、

皇神祖の神の命の　敷きいます国のことごと　湯はしも多にあれども　島山のよろしき国と……　（3・三二二　至伊予温泉作歌）

……葛飾の真間の手児名が　奥津城をこことは聞けど　真木の葉や茂りたるらむ　松が根や遠く久しき……　（3・四三一　過勝鹿真間娘子墓歌）

……直向ふ敏馬の浦の　沖辺には深海松採り　浦廻には名告藻刈る　深海松の見まく欲しけど　名告藻の己が名惜しみ……　（6・九四六　過敏馬浦歌）

である。第一例は国見歌の常套的表現法に従ったものであり、第二例は柿本人麻呂の近江荒都歌（1・二九）の

「大宮はここと聞けども　大殿はここと云へども」の模倣であり、第三例は同じく人麻呂の石見相聞歌（2・一三五）の「深海松の深めて思へど」の模倣である。石見相聞歌を意識しつつ男ではなく女の立場から歌ってみせることに興趣があったのであろう。赤人語彙としては珍しい「生けりともなし」という激語を以て結んでいることにも人麻呂の泣血哀慟挽歌（2・二一二）の反響が認められ、第二、三例は人麻呂の影響下にある作品である。これらにおける逆接法は、かくして類型性、伝統性の強い長歌であったからこそ赤人もまた襲用することとなったのであろうと思う

対するに韓藍の歌は短歌である。作者の主観の表現が自由な形式である。ここで赤人が逆接句法を用いることができたのは、対象が人間の女性ではなく自然の植物だったからであろう。手痛い失恋をしてなおも「懲りずてまたも」と歌い得る赤人ではない。端正な姿の赤人にしては、女性に執着する姿はみじめであり、滑稽である。してみると赤人は現実が自然の存在であるときに、その挫折を感じることなく再び三たび現実との新しい調和を欲し、また行為したことになろうか。赤人は何故に自然との調和を欲し、自然へ向かうのか。その点については後述に委ね、似た例をもう一首挙げてみよう。

風吹けば波か立たむと伺候に都太の細江に浦隠り居り　（6・九四五）

この歌は「辛荷嶋を過る時」の長歌（6・九四二）の第三反歌である。斎藤茂吉の『万葉秀歌　上』は次のように評している。

この歌も、羇旅の苦しみを念頭に置いてゐるやうだが、さういふ響はなくて、寧ろ清淡とも謂ふべき情調がにじみ出でてゐる。ことに結句の『浦隠り居り』などは、なかなか落著いた句である。……。

船は今、風が吹いて航行を見合わせている状態なのであって、長歌や第一反歌に歌われているように、旅路に

倦んだ作者の心情は決して平淡なものではなかったはずである。この反歌においても「さもらひに」にその倦怠と不安の気持は含まれているだろう。しかし全体としては確かに茂吉の評するように落ち着いた調べを持っている。それは作者の不如意な現実への対応として、現実をのりこえる意欲や現実を耐えぬく意志が歌われず、静かに現実を受容している姿勢によるだろう。作者は細江に避難して静観し、時の過ぎるのを待つのみであって、それ以外のことは歌わない。したがって内容は簡素であって、調べも強意や倒置がなく単調である。ために平淡ともいうべき落ち着きが感じられるのであろう。作者は待つことの不安や焦燥を一首の趣意としようとは思わなかった。おそらく不安や焦燥そのものを作者はほとんど持たなかったのだと思われる。現実を平静に受容する心情の方が強かったのである。平静な心情が平淡な調べを生んだのである。

韓藍の歌にもこの歌にも、作者の前には不如意な現実があった。そして韓藍の歌では現実への再度の調和を願っていた。自己の意志と行為によって実現できる調和であったからである。しかしこの歌では不如意な現実を平静に受容していた。自己の意志と行為によっては動かし得ないのが天候気象であり、静かに待つことが今の場合における現実との調和だったのである。赤人にとっては、待つことを歌うことに心の安らぎがあり、不安や焦燥を歌うことによって心の慰めが得られようとは思わなかったのだと言えよう。現実への調和の志向をここにも見出してよいのではないかと思われる。

五　羈旅歌の穏やかな嘆き

赤人は今の現実を嘆かない。このことは春雑歌四首のC、D歌でみたところである。また韓藍の歌でも都太の細江の歌でも、不如意な今の現実は嘆かれていなかった。嘆きは歌う対象ではなかった。しかし嘆かざるを得ぬ現実を歌うしかない場合もある。そのときは嘆きが歌の対象であり、嘆くことが歌の趣意である。たとえば羈旅歌は、旅の苦しみ、家郷への思いを歌うことが約束事であった。それは実際にも都の官人にとって旅は苦しいものであったからである。赤人にとっても事態は同じである以上、赤人も嘆きを歌わねばならなかったはずである。

赤人に羈旅の歌は多い。赤人がそれらの羈旅歌の中で明らかに家郷を偲び旅の苦しさを訴えているのは、次の六首である。

1　阿倍の島鵜の住む磯に寄する浪間なくこのころ日本し思ほゆ　（3・三五九）
2　印南野の浅茅押し靡べさ寝る夜の日長くしあれば家し偲はゆ　（6・九四〇）
3　味さはふ妹が目離れて　敷細の枕も巻かず……島の際ゆ吾宅を見れば　青山の其処とも見えず　白雲も千重になり来ぬ　こぎたむる浦のことごと　往き隠る島の埼々　隅も置かず憶ひそ吾が来る　客の日長み　（6・九四二）
4　玉藻刈る辛荷の島に島廻する水鳥にしもあれや家念はざらむ　（6・九四三）
5　御食むかふ淡路の島に　直むかふみぬめの浦の……間使ひも遣らずて吾は　生けりともなし　（6・九四六）
6　須磨の海人の塩焼衣のなれなばか一日も君を忘れて念はむ　（6・九四七）

3、5は長歌であり、4、6はそれぞれその直前の長歌の反歌である。

5、6の「敏馬浦を過る時」の歌についてはすでに言及もしたが、6の歌は一日も忘れずに君を思う、という素直な表現をとらずに、ある条件をつけて、もしもそうであったら一日くらいは家郷への思いを忘れることであろうかと歌う屈折した表現を持っていた。思い忘れることのない心の苦しさを歌って苦しみを増幅させて反芻することに彼は堪えられないのである。そのために、もし忘れる日がありもしたら、と歌ってしまうのであって、この屈折した表現は彼の心理から必然的に出て来たものである。春雑歌のB歌「日並べてかく開きたらば」と較べて、現実が満足すべきものであるのと不如意であるのとの相違はあるが、ともに現在の心情の不安定さから逃れようとし、そのために代償を支払わねばならぬかも知れぬジレンマを抱えてしまう点は同様な構図である。しかしこのような屈折した歌い方をすることによって直接的に嘆きを口にすることは避け得たのである。

4の短歌も直接的な嘆きを口にしない点では6の歌と同様である。辛荷の島の鵜ののどかな情景に、旅にある赤人はふと羨望を感じた。鵜にでもなって恋しい家郷を忘れてしまいたい、これはかりそめに抱いた旅の人赤人の実感であったろう。家郷を偲ぶ苦しさは忘れたい、それゆえに家郷を偲ぶ苦しさを歌うことがためらわれたのである。このためらう心理が「鵜にしもあれや家思はざらむ（鵜であるので家を思わないのだろう）」と言わせたのである。第四句を「鵜にしもあらばか」と仮定法として訓む説もあるが（その場合は6の歌と同様な発想となる）、やはり澤瀉注釈の説くように已然形プラス「や」の句法であろう。作者は望郷の思いを抱きながら物珍しい鵜を目にして、その安住して棲息する姿に心ひかれたのである。したがって「あれは鵜であるので家を思わずにいるのだろうか（全注、吉井巌氏の口訳）。それに反して自分は鵜ではないので家を思わずにはいられない」と、後半の心情は反語法として言外に置いたのである。その点こそ言いたかった主意であるにもかかわらず、である。赤人はこのようにして今の嘆きを直接に歌わない。嘆きの心を露わにしない。嘆きを歌わねばならぬときには表現は屈折したのである。

ところが、右の屈折した表現を持つ反歌の直前の長歌では、嘆きに屈折した表現を用いない。3（九四二）では「隅も置かず憶ひそわが来る客の日長み」と歌い、5（九四六）では「間使ひも遣らずて吾は生けりともなし」

と直接的に嘆きを歌っている。5は人麻呂の石見相聞歌の影響下にあることは前に述べた。それは「見まく欲しけど」の逆接句法についてであったが、末句の激しい嘆きは、同じ人麻呂の泣血哀慟挽歌の反歌、二一二、二一五の末句を襲用したものだと思われる。長歌の類似性・伝統性の内に隠れて、赤人は己が心情を的確に表現しているとは言い難いものがある。人麻呂流の、赤人にとっては誇張したと言わざるを得ぬ表現に安んじている。それは、この長歌が「やすみししわご大君」という句を冒頭に持たないところの、つまり行幸従駕の場ではないところの、やや私的な場で作られていることを想像させる。3の長歌もこの点で同様である。この長歌の結末部分は、天武天皇の吉野入りの御製（1・二五）の末尾を襲用している。宮廷の専門歌人であった赤人は、宮廷人共有の知識を基盤に作歌しているのである。しかし天武御製の末句は「思ひつつぞ来る　其の山道を」と、沈痛な思いをいよいよ昂揚させて締め括っていたのに対して、赤人の「憶ひそ吾が来る　客の日長み」に何かストンと調子の落ちる響きを持っている。精神の緊張が切れる感じがある。「客の日長み」に、そこまでの歌の心を説明するという理が入ったためであろうか。むしろ「旅の日数が長いのにもかかわらず」という方が、直前の句「隅も置かず憶ひそ吾が来る」に適切だったと考えられないでもない。しかし、逆接の句法、対立の構図は赤人の資質のなじまぬものであった。かくして家郷を偲ぶ思いの昂揚は末句で中断され、勢いを失い、精彩を欠いた。赤人には嘆きの持続力がなかったと言えよう。嘆きの直接的な表現は、長歌の伝統の上に安んじてわずかに可能になるのであった。

2（九四〇）の歌は、今まで見てきた歌に反して素直に家郷を偲んだ嘆きの歌である。一首、倒置も反語もなく順直に言い下して、旅愁はおのずからに流露しきたっている。

大伴の高師の浜の松が根を枕き寝れど家し偲はゆ　（1・六六　置始東人）

右も行幸供奉の際の歌であって、作歌事情を赤人と等しくする。が、赤人の方に沈潜した旅愁が感じられよう。「枕き寝れど」という逆接法と「日長くしあれば」の順接法との差によるものと思われる。順接法は赤人の歌には多くみられ、いわば赤人的な表現形式であって、赤人の調べの平淡さはこの句法によることが多い。行幸従駕にあたっての赤人の精神の謹粛は五味先生によって夙に指摘されているところであるが(6)、当該歌はそのような謹粛した心から生まれたつつましやかな旅愁というべきものであろう。旅愁は行幸従駕の中にあっては枠を逸脱しない範囲で、むしろ歌うべき約束事であったろう。赤人は歌うべき嘆きを、できるだけつつましく静かに歌ったというべきである。そしてそのつつましやかな旅愁の心は、すぐ後につづく九四一の歌

明石潟潮干の道を明日よりは下咲ましけむ家近づけば

によって、たちまちつつましい心のまま明るい旅愁に染められる。前歌の旅愁がさらに沈潜し深められることはもはやない。赤人の嘆きの息は短いのである。

次いで三五九の行幸従駕にあたっての羈旅歌もまた直接に旅の嘆きを歌っている。この歌も倒置もなく反語もなく順直に言い下している。したがって望郷の思いは激しいものではなく平淡なつつましいもののように感じられる。窪田評釈に

岸に寄せる浪の状態から間なくを聯想することは、既に常識化したもので、創意のあるものではない。……一首、心細かく、湿ほひを帯びてゐて、その為に常凡を新鮮に化してゐるところがある。

というように、平淡な調べの中にしみじみとした旅愁をのせた作である。むしろ一首の本意は序の部分、「阿倍の島鵜の住む磯に寄する浪」の景にあったのではなかろうか。評釈が「心細かく」というのも、序詞部分の景の描写についてのことであろう。船旅の途上に見かけた鵜の群れに興を起こし、しばらく眺め続けるうち、その磯

に寄せる波の絶え間ない繰り返しに気づき、おのずからなる慣用句としての波によせる望郷の歌句が成ったのであろう。前述の九四〇の望郷歌が旅寝の苦しさをともかくも口にしているのに対して、当該歌はその心には触れていない。嘆きの心より叙景への関心を見せている望郷歌と言ってよいであろう。

六　故京への甘美な感傷

赤人が眼前の今を嘆く作家ではないことを彼の羈旅歌においてみたが、視野を広げて見渡すと、神岳に登りて作れる歌（3・三二四、五）が、嘆きの末句を持っていることに気がつくであろう。

三諸の神なび山に　五百枝さし繁に生ひたる　つがの樹のいやつぎつぎに　玉かづら絶ゆることなく　在りつつも止まず通はむ　明日香の古き京師は　山高み河とほしろし　春の日は山し見がほし　秋の夜は河し清けし　朝雲に鶴は乱れ　夕霧にかはづは騒く　見るごとにねのみし泣かゆ　古へ思へば　（3・三二四）

反歌

明日香河川淀さらず立つ霧の思ひ過ぐべき恋にあらなくに　（3・三二五）

赤人は慟哭の歌人ではないとすでに言ったが、この歌の、特に長歌の末尾は慟哭の嘆きを歌っているようにみえる。ところがこの歌の前半は、稲岡耕二氏も指摘するように笠金村の吉野離宮讃歌（6・九〇七）を模倣したものであって[7]、嘆きとは無関係の発想を持つものであった。金村の歌では末尾まで離宮讃美の発想が貫かれている。赤人はこうした発想の枠組みを利用しながら、金村の歌になかった自然の具体的描出を行なって、現前する明日香の美を讃えた。山と川、春と秋、朝と夕、それぞれを整った対句で表現し、明日香のすべてを讃美した。異なる季節と時刻を歌っているために眼前の写実ではないとされるが、神岳に登って眺めた景観は虚構ではない。今が春であったとしても、秋になり夕になれば現実のものとなる風景である。一年の時を一幅の平面に展開した景観であって、それは明日香という存在の現実の姿なのである。赤人の目の前にある明日香は十分に美しい。何を泣くことがあろう。

赤人は、泣くのは古えを思うからであると歌う。かつての明日香は堂塔の立ち並ぶ都であった。大殿の甍や大宮の屋根の見え隠れする殷賑な街路が神岳からも望まれたことであろう。ところが今は失われたそれらのものを赤人は歌わないのである。人麻呂は近江の旧都を訪れたときに、

大宮はここと聞けども　大殿はここと云へども　春草の茂く生ひたる　霞立ち春日の霧れる　百磯城の大宮処　見れば悲しも　（1・二九）

と、失われた旧都を思い描くことによって失われた時を嘆いていた。人麻呂は現前しない古京を歌い、赤人は現前する古京を歌っている。現前する古京を金村の離宮讃歌の発想に拠って歌っている。したがって「景の美しさを強調すればするほど、懐古の嘆きではなく、現前の大宮讃美の連想を誘われ、『古思へば』が唐突で浮き上がったもののように感じられる。」（稲岡氏、注7の書、三二五ページ）のも当然である。

山崎馨氏は、飛鳥古京は赤人が青少年時代を過した懐しい場所であったと推定され、この歌は「旧都への思慕というよりは、むしろ明日香川の流れる里の美しい自然に寄せる思いであり、止みがたい望郷の調べであった」と言われる。(8) まさにそのとおりなのであろう。歌には個人的な契機が濃く入りこんでいて、古京悲歌の性格は薄いように思われる。「つがの樹のいやつぎつぎに」のかかり方が金村歌（6・九〇七）のように天皇統治の繁栄に対してではなく、作者自身の「止まず通はむ」の行為に対してである（稲岡氏前掲書指摘）のも、この歌の作因の個人的契機性を推察させよう。「古き京師」の語に後代のわれわれが眩惑され、金村歌や人麻呂歌の性格にひか

れすぎてはいなかったろうか。窪田評釈は説いていたのだが、

……謂はゆる故京に対しての感懐であるが、此の歌は極めて異色を持つたものである。それは故京に対する感懐といへば、すべて人事の推移を悲しむもので、以前盛んであつた京の衰へ去つたのを悲しむ心に限られてゐる。然るに此の歌は、人事に触れるところが殆どなく、推移を悲しむ心は全くないものである。故京に対しての感懐としては、それが故京であるが故の懐かしさにとどまるもので、そこを限りなく懐かしめてゐるものは、風光の愛でたさなのである。（評釈、第三巻、一八五ページ）

古京悲歌としての異色性にわれわれはもっと注目すべきであったと思われる。歌は個人的契機に満ちた望郷歌であり、古京悲歌と離宮讃歌の形式を借用していたのである。前代までの長歌の公的性格の歌としての規制はすでに弱まっていたのである。結句の「古へ思へば」は、自己の若かりし日への回想をこめた望郷の思いである。「泣く」のは「見るごとに」泣くのであるから、旧に変らぬ故郷の風光の美しさへの感動である。衰亡した古京の風物を悲しむのではない。かくして赤人の嘆きは断腸の痛哭ではなく、甘美な感傷であった。かかる嘆きであるならば、赤人もまた歌い得るところのものだったのである。

七　赤人の自然

赤人は現前する今を嘆く歌人ではない。しかしながら現前する今を歌う歌人である。現前する今を受容し、今の現実と一体化し渾融することを願い、現実との調和を欲していた。さらに言えば調和のある現実を欲していた。赤人の歌は、不如意な、不調和な現実の前では、あるいはつつましく耐え、あるいは屈折した心情に追いこまれ、あるいは新しい調和や安定を見出そうとしていた。

しかしその現実は多くは自然であって人事の世界ではなかったことが注意される。赤人がいかに現実との調和を志向していようとも、その現実が自然であって人間の世界、社会でないのであれば、赤人の現実からの逃避が指摘されるのも当然の成行きであった。しかし赤人は決して世捨人ではないのであった。赤人は人事から逃れたのではなく、人事を含めた、より広い世界、赤人の生きた時代の世界を自然に見出していたのである。自然は彼の現実感覚によって捉えられたところの、彼がその内に生き、人もその内に生き、国も世（社会）もその内にあるところの或る世界であった。彼はそのように自然を観ていたのである。

赤人の自然が、固有の秩序を持った一つの世界像の顕現であることをより早く説かれたのは鈴木日出男氏である。氏は叙景歌の自然景は客観的な対象たる自然そのものではなく、原則的には作者の心象風景の再生されたものであって、実在の自然は表現上の媒体にとどまると、先ず言われる。そして赤人作のいわゆる叙景歌とされているものを一首ずつ検討し、結論として次のように言われた。

赤人の叙景は、右に分析してきたように、焦点のある構図によっている。……つまり、遠近法的な構図によって固有の秩序をはらんだ空間が構成されているのである。いずれも、理想的な平衡感覚を得た静謐な空間の形象化をむねとする。それだけにこれは……願わしかるべき理想の世界像がどこかにふまえられていよう。

そして右の叙景歌が圧倒的に従駕の作に集中していることに注目された後、

叙景の、中心点を得て平衡感覚を確保しえている固有の空間は、この皇統を頂点とする律令体制の理想世界に対応すべく関っているように思われる。

と説かれた(9)。

鈴木氏のとりあげた叙景歌は、上述来小稿が触れてきた歌々とほとんど重ならない。鈴木氏の叙景歌の多くは行幸従駕の短歌であったが小稿の多くは従駕歌以外のものであった。したがって鈴木氏の析出されたような焦点を持った平衡感覚の保たれた空間という自然が小稿にとりあげた歌に必ずしも存在するわけではない。むしろそれは少ない。にもかかわらず小稿にあげた歌々もまた律令官人の世界感覚の形象化だったと言い得ると思われる。律令体制を一つの秩序世界と観じ、その内に生きる官人の感覚を、どこであれ自然という空間に、いつであれ今の現前する現在という時間に赤人は定位せしめていたのだと思われる。赤人が春の野に一夜を宿ったときの自然への没入の願望は、人事の世からの逃避の願望ではなく、律令的秩序世界とパラレルに対応する自然への没入の願望であったのだ。自然は赤人にとって、世界という現実だったのである。かかる現実を赤人は愛し、受容してきたのである。押して言うならば赤人は律令的秩序を美と見ていたのである。そしてその機能する時代の現実に赤人は充実を感じていたのである。その感覚が現実への調和を志向させ、調和に満ちた現実として自然を選ばせ歌わせたのである。

従駕の自然が調和に満ちた世界として赤人に歌われていたことは鈴木氏の指摘のとおりである。しかし従駕の場の外の自然もその余響をひびかせていたと言うべきであろう。赤人の資質が外界に対して調和的であったからである。外界に対して調和的な資質の赤人の前に外界の一つである現実は、律令的秩序というそれ自身完結した体系的世界であるところの調和に満ちた構造組織を見せていた。赤人は己が資質に適合した理想的世界をそこに見たであろう。

赤人はおそらく律令の条文を文字を以て読んだことはないであろう。したがって律令制度を理念として観念として理解していたか否か疑わしい。赤人以外の下級律令官人も同様だったであろう。赤人らにとって律令制は、もっと具体的に肌で理解され感覚されるものであったと思われる。たとえば整然たる都大路、東西南北に区画された街区と建造物などは、律令制の具体化されたものというより律令制という現実それ自身であったろう。就中、宮廷の儀式、威容はその精粋であったろう。

大宝元年春正月、大極殿における拝賀の儀は続日本紀に次のように記される。

天皇、大極殿に御して朝を受く。其の儀、正門に烏形の幢を樹て、左に日像・青龍・朱雀の幡、右に月像・玄武・白虎の幡、蕃夷の使者、左右に陳列す。文物の儀、是に備れり。

と。律令制とはかかる視覚的映像として多くの人々は理解していたはずである。赤人の整然たる対句対称表現によって歌われるところの焦点を持った自然は、この整然たる儀容にまことによく対応している。赤人の自然が現実そのものであると小稿が述べたのはこの謂である。

かかる秩序の美は、人事の世界にこれを見出すことは難しいものである。それはこの律令的秩序がきわめて人工的な合理の所産であり、それによって成った律令世界は整然たる論理の世界であって心情の世界ではないからである。人事の世界には論理も心情もあるが、詩はその一側面、心情の世界をしか担当できない。したがって律令制下の人事世界を詩が、特に短詩型が担うことは、その世界の全円的な表現という点では困難なのである。それはむしろ散文の役割であるはずだというのが稿者の認識である。

赤人は律令的な美、整然たる存在に美を見出していた。少なくともそのような世界に調和的な心性を持っていた。かかる世界感覚を表現する媒体が自然だったのである。自然は秩序美に感動する心情を託することができる。それ自身秩序ある世界である。しかし人工の所産ではない。説明を不要とする、アプリオリに理解される存在である。したがって歌うだけでよかったのだ。赤人が自然に赴く道筋も納得されるであろう。かくして赤人は注意深く自然を選択し、構成し、描き、歌ったのである。特に従駕歌において。

小稿のあげた、赤人の現実受容、調和志向の歌々は、それら従駕歌の延長である。というよりむしろ基盤を見せていたのである。従駕歌の自然を支えた赤人の心性、資質のよく見透かされた歌々であったのだと言えるのではあるまいか。

かかる赤人の世に出た経緯、背景については拙稿「長屋王と藤原不比等—赤人登場の背景—」（『万葉詩史の論』に収録）において触れた。参照を願って擱筆する。

注

（1）土橋寛氏『万葉開眼　上』二五四ページ、NHKブックス三一三、昭和五三年。

（2）五味智英先生「赤人に於ける頓挫と整正」短歌研究、昭和一九年一月。後『万葉集の作歌と作品』（岩波書店）昭和五七年、に収録。

（3）前掲『万葉集の作家と作品』八六ページ。

（4）同前、同ページ。

（5）たとえば『万葉集私注』、五味先生前掲論文など。ただし五味先生は、Cの歌に比して他人が点出されない所に単純化があるとして、Cよりは高く評価されているようである。

（6）五味智英先生「赤人と家持」『岩波講座日本文学史　第三巻』昭和三四年。後『万葉集の作家と作品』に「赤人」として収録。

（7）稲岡耕二氏『鑑賞日本の古典2　万葉集』（尚学図書）昭和五五年。

（8）山崎馨氏「飛鳥寺の歌碑」あすか古京第12号、昭和四八年一一月。後『古京逍遥』（和泉書院）昭和五九年、に収録。

（9）鈴木日出男氏「赤人叙景の構図」成城国文学論集、第12輯、昭和五五年三月。

五　高橋虫麻呂論

一　作品の範囲

高橋虫麻呂は、その作品として確実なものを巻六に収められた藤原宇合を送る長歌とその反歌（六・九七一、九七二）以外に持たない。他はすべて「虫麻呂歌集中に出づ」とか、「虫麻呂歌中に出づ」とかの左註によって彼の作品と認定されてきたものである。虫麻呂歌集は従来彼の作品のみを収録した歌集と解されてきたので、それら「歌集中」「歌中」の歌は虫麻呂作として扱われてきた。今日もその状況に大方変わりはないが、しかしそのような扱い方をしてもなお巻三の「詠不尽山歌」（三一九〜三二一）の左註「右一首高橋連虫麻呂之歌中出焉」のかかる範囲については三二一のみであるか三一九まで含むのかの問題があった。

ところが近年、伊藤博氏は巻九の歌の配列について考察され、虫麻呂歌集には他者の歌も含まれていることを主張された。(1)すなわち一七六〇歌の左註「右件歌者高橋連虫麻呂歌集中出」の「右件」の範囲を通説のように一七三八の「詠上総末珠名娘子」の歌までではなく、一七二六の「丹比真人歌」までとされるのである。こう解することによって巻九の歌は一七二五までが柿本人麻呂歌集の歌で、その後に連続して虫麻呂歌集の歌が並ぶという出典明示の形式となるのであるが、一七二六～一七三七の十二首はいずれも作者名を略しており、その中に「宇合卿三首」と藤原宇合を「宇合卿」と異例の呼び方をしているものがある点に、伊藤氏は虫麻呂歌集の可能性を強く説かれるのである。筆者は以前に一七三七までは一七一九の左註にある「古記」所載の歌と考えたが、今、私見を改めて伊藤説に賛意を表することとする。(2)そしてこの考え方を更に補強するものとして一七三六の作者「式部大倭」が大倭宿祢長岡であるという滝川政次郎氏の説を採りたい。(3)大倭長岡は宇合と共に霊亀二年（七一六）入唐し、帰国後も親交を結んだことが懐風藻の宇合の詩に見える。彼を式部大倭というのも宇合が式部卿となったときに長岡がその下僚として仕えたことによるであろうと滝川氏は推測されている。もしそうであるならば宇合に歌を贈った高橋虫麻呂は大倭長岡とも親しかったであろうことは推測に難くない。そうした彼の作を虫麻呂が「式部大倭芳野作歌」として自分の歌集に書き留めたことは十分可能性のあることと考えられる。又、虫麻呂の漢籍・漢文学の知識も宇合ばかりでなく長岡との交友にもよったと考えることができる。(4)

かくして虫麻呂歌集は彼の近辺の友人らの作品も含んでいたと考えると、作者名のない作品、巻九、雑歌の部でいえば従来どおり一七三八～一七六〇の歌が虫麻呂自身の作品となる。そして、巻八、夏雑歌の末尾の作に「右一首高橋連虫麻呂之歌中出」とある左註が「……歌集中出」と記されていない事情もおのずと判然とする。「歌集中出」では虫麻呂の作品であるか否かが不明となるからである。事情は巻三の不尽山歌三二一も同じであって、これも「……歌中出」とあるのだから虫麻呂歌集中にあった虫麻呂の作品である。なお三一九、三二〇の不尽山歌の作者はそれでもなお決定できないが、虫麻呂が単独で詠んだ短歌形式の歌は少数で、通常は長歌の反歌として詠んでいること、「天雲もい行きはばかり」の語句が三一九の中でも用いられていることなどから、虫麻呂作品の可能性が高いと考えてよいだろう。

以上を合計すると虫麻呂の作品は三十六首。内訳は長歌十五首、短歌二十首、旋頭歌一首。短歌二十首の内、十六首が反歌。独立の短歌は四首である。巻別には、巻三に三首（長歌一、短歌二）、巻六に二首（長歌一、短歌二）、巻八に一首（短歌）、巻九に三十首（長歌十三、短歌十六、旋頭歌一）となる。ほとんどが雑歌の部立の中にあり、相聞は巻九に二首（長歌一、短歌一）、挽歌が同じく巻九に五首（長歌二、短歌三）であるが、虫麻呂が部立をして詠んだのではなく、虫麻呂の作品を巻九の編者が分類したのである。虫麻呂歌集に部立は無かったものと思われる。

二　家系と閲歴

虫麻呂の家系は姓「連」を称する高橋氏である。高橋連氏の祖は新撰姓氏録によれば物部氏と同祖、饒速日命である。高橋の名は「石上振の高橋……」（十二・二九九七）と歌われるように大和の石上神宮付近にあった橋の名に因むものであろう。石上地方は物部氏の大和における拠地であったから、ここに居住する氏族が物部氏の祖神を祖とする伝承を有していることは自然である。しかし万葉歌人の高橋虫麻呂が石上地方の出身であるか否かは定かでない。姓氏録には右京、山城、河内に高橋連を称する氏族が記されている。しかし、これらの地以外にも高橋連がいた可能性は否定できない。虫麻呂の作品には東国で歌われたとおぼしきものも多く、虫麻呂の東国出身を唱える説もある。(5)たしかに阿房国造などは物部系氏族あるいは物部氏に服従し包括された在地豪族だったと思われるから、彼らが天武朝以後、中央の高橋連にならって高橋連を称することはあり得る。こうした東国の高橋連から虫麻呂が出てきたかも知れない。しかし虫麻呂の歌に見られる大陸文化の影響、その文化的開明性、などを考えると、当時の中央と地方との落差からして、虫麻呂が早くから畿内にあり、進んだ文化的環境の中に育ったと考えた方が良さそうに思われる。

虫麻呂の閲歴は万葉集に残された彼の作品からしか知られない。武田祐吉氏は三・三二一の不尽山歌の註釈において、正倉院文書に見える「少初位上高橋虫麿」を万葉歌人の虫麻呂と同一人と推定された(6)。それは山背国葛野郡の秦調曰佐酒人という三十五歳の男性で十五年間仏道を修行した人を、天平十四年十二月に東大寺に貢することを記した文書である。天平四年の作歌のある虫麻呂であるから時代的には合致するとしてよい。公的な文書に姓の記されていないことが気になるところであるが、今は同一人か否か確かめるすべもなく、また同一人であることが判明したとしても彼の歌の解釈には大きな影響は考えられない。

虫麻呂は天平四年に藤原宇合に歌を贈っている。これが虫麻呂の経歴の中での最も確かな事柄であって、大久保正氏は虫麻呂の背後に彼のパトロンとしての宇合をおいて考えるべきことを説かれた(7)。これは以後の虫麻呂論にとって重要な指摘となった。この年、宇合は西海道節度使に任じられて九州に派遣された。虫麻呂はこれに餞けの歌を贈ったのである。宇合はこの時一篇の漢詩をものして東奔西走の戦陣の中に倦む自己の感懐を述べている（『懐風藻』）。その表現は漢詩特有の誇張を含むものであるが、伝わってくるのは宇合自身の不遇をかこつ嘆きであり、言挙げである。これに対して虫麻呂は、秋の龍田道を出て行った宇合が春には花咲き匂う丘辺をはなやかに帰り来ることを予祝し、その反歌に「千万の軍なりとも言挙げせず取りて来ぬべき男とぞ念ふ」（九七二）と励ますのである。そこには上司に対する儀礼だけではない武運を祈る真情や気遣いが感じられる。虫麻呂は宇合に対しよほど親昵していたらしいことがうかがわれる。

宇合と虫麻呂との関係がいつ頃成立したかは分からない。宇合は霊亀二年（七一六）八月、遣唐副使に任命され、翌養老元年入唐、養老二年十月に大宰府に帰着、十二月には入京している。この時、大和長岡と往復を共にしたことは前述した。虫麻呂はこの時すでに宇合の知遇を得ていたのであろうか。もし然りとすれば入唐副使宇合を送る歌があってもよさそうであるが、それはない。むしろ虫麻呂は大和長岡を介して宇合を知ったのかも知れない。虫麻呂の本貫を石上の布留、長岡のそれを大倭神社の周辺（現在、天理市柳本町に上長岡、下長岡東の字名がある）とするならば、両者の故地は指呼の距離にある。姓について言えば長岡が宿祢を賜わったのは天平勝宝年間（卒伝。続紀、神護景雲三年十月。天平九年十月条にも神宣により宿祢を賜わったとあり、いずれが正しいか不明。）であって、それ以前は本来倭直の姓であり、天武十一年に連、天武十三年に忌寸を賜わったのであった。又、大倭氏の中には連姓のままに留まった者もみえ、大倭忌寸東人（続紀）は大養徳連東人（正倉院文書）とも記されている。連姓の虫麻呂と階層的に大きな径庭のある家柄ではない。年齢は虫麻呂については不明であるが、長岡は持統三年（六八九）の生であることが前述の続紀によって判明する。一方、彼らの上司にあたる宇合は通説では持統八年（六九四）生となるが、これには矛盾が多く、私見は契沖、澤瀉久孝氏に従って天武十三年（六八四）生と考えた。詳しくは拙稿をごらんいただきたい(8)。虫麻呂も両者とほぼ同年齢とするならば、宇合より若い長岡の方に親しみやすかったと考えられる。これらの点を勘案すると、まず長岡が渡唐の間に宇合と親しくなり（長岡は養老律令刪定に従事していたのであるから、それ以前に宇合の父不比等の知遇は既に得ていた）、唐に滞在中に長岡が郷党の有能な歌人虫麻呂を文学好きな宇合の話題に供し、帰国後、常陸国守に任命された宇合は長岡の推輓を得て虫麻呂を伴なって東下したのではなかろうか。

宇合は神亀元年（七二四）に式部卿、その年に蝦夷征討に従事しているが、十一月には平城の都に入京している。常陸在住は足かけ六年となるが、神亀元年以前に式部卿に任命されていて一旦帰京の後に蝦夷征討に赴いたのだとすれば、常陸在住期間は短くなる。更に、養老四年（七二〇）に父不比等が薨じているから、この時も一旦は平城京に戻ったであろう。神亀元年の帰京までに計三度は東海道を往復していると想定される。この度ごとに虫麻呂が随行したとすれば彼もまた三回以上の東下りとなる。しかし宇合は神亀三年（七二六）十月に知造難波宮事に任命され、天平四年（七三二）まで従事する。その間の難波往復を虫麻呂は歌うから、(9)虫麻呂もその時期には大和にいたことになる。しかるに万葉集における虫麻呂作品の配列は、この難波往復の歌の後に虫麻呂の筑波山関係作品を載せる。ここで巻九の虫麻呂作品の配列が問題となってくる。

三　巻九の虫麻呂作品の配列

巻九、雑歌の部の虫麻呂歌集歌の配列を年月順とし、難波往復歌を神亀四年と見るならば、虫麻呂は神亀四年以後、あるいは天平四年（宇合の西海道節度使任命）以後にもう一度東国へ行ったとせねばならない。前述したように宇合、虫麻呂には三回以上の東国往復が想定可能なものの、神亀三年以降の東国下向の形跡を探すことは難しい。したがって巻九雑歌の部に見られる虫麻呂作品の次のような配列を虫麻呂の経歴とからめて解釈することはたいへんな難問となってくるのである。

A、一七三八―一七三九　上総の末の珠名娘子を詠む一首（東国）
B、一七四〇―一七四一　水江の浦島子の詠む一首（畿内）
C、一七四二―一七四三　河内の大橋を独り行く娘子を見る歌一首（畿内）
D、一七四四　武蔵の小埼の沼の鴨を見て作る歌一首（東国）
E、一七四五　那賀郡の曝井の歌一首（東国）
F、一七四六　手綱の浜の歌一首（東国）

G、一七四七―一七五〇　春三月、諸卿大夫等の、難波に下る時の歌二首（畿内）
H、一七五一―一七五二　難波に経宿りて明日に還り来る時の歌一首（畿内）
I、一七五三―一七五四　検税使大伴卿の、筑波山に登る時の歌一首（東国）
J、一七五五　　　　　　霍公鳥を詠む一首（不明）
K、一七五七―一七五八　筑波山に登る歌一首（東国）
L、一七五九―一七六〇　筑波領に登りて嬥歌会を為る日に作る歌一首（東国）

右の配列は、東国、畿内、東国、畿内、東国、不明、東国となっており、年月順の配列と見るには難点がある。五味智英氏は、Aを東国下向以前に風聞に基づいて畿内で作った作、Jは東国での作とし、東国へは二度の下向をしたとする。そしてIの検税使大伴卿を養老年中の旅人と想定し、G、Hを天皇以外の何人かの難波往復とすれば、D～Fは和銅年間まで引き下げ得るとされた(10)。五味智英氏の考察は詳細をきわめたものであるが、以上の推論は空想的経歴と自ら称されるように不確定要素の多いものである。私見ではG、Hの難波往復を養老年間以前に想定されるのは、宇合と虫麻呂との関係への考慮が見られない点に不満を覚えざるを得ない。これは検税使大伴卿を旅人に擬したことにその原因があると思われる。

井村哲夫氏はG、Hを武田『全註釈』に従って天平六年三月の難波行幸時と見、I以降の常陸国在住は天平六、七年以後のことと想定されている(11)。したがって検税使大伴卿は当然旅人ではなくなり、大伴牛養をこれに当てられる。井村氏の論は虫麻呂を第四期の歌人として捉え、憶良の影響をも作品の中に認めつつ、その活躍期を主として天平四年以降とされるもので、歌の配列だけにとどまらない大きな歌人論の一環でもあるのだが、G、Hを行幸にこだわって天平六年時の作とするのは如何であろうか。題詞「諸卿大夫等……」とあるのだから、歌中の

「君」もその中の一人、おそらくは宇合を指すとするのが穏やかではなかろうか。ただし、Ｉ以降の常陸関係歌はＧ、Ｈを神亀四年頃とすれば虫麻呂が宇合と共に常陸にあった時期でないことになり、虫麻呂単独の常陸在住となる。敢えて大胆な推測をするならば、天平四年、宇合を西海道に送った虫麻呂は、歌（九七一）によればその翌年に宇合の帰還を龍田道に出迎える心づもりをしていたのであるが、同じ時に東海・東山道節度使に任命された宇合の兄房前に望まれて、急拠東国に赴くことになったかとも考えられる。東国への案内役であり、宇合の推薦も考えられる。更に時代を降らせて推測するならば、天平九年、常陸国守は坂本朝臣宇頭麻佐なる人物であるが、この人は神亀二年に宇合らと共に蝦夷征討の功によって授勲されている。したがって虫麻呂はこの人と神亀二年以前に常陸国で面識があったと思われる。そう考えると宇頭麻佐が国守就任（年時不明）した後、虫麻呂を常陸に呼んだとも考えられる。特に天平九年八月に宇合を失った後の虫麻呂ならば、その需めに応じたことは有り得るであろう。いずれにせよ、Ｉ以降の常陸関係歌を神亀四年以降と考えるなら、検税使大伴卿が旅人である可能性はない。代わって井村説の大伴牛養が該当者として浮上するであろう。

以上は虫麻呂作品を巻九雑歌の部で製作年月順に配列されていると見た場合の想定であるが、伊藤博氏はこれを否定されて独自の見解を展開される。氏は万葉集全体が大きく古今の歌を対比、配列するという古今構造をとっていると説かれるのであるが、巻九にもこれを適用され、柿本人麻呂歌集を「古」、虫麻呂歌集を「今」として、両歌集には似た様な原理の歌の配列があるとされる。すなわち歌中に季節の語を持たない無季の歌を前半にまとめ、季節の語を持つ歌を後半に季節順に並べてあるとされるのである(12)。それによれば虫麻呂歌集自作の部では、前掲のＡからＦまでが無季の歌で、更にその内部を歌体によって長反歌、旋頭歌、短歌の順に並べ、同一歌体ならば東国歌、畿内歌の順とする。またＧからＬまでが四季の歌で、春、夏、秋の順、同一季節ならば無季の歌と同じく東国、畿内の順に歌を配列していると解される。[13]

伊藤氏の説は従来の年月順配列の説にかかわる画期的なものである。特に人麻呂歌集の中で同一地の同時作とみられる歌が二か所に分離されて配列してある状態を説明するには適切である。その方法を虫麻呂歌集にも適用されたわけである。その結果、配列を年月順と考えた場合と異なって、虫麻呂の東国行きは一回と想定すればよいことになり、同一歌体内では東国の歌が畿内の歌に先行する（前記ＡＢＣにおけるＡとＢＣ）から、畿内の作である神亀四年春の歌（ＧＦ）より東国関係歌が全体として先行するという推定を導き出すことができ、虫麻呂の東国滞在を養老年間、検税使大伴卿は旅人と認定できることになる。

虫麻呂歌集の作品を原編集者である虫麻呂の編集どおりの年月順配列と見るか、巻九編集者の企図による季節別の配列基準が混在していると見るかは、虫麻呂の閲歴、活躍時期のみならず万葉集全体、特に巻八～巻十の編纂意図、方法にかかわる問題である。しばらく今後の研究の進展を待ちたい。

四　作品の性格

虫麻呂の作品は、万葉集内ではほとんど雑歌に分類されている。相聞は僅かに「鹿島郡の刈野橋にして、大伴卿を別るる歌」の長反歌二首（一七八〇～一七八一）。挽歌は「勝鹿の真間娘子を詠む歌」の長反歌（一八〇七～一八〇八）と「菟原処女の墓を見る歌」の長反歌（一八〇九～一八一一）の計五首である。しかし、これらが相聞であり挽歌であるのは虫麻呂の意図ではなく万葉集編者の意図であって、虫麻呂は事に触れ折に触れての需めのままに歌作していったのであろう。金子武雄氏は虫麻呂の作品を大別して儀礼歌と非儀礼歌とに分けられた。[14]儀礼歌はさらに送別歌と挨拶歌に二分され、前者には宇合を送る歌（九七一～九七二）と大伴卿（一七八〇～一七八一）を送る歌とを、後者には筑波山に登らない歌（一四九七）、難波へ下る歌（一七四七〜一七五〇）、難波から還る歌（一七五一）を該当歌とされる。一方、非儀礼歌は羈旅歌、伝説歌、準伝説歌に三分されるが羈旅歌には小埼沼の鴨の歌（一七四四）、曝井の歌（一七四五）、手綱浜の歌（一七四六）、筑波山秋色の歌（一七五七〜一七五八）。伝説歌には浦島子の歌（一七四〇〜一七四一）、真間の手児奈の歌（一八〇七〜一八〇八）、菟原処女の歌（一八〇九〜一八一一）。準伝説歌には珠名娘子の歌（一七三八〜一七三九）、河内大橋の娘子の歌（一七四二〜一七四三）、霍公鳥の歌（一七五五〜一七五六）、筑波嶺の嬥歌会の歌（一七五九〜一七六〇）を当てられている。儀礼歌は広義に社交の歌である。虫麻呂が宇合に仕え、宇合の社交圏内で歌を作った歌人であることを儀礼歌の題詞と内容が示している。金子氏が、非儀礼歌とされたものも儀礼歌の性格を延長して考えることができる。伝説歌、準伝説歌は一つ一つ検討の要があるものの、宇合の社交圏での聴衆に披露、提供した歌であると解釈できるものが多い[15]。もちろん、伝説の主人公や内容に虫麻呂自身興味を持っており、虫麻呂の心情投影が十分に認められるのではあるが、同時に彼が聴衆の興味や反応を予測しての表現や筋立てを工夫している形跡もうかがえるのである。たとえば珠名娘子の豊満な肢体の描写や、嬥歌会の日の主人公のやゝ過激な欲望の表現などにそのことが指摘できるであろう。雨夜の霍公鳥を詠む歌のような己が人生の孤愁を重ね合わせた歌にも、詩文を愛する者どうしの少人数の宴席での詠が想定されるであろう。秋色の筑波山に登る歌のみは自己の心情の孤独な告白として受け取ることのできる作品である。ここに虫麻呂の孤愁を見出され、それまでの虫麻呂論の通説だった明るい饒舌の歌人という評価を転換させ、新しい虫麻呂論を拓かれたのが戦後まもなくの犬養孝氏の虫麻呂論であった[16]。その後、中西進氏の、虫麻呂を辞賦の作家の系譜に連なる扈従歌人と規定する論[17]や大久保正氏の宇合との関係重視を説く論[18]などを経て、虫麻呂作品の性格の理解や歌人としての評価は深まりを見せてきたのであった。

虫麻呂作品の外面的な特徴（これは当然内面にも影響を及ぼすが）として儀礼性、社交性を金子武雄氏に拠って述べてきたのであるが、更に一言、言っておかねばならぬことは、その題材あるいは歌の場が旅にかかわるものの圧倒的に多いことである。金子氏が羈旅歌として挙げたのは僅か四首であったが、しかし氏も言われるように「これらの歌の素材はすべて旅と関係していないものはない」のである。さらに言えば伊藤氏が虫麻呂歌集内の歌と認定された虫麻呂以外の作（一七二六〜一七三七）もすべて旅の歌である。旅は巻九の編纂意図による性格と考えられないでもないが、虫麻呂の歌の場合は巻三の不尽山歌も旅上での作であり、巻六の宇合を送る歌も旅立つ人を送る歌であり、巻八の筑波山に登らぬ歌も常陸国という虫麻呂にとっては広義に旅中と言うべき場での作である。旅が彼の常住の世界であり、人生であることは、家郷の妻を恋う表現が彼には「遠妻し高にありせば……」（一七四六）程度の軽い一首のみに表れるに過ぎないことからも知られるが、たとえば家郷に恋着する浦島子を人の常とは認めながらも「世間の愚人」と呼び、一方また常世へ行き常世から帰る経過を旅として位置づけ、それと自覚してそこに住むべきものと歌っていることによって明瞭である。(19) こうした点から虫麻呂の人生を「旅に棲む」と表現した中西進氏の言葉は適切な規定であったと言えよう。(20) しかし旅は虫麻呂にとって単なる外面的な人生の特色ではない。旅は彼の精神の状況である。したがって虫麻呂がいかなる精神を持った歌人であるのかが次に問われなければならない。

五　虫麻呂の精神

虫麻呂が歌った三つの伝説歌の主人公、浦島子と真間の手児奈と芦屋の菟原処女、及び伝説歌に準じた歌の登場人物、周淮の珠名娘子の四人を採りあげて、彼らを虫麻呂がどのように歌い、造形したかを見てみよう。四人の主人公の中で虫麻呂が共感し賞讃するのは真間の手児奈と菟原処女である。前者については貧しい境遇の手児奈の類い稀な美しさを述べ、多くの男たちの求婚を「何すとか身をたな知りて」すべて拒否し入水して死んだことを「昨日しも見けむがごとも念ほゆるかも」と愛惜する。後者については「倭文手纏賎しき吾が故」に争う男たちの争いを見かねて入水した菟原処女を、「故縁聞きて知らねども新喪のごとも哭泣きつるかも」と涙を注ぐのである。対するに浦島子に対しては「常世辺に住むべきものを剱刀己が心からおそやこの君」（反歌）と、家郷恋しさから現実世界へ戻ってきて死んだ主人公を批判する。「おそ」は愚鈍の意である。虫麻呂は長歌の中の語句では浦島子を「世間の愚人」とも呼んでいる。反歌の末尾に「この君」と歌っているところに冷酷に突き放して批判するのではない虫麻呂の心の暖かさが感じられるものの、主人公の行為自体は肯定していない。又、珠名娘子に対しては、その美貌を印象強く表現しながらも、多くの男たちを迷わす姿を「人皆のかく迷へれば容艶ひ縁りてぞ妹はたはれてありける」と描き、「夜中にも身はたな知らず出でてそ会ひける」と歌っている。男たちに「たはれて」いたという表現には、いかに美しい表現でその肢体を歌おうと、娘子の行為への虫麻呂の肯定はないと言える。そしてそういう彼女を「身はたな知らず」と評するのである。先に真間の手児奈を「身をたな知りて」と評していたことと全く対照的であることが注意される。すでに私は他稿において「身をたな知る」ことが虫麻呂の作品とその生のキーワードであることを指摘したのであるが、[21]四人の主人公の中、前二者は身をたな知る人間であり、後二者は身をたな知らぬ人間なのである。この画然たる評価の基準は作家虫麻呂の人生の指針でもあり価値基準でもあった。そう見るとき、虫麻呂の全作品は一望の下に展望がひらけてくると私には思われる。

虫麻呂は藤原宇合という当代最高級の貴族に歌を献げ、その周辺に形成されている貴族社会に歌人として出入して生きていた。そのことは検税使大伴卿との筑波登山を喜び、又刈野橋に別れを悲しむ歌の存在、春三月諸卿大夫等と難波へ下る歌の存在などによって容易に察せられる。しかしながら彼はそうした貴族社会の一員ではなかった。連という卑姓であり、正史に彼の名はない。それは貴族社会の中に彼の公的な生活の場はありながら、彼が私的には貴族社会の人ではなく、貴族社会に帰属感を持ち得ない立場にあったことを意味する。柿本人麻呂や山部赤人が宮廷歌人として自己の存在や役割に自負を持ち得たのは、比較を絶する懸絶した神聖王権への奉仕という誇りゆえであったが、虫麻呂の奉仕の対象は高級貴族とは言え、そのような神聖さは持たぬ同じ人間社会の人々であった。氏族の語りごとの中では、虫麻呂の家系も彼らに劣らない出自や過去を語っていたかも知れないのである。しかしながら虫麻呂の現実は貴族社会の周辺に寄生する下級陪臣である。このような自己の自覚が虫麻呂の「身をたな知る」ことであった。真間の手児奈や菟原処女は身をたな知って死んだが虫麻呂は身をたな知って生きた。いや、生きるために身をたな知ったのである。虫麻呂の歌に願望の挫折を歌ったものが多いことも既に指摘した如くであるが、実現し得ぬ願望に強硬にこだわることは、身をたな知らぬことであり、浦島子のように愚人と言われねばならず、あるいは又筑波嶺の嬥歌会の男のように卑しく滑稽な姿をさらさねばならない。しかし浦島子も嬥歌会の男も、それは虫麻呂自身の姿である。浦島子への「この君」という呼びかけに代表される一首全体を流れるある優しさ、あたたかさは自分もまた同じような気持を抱く人間であることの共感の表現である。嬥歌会の男の放恣な欲望は、戯画化した自虐的な歌い方の中に紛らせた日頃抑圧しつゞけている自己の深部にあるものであろう。こうした屈折した隠微な形でしか自己の本音、願望が歌えぬところに虫麻呂の歌の条件があった。歌う場が自己の帰属感の得られぬ場である以上、「身をたな知」った自己が表に現われるしかないのである。こうして貴族社会は彼にとって素顔の場所でないとなれば、そしてなお貴族社会の周辺に生きていかねばならないとなれば、彼の人生は帰るべき所のない旅にほかならない。歌を捨て世すなわち彼にとっての貴族社会を捨てるならば、あるいは帰るべき故郷が得られたのかも知れない。それは知る由もないことである。しかし歌は彼の生の最大の慰藉であったであろう。手児奈を歌い、菟原処女を歌うことに彼の魂の深い充実感があったであろう。土地の伝説の主人公は、伝説の原形から離れて、彼の人生の倫理を負った人間にデフォルメされて形象化されている。そこに歌を歌う喜びがある。身をたな知らぬ珠名娘子の魅力を歌うことも喜びであり、そして同時に「身をたな知らず」と批判の語を発するところにも、彼自身の現実を生きる重い実感と美女の魅力にひかれる感性とがスクランブルする一種の充実があろう。こうした表現の喜びから離れ得ぬのが歌人の生である。してみれば帰属感を得られぬ貴族社会に、得られぬままに生きてゆくのが歌人虫麻呂の宿命であったことになる。旅はそのまま彼の人生であった。狭義の旅そのものが彼に親しかったのは言うまでもない。

注

（1）伊藤博「虫麻呂歌集の論」（『萬葉集の歌群と配列上』平成2　塙書房。初出は昭和62・1「筑波大学　文芸言語研究　文芸篇一一」）
（2）拙稿「人麻呂歌集と古記—巻九・一七二五の左註範囲に関連して—」（『論集上代文学　第十四冊』昭和60笠間書院）
（3）滝川政次郎「万葉学と律令学」（『万葉律令考』昭和49東京堂）
（4）土屋文明氏は『萬葉集私注』第五巻の附録しをり（昭和57・9）で、虫麻呂は霊亀二年の遣唐使派遣の際、宇合の従者くらいの資格で随行渡唐したかも知れぬと言われている。想像の域を出ないが、式部大倭との交友は、そうなれば益々深まる。
（5）中西進「高橋虫麻呂」（『上代文学』31号、昭和47・10）
（6）武田祐吉『増訂萬葉集全註釈四　巻の三』昭和32角川書店。

（7）大久保正「高橋虫麻呂」（「国文学」昭和43・1。後『万葉集の諸相』に収録。昭和55明治書院）
（8）拙稿「藤原宇合年齢考」（『万葉詩史の論』昭和59笠間書院。初出は昭和53・10「古典と現代」46号）
（9）この難波往復歌中の「君がみゆき」を宇合のことと考える。しかし、これを宇合とみない説も存在する。たとえば『萬葉集全註釈』など。
（10）五味智英「高橋虫麻呂管見」（『上古の歌人　日本歌人講座1』昭和36弘文堂。後、『萬葉集の作家と作品』に収録。昭和57岩波書店）
（11）井村哲夫「虫麻呂の閲歴と作品の製作年次について」（『憶良と虫麻呂』、桜楓社。初出は「国文学（関西大学）」昭和38・6）
（12）伊藤博『萬葉集の構造と成立上』（第四章第二節二五〇ページ）では、巻九、雑歌の人麻呂歌集を前半に無署名主体歌、後半に作者明記主体歌と二分し、『萬葉集の歌群と配列上』（第五章第二節三九四ページ）で無署名主体歌の後半をさらに前半無季、後半有季の歌と分けている。
（13）伊藤博注1の論文、三九二ページ。
（14）金子武雄『万葉高橋虫麻呂　旅と伝説の歌人』昭和52公論社。
（15）拙稿「高橋虫麻呂論序説」（『万葉詩史の論』に収録。初出は『萬葉集講座第六巻』昭和47有精堂）
（16）犬養孝「虫麻呂の心―孤愁のひと―」（「国語と国文学」昭和31・12。後、『萬葉の風土　続』に収録、昭和47塙書房）
（17）中西進「辞賦の系譜」（『万葉集の比較文学的研究』昭和38南雲堂桜楓社。初出は「ぐんしょ」一、二号。昭和37・1、2）
（18）大久保正注7に同じ。
（19）錦織浩文「高橋虫麻呂の浦島伝説歌の構図」（「萬葉」一三八号、平成3・3）
（20）中西進『旅に棲む―高橋虫麻呂論』終章。昭和60角川書店。初出は「短歌」昭和59・11。
（21）拙稿「疎外者の文学」（『万葉詩史の論』。初出は『論集上代文学第四冊』昭和48笠間書院）及び注15。

六　高橋虫麻呂「由奈由奈波《ゆなゆなは》」考

一　従来訓の紹介

万葉集巻九・一七四〇歌、「水江の浦島子を詠む一首」の末尾近くに「由奈由奈波　息さへ絶えて　後つひに命死にける……」の歌句がある。この中の「由奈由奈波」の語義について検討してみたい。
この歌、全体を提出することは長きに過ぎるので、該当箇所を含む後半部分を次に掲げる。

……この箱を開きて見てば　もとのごと家はあらむと　玉くしげ少し開くに　白雲の箱より出でて　常世辺にたなびきぬれば　立ち走り叫び袖振り　臥いまろび足ずりしつつ　たちまちに心消失せぬ　若かりし肌もしわみぬ　黒かりし髪も白けぬ　由奈由奈波息さへ絶えて　後つひに命死にける　水江の浦島子が　家所見ゆ（訓法は塙書房『万葉集　訳文編』による）

右の歌、「由奈由奈波」は通例、語義未詳とされながら、次のような解が存在する。

a、はてはて　代匠記（初・精）、古典集成。

b、次第次第に　童蒙抄
c、ようやくに　万葉考。

d、夜ナ夜ナは　略解。

e、時々は　口訳。

f、のちのちは（但し本文を「由李由李波」に改め「ゆりゆりは」と改訓）　古義、井上新考、全釈、総釈、金子評釈。

g、のちのちは（本文改訂せず）　全註釈、佐佐木評釈、窪田評釈、古典大系、注釈、古典全集、新訂古典全書、講談社文庫、釈注。

h、それからは　私注
現行注釈書で量的に優勢な説はgであるが、その先駆となったのはfだと思われるので、まずf説から検討することとする。

f説を最初に唱えたのは古義である。それは左のように記されている。

由奈由奈は、或人考に由李々々《ユリユリ》の誤なるべしと云るぞよき、ユリユリは後々《ノチノチ》と云に同じ。

「奈」を「李」に改め、ユナユナをユリユリと訓むことにしたのである。「奈」と「李」とは字面が似ていて誤字説の可能性も決して無いとは言えないが、現存諸本に異同なく、すべて「奈」と記されている。にもかかわらず誤字説が提出されたのは、ユリという語には後述するように「後《のち》」の意があり、これを適用すると、一見、歌意が通ったかのように解せられるからである。しかし誤字説は軽々に採るべきでなく、また、少し詳しく考えれば歌意は通っていないことに気づかれるのである。このこと、すぐ後に触れる。

誤字説を排しながら、なお「後々は」の解を採るg説が近代注釈の主流である。そのさきがけをなしたのは全註釈であろう。全註釈は次のようにいう。（増訂版による）

ユは、ユリに同じで、それから後の意。「佐由理花《サユリバナ》　由利登云者《ユリトイヘルハ》」（巻八、一五〇三）。ナは、接尾語。朝ナ朝ナ、夜ナ夜ナ、諾《うべ》ナ諾ナなど、しばしば同じ語を重ねて使われる。それから後々はの意である。他に用例はない。

この解に従う諸註釈は、右以上の根拠を基本的にはあげていない。右が古義と解釈を同じうしながら異なる点は、本文誤字説を採らずに訓をユナユナのままとし、ナは朝ナ朝ナなどのナと同じとみて、ユをユリと同義の語としたことである。ユがユリと同義の語であることは「かしこきやみことかがふり阿須由利也《あすゆりや》かえがむたねむいむなしにて」（20・四三二一）と防人歌に見えるユリが「……万代に絶えじと思ひて　通ひけむ君をば明日従《あすゆ》　よそにかも見む」（3・四二三）のユと同義と解される用例によって証されるであろう。そして全註釈が例に引いたようにユリに「後」という名詞の例があることによって、ユにも同様に「後」の意味の名詞が存在したと考えることは推論としては妥当なものである。かくしてユナユナは「後々」という意を表すと解せられることになる。hの私注が「それからは」と訳すのも「それから後々は」の省略であって、実質的にはgの諸説と同じと言ってよい。

他に複数の注釈書が支持するのはaの「はてはては」であるが、代匠記は根拠をあげているわけではない。古典集成は「あげくの果ては」と口語訳するのであるが、これも根拠はあげていない。古典集成が近代の諸注釈の主流である「後々は」の解を採らないことについては、何の説明もないので推量する他ないが、恐らく「後々は」の解にある種の違和感を覚えたためであろうと察せられる。

二　通説g「のちのちは」の欠点

「後々は」という解に安定感が無いのは通釈してみれば直ちに感じられるところである。たとえば古典大系「……後には息までも絶えて、その後とうとう死んでしまった……」と訳されている。「後々は」と語釈に記しながら通釈では「後には」とするのは、ユナユナのナを無視した訳し方で正確な訳とは言い難い（この点、注釈、古典全集、釈注も同様）が、その点はひとまず措くとして、「後には息まで絶えて」という状態と、「その後とうとう死んでしまった」という状態と、すなわち「後には」と「その後」にどのような違いがあるのであろうか。息が絶えてから「死んでしまった」というまでの間に、死んでいない状態というものがあるのであろうか。作者虫麻呂は、そのような時間がしばらくの間つゞいた後、その後とうとう死んだのだと表現しているのであろうか。もしそうならばそうした状態が存在し継続したということを表現するのにいかなる意図があったというのであろうか、以上の事柄について「後には」説を採る諸注釈は説明する必要があろうかと思われる。指摘したこの事柄にいささかでも答えようとしているのが釈注である。釈注はまず通釈として「そしてそのあとは、息も絶え絶えとなり、あげくの果てには死んでしまった……」と記し、語釈においてユナユナについては「のちのちは、の意であろう。」とし、「息さへ絶えて」は「息もつけなくなって。瀕死の状態をいう。」とし、「後つひに」は「病んでしばらく瀕死の状態でいたことがこの語で暗示される。」と説明する。

ユナユナハと「後つひに」との二つの語句の意味関係を説明しようとしている態度が明白に見てとれる点は評価すべきであろう。しかし解釈には説得力がない。「息さへ絶えて」を、未だ息があって、呼吸困難な状態と解していることがその第一点である。歌句は明らかに呼吸が止まった、絶えたと表現しているのである。次に「後つひに」の解において、しばらく瀕死の病いの状態でいたとしている点である。「しばらく」とは、どのくらい時間をいうのであろうか、「病んで」とあるからには数日あるいは数十日という時間の経過が常識的に考えられるが「息もつけなくなって」という『瀕死の状態』がそんなに長く続くものであろうか。生老病死という人生の一期間としての「病」を、こうした表現で作者が歌おうとしたとは到底思われない。人の一生の構成要素としての「病」を表現せんとするならば、「病」の明白な表現があって然るべく、ここは釈注の深読みの勇み足であろう。又、説話のパターンとしても、玉くしげを開けた後の主人公の死に至る外形変化は、またたく間に起こったものとすべきであって、病の時間（期間）をそこに設定することは間延びした興味索然たる語り方となろう。説話の語り口ではないというべきである。

又、先にユナユナハを語釈で「後々は」としながら、通釈で「後には」とナを無視する傾向のあることを指摘したが、ナは本来、繰り返し、しばしばの意を表す接尾語である。「朝な朝な」は朝が繰り返し存在することを表し、「毎朝毎朝」の意となる。「夜な夜な」も同様である。「諾《うべ》な諾な」も「ほんとにほんとに」と納得の状態を繰り返し表現し、そのことで納得を強調しているのである。しかしユナユナハを「後々は」と訳すと、繰り返しの意の表現が現われて来難い。「後」という時は、繰り返して現われるような、始めがあって終りがある一定の限られた時間ではないからである。したがって「後々は」という語は「後」が繰り返されるのではなくて、単に「後には」という語を強調しただけのものとなる。つまり「後々は」と「後には」はほぼ同義なのである。このことが何を意味しているかといえば、「後」の語の意のユに繰り返しの意の接尾語ナを付した語という解釈が誤りであったことを示す。ユナユナハのナを「朝な朝な」のナと同じ接尾語と理解する限りにおいて、ユナユナハのユは「後」という意味ではあり得ない。ユは何らか別の意の語であると理解すべきではなかろうか。

三　「時」の意のヨリの用例

ユはユリと同義語である。ユリには「後」という意味の名詞としての用法がある。それならばユにも同様な名詞の用法があったのではないか。その用法がユナユナハに適用できるのではないか、そう考えた結果「後々は」の解釈が出て来たのであったが、この解釈が適切ではないことを上に述べた。然らばどのように考えたらよいか。私は同じ手順の延長上に解決はあると考える。

ユ・ユリに対応し、ほぼ同じ用法を持つ語に、ヨ・ヨリがある。ユに名詞用法の確例はなかったが、ユリにはあった。同様にヨに名詞用法は見出されないがヨリには存在する。そのヨリの名詞用法をユに適用できないかということである。ヨリには詳しくは後述するが「時・折・度」の意を表す用法があり、ヨリヨリと畳語にして用いる場合もある。ユナユナはヨリヨリと意味を同じくする。そう考えることができないだろうか。当面の浦島子の歌に適用するならば「ユナユナは息さへ絶えて」は「時々は（あるいは度々）呼吸もしなくなって」となる。最終的な死に至るまでに時々息が止まる瞬間があったことを表す。これこそ「息も絶え絶えになって」という状態である。「絶え」る瞬間が繰り返されるのである。そうして呼吸が回復しても次第にその息が弱くなり、ついには死んでしまったということになる。このように解すれば、ユナユナハと「後つひに」が意味の上で重複することなく、短い時間の間に次第次第に、すなわち急速に浦島子が衰弱し死に至る過程を表現できていることになろう。ユの意味をユリからでなくヨリから引き出してくる。この点に私見の眼目がある。以下に詳しく述べることとする。

ヨリあるいはヨリヨリが仮名書きで記されて「時・折・度」を表すというような例は上代文献に存在しない。

しかし、ヨリヨリと訓読すべきではないかと説かれている用例はある。また、そうした説もなく慣例のようにヨリあるいはヨリヨリと訓まれている例も存在する。

次の例がその一例である。

大野《おほのらに》　小雨被敷《こさめふりしき(く)》　木本《このもとに》　時依来　我念人《わがおもふひと》　（巻十一・二四五七）

右の歌、第一句、第二句にも訓読に小異があるが、第四句には「時」を童蒙抄がヨリヨリと始めて訓んだという小さからぬ異訓がある。「諸抄の説は、ときとよりこよと読みて、小雨の降るを時として、此もとへより来る如く、彼方へ寄り来れよとの意と釈したれど、時と依り来よと云事心得難し。時の字は、よりより共よゝ共義訓に読みたれば、よゝより来ませとか、よる〳〵来ませとか読べき也」とある。

この訓を継承したのが私注である。「大野には、小雨が幾度も幾度も、しばしば降って来る。雨の降らぬ木の本に、其の時、其の時に、寄る如く、吾に寄り来たまへよ。吾が思ふ人よ」と通釈し、フリシクのシクは、動作の続くこともいうが、本来は繰り返すことをいうとして、驟雨模様に繰り返し繰り返し、幾度も幾度も降ってくるのであろうと語釈をした後、『時』一字であるが、時々の略した書き方と見られる。トキドキでもよいが、音調のなめらかなヨリヨリの訓をとる。」と記している。

日本古典文学全集本万葉集も同じ訓み方をしている。そして頭注に「ヨリヨリは時々。寄りと同音繰り返しの興味もあるか。」とある。この歌の第四句は通常「時と寄り来ね」と訓み、今が時（よい機会）だと寄っていらっしゃい、と解するのであるが、どちらの解が正しいか、客観的には決め難いところがある。しかしながら「時」をヨリヨリと訓むことを「時」という文字の訓の問題として（一首の解釈としてではなく）、これを否定する説は他注釈書にない。「時」をヨリヨリと訓むこと自体は奈良時代の言葉として存在を認められているといってよい現状である。

もう一例「時」をヨリヨリの訓で訓むことが主張されている例がある。懐風藻序の中にそれはある。

旋招二文学之士一　時開二置醴之遊一

右の対句を日本古典大系本は次のように訓む。

旋《しばしば》、文学の士《をのこ》を招《を》き、時《よりより》に置醴《ちれい》の遊《あそび》を開きたまふ。

右の訓に対しての頭注は「旋はものごとの回転して幾度も行われること、或は……し、よりより……しなどの意。次句の『時』と呼応する。」と記し、補注では唐杜荀鶴、山中寡婦詩に「時挑二野菜和一レ根煮、旋斫二生柴帯一レ葉焼」と、「時」と「旋」が対句に用いられていることを紹介している。「旋」のシバシバに対応する「時」の訓であるから、私注が考慮したようにトキドキと訓むことも考えられてよいはずだが、そう訓まずにヨリヨリと訓んだ理由は説明されていない。説明のなかった事情は不明であるが、私見ではトキドキとヨリヨリは語義を異にすると思われるので、この場合はヨリヨリの訓が適当と考える。シバシバに対応する語はヨリヨリであってトキドキではないと思われるのである。先にあげた私注は「トキドキでもよいが音調のなめらかなヨリヨリの訓をとる」と、両者同義と解しているようであるが、実はそうではないと思われるのである。

四　ヨリヨリとトキドキ

トキドキの仮名書きの例は万葉集と書紀歌謡にある。それによってトキドキの語義を検討してみる。

a　等伎騰吉乃　波奈波佐家登母　奈尓須礼曽　波々登布波奈乃　佐吉泥己受祁牟　（万二十・四三二三　防人歌）

（時々の花は咲けども何すれぞ母とふ花の咲き出来ずけむ）

b　等虚辞陪尓　枳弥母阿閉椰毛　異舎儺等利　宇弥能波摩毛能　余留等枳等枳弘（紀六八　允恭紀十一年三月条）
（常しへに君も逢へやも勇魚取り海の浜藻の寄る時々を）

aの「時々の花」は、その季節その季節に咲く花の意である。「しばしば」「ちょくちょく」の意味は全くないこと明瞭であろう。bの歌は、允恭天皇が皇后の嫉妬をはばかって衣通郎姫を王宮から遠く離れた河内の茅渟《ちぬ》宮に置いたため、衣通郎姫が御幸の稀なることを嘆いて歌ったと伝える歌である。通釈すれば次の如くになるであろう。

いつも変らずにずうっとあなたは私にお逢い下さるのでしょうか、いいえお逢い下さいませんわ。海の浜藻がいつやら分らず浜辺に寄って来る、その時その時のような定めのなさなのですわ（あなたがいらして下さるのは）。

浜藻は風に吹かれて波のまにまに浜辺に打寄せる。それは全く不定期で、いつとも知れぬことである。決して頻繁なことでもない。そんな程度の頻繁さの「浜藻の寄る時々」、浜藻の寄るその時その時が、天皇の御幸のその時その時なのだ、と衣通郎姫は歌って、不安定であまり頻繁でもない天皇の訪れを嘆いたのである。したがって結果的にトキトキは稀であるとの意になるが、直接の語義としてはaの例と同じく「その時その時」の意である。現代語の「時々」、シバシバの意ではない。

仮名書き例以外のトキドキには次の例があるが、a、bと同じように解すべきものである。

c　……三五月《もち》の　益《いや》めづらしみ　念ほしし　君与《きみと》時〻　幸《い》でまして　遊び給ひし……（万二・一九六　明日香皇女殯宮挽歌　柿本人麻呂）

右の歌、明日香皇女が生前に夫君忍壁皇子と共に、春には花、秋には黄葉と、その季節季節にお出ましになりお遊びになった……というのであって、a、bと同義でトキト（ド）キと訓むことができるものである。

c例と同じ「時〻」の表記は、古事記に一例存する。中巻、応神天皇条である。

d　執檝者《かぢとり》に問ひて曰ひけらく、「この山に忿怒《いか》れる大猪ありと伝《つて》に聞けり。吾その猪を取らむと欲ふ。もしその猪を獲むや。」といひき。ここに執檝者、「能はじ。」と答へて曰ひき。また「何由《なにしか》も。」と問へば、答へて曰ひしく、「時時也往往也に取らむとすれども得ざりき。ここをもちて能はじと白すなり。」といひき。

右は応神天皇崩御後、その後継者争いにおいて大山守命が宇治川の船頭に山中の大猪を討ち取るべく質問している部分である。「時時」と「往往」が連接して記されている。類義語の反復だと考えられる。記伝はこれをヨリヨリトコロドコロニシテと訓んで次のようにいう。

時々也は、余理余理と訓べし。〔也ノ字は、読べからず。此ノ字はいかなる意にて置るにか。次なるも同じ。〕持統紀にも、然訓り。又崇峻ノ巻に、三度《ミヨリ》、推古ノ巻に両度《フタヨリ》、持統ノ巻に、六斎《ムヨリノイミ》、など訓る余理《ヨリ》と同じ。袁理々々《ヲリヲリ》と通フ音にて、本同ジ言なり。〔漢籍にても、時をより〳〵と訓ムは古言の遺《ノコ》れるなり。〕

又「往往也」については

登許呂登許呂尓斯弖《トコロドコロニシテ》と訓べし。続紀八に、往々《トコロ〳〵》ノ陂池、卅四に、京中往々《トコロ〳〵》ノ屋上、などある類なり。

と注している。

以後ほとんどの注釈書が当該例をヨリヨリトコロドコロニ（シテ）と訓む。「往々」は時間にも空間にもいう語で、三矢重松氏に「一に非ざるを云ふ。広く場合場所をもいふ語」(1)と指摘があるが、ここは記伝のように場所と解して、「時々」の「しばしば」に対して「処所」「いろいろな場所」の意とすべきであろう。dの「時々」は上述の例a～cから帰納するならばトキドキとは語義異なるため訓むことを得ず、ヨリヨリと訓むしかないことになる。かくして「時々」という表記は、（1）トキドキと訓んで「その時その時」の意。（2）ヨリヨリと訓んで「しばしば」の意、すなわちある「時」が反覆する意という二種の義が存することとなろう。上代にヨリヨリの確例はないと先に述べたが、b及びdの例はヨリヨリの上代語としての存在の可能性を大きく高めるものと考えてよい。

五　「時々」の訓例ヨリヨリ

「時」がヨリあるいはヨリヨリと訓まれている例を記伝が挙げていた。それらについて検討してみる。

まず持統紀五年二月条（巻三十）

天皇　公卿等に詔して曰はく「卿等、天皇の世に、仏殿・経蔵を作りて、月ごとの六斎を行へり。天皇、時時に大舎人を遣して問訊ひたまふ。

右の例は、「六斎を行うその時その時に」の意であるから、トキドキと訓む方が適わしい。

他の三例は助数詞である。しかし助数詞も品詞としては名詞に属するから、ヨリの名詞用法として扱ってよいだろう。

崇峻即位前紀（巻二十一）

五月に、物部大連が軍衆、三度驚駭《とよ》む

「三度」をミヨリと訓む。古典大系日本書紀頭注に「ヨリは、寄ル意から度数を表す助数詞」とある。古訓はヨリと訓むが、タビと訓んでも差支えないところであり、新編古典全集の日本書紀ではミタビと訓んでいる。タビは万葉集中にも仮名書き例があり、多比（20・四四〇八）、多妣《たび》（20・四三七九）、多婢《たび》（19・四二五四）等、ヨリよりも存在確実な語である。推古二十六年是年条（巻二十二）の例「十余霹靂すと雖も、河辺臣を犯すこと得ず」は、「十余」をトヨリと訓むもので、この場合は読み添えの問題となる。そして前例によってタビと読み添え得る。記伝が挙げたもう一例は、先に持統紀五年条で述べた文中の「六斎」をムヨリノイミと訓むものである。これもまた読み添えにかかわる例である。以上を見てみるに宣長が傍証として挙げた例は、すべてヨリの名詞的用法の確実例とはなし難い。従って古事記の「時時也往往也」が、ヨリヨリの訓の可能性あるものとして残るのみということになる。

しかし「時」あるいは「時々」の訓が問題となる例は宣長の挙げたものの他にもある。

斉明紀四年五月条、皇孫建王の死を悲しんで斉明天皇は三首の歌を詠み、「時々」涙を流したという

　天皇、時々に唱《うた》ひたまひて悲哭《みね》す

（天皇時々唱而悲哭）

国史大系本に訓はないが、古典大系本、新編古典全集本ともにトキトキニと訓を付している。皇孫を思いしのぶその時その時にと解したものと思われる。それはそれで解し得られるが、「しばしば」とも解することも可能で、トキトキニと断定することはできない。ヨリヨリ（二）という訓も考えられても良い。

又、神代紀下、海宮遊幸段の第二の一書にも、海神の言葉の中に、

　皇孫、八重の隈を隔つと雖も、冀はくは、時復相憶して、な棄置《う》てたまひそ。

（冀時復相憶、而勿棄置也）

と「時」の文字があり、国史大系本と新編古典全集本は「復」と合わせてヨリヨリニマタと訓んである。古典大

系本は訓を記さず「時に復」と表記する。この場合は、何かに際しての「その時その時」ではなく、「時」が「復」なのであって明らかに「しばしば」の意であるから、ヨリヨリニと訓む可能性は否定できない。

同じ字面が同段の本文（正文）にもある。

已に三年に経りぬ。彼処に、復《また》安らかに楽しと雖も、猶郷《くに》を憶ふ情有す。故、時・復太《はなは》だ息《なげ》きます。豊玉姫、聞きて、其の父に謂《かた》りて曰はく、「天孫悽みて数《しばしば》歎きたまふ。蓋し土《もとつくに》を懐ひたまふ憂ありてか」といふ。

（故時復太息……天孫悽然数歎……）

この箇所については、国史大系本、新編古典全集本に訓はなく、古典大系本は「時に《とき》」と訓を付す。先に挙げた例と全く同じ場面であり、しかも当該例の方が先に存在するのであるから、むしろ当該例の方にこそ訓が付されてあるべきなのに、そうなっていないのは整わざるものであるが、ここは全く完全に「しばしば」の意である。なぜならば豊玉姫の言葉の中に「時復」に相い応じて「数」の語があるからである。これを古典大系本の如くトキニマタと訓むのは一種の直訳式訓読であって、意を汲んで訓むならばヨリヨリニ（マタ）となるであろう。

築島裕氏によれば、訓点について「上から助詞（動詞？稿者）を受けない『時ニ』『時ニハ』といふ語が副詞のやうに用ゐられることがある。和文には右のやうな用法は無い。」と言われる。[2]「時に復」もその例であろう。またヨリヨリも漢文訓読語として挙例されている。[3]両語は平安期においてはともに漢文訓読語だったのである。ヨリヨリについては、古今和歌集仮名序に

この人々をおきて又すぐれたる人も、くれ竹の世々にきこえ、かたいとのよりよりにたえずぞありける

とあるのが最初の確例であるが、築島氏は「例によって、この序文に訓読調の混入したもの」とされる。[4]この時点でヨリヨリが漢文訓読に特有の語であったと氏が認定されるのは、すでにヨリヨリが和文には表われない語で

あると認識されたからだと思われる。このことはヨリヨリが日常の語である和語というより、漢文訓読語としてのみ残った古語であることを示すものではあるまいか。和語の世界では「時々」の語が「その時その時」の用法だけでなくヨリヨリが持っていた「しばしば」の意味をも表すようになり、後代の日葡辞書が述べるように、トキトキとトキドキに分れて意味を分担するようになって行くことになるのであろうと思われる。

六　ユからヨリへ

ヨリヨリが「時々」の意を持つ上代語として存在した可能性があることを述べてきた。ヨリヨリが「時々」の意味を持つならば、ヨリは「時」の意を持つであろう。助数詞としてのヨリが日本書紀の古訓に存在するのも、ヨリがそうした意味を持っていたことの上に成りたつ現象であろう。宣長は「(ヨリヨリは) 袁理々々と通フ音にて、本同ジ言なり。」(前出) と言ったが、「折々」とヨリヨリとが同語源の語であるか否かは措くとして、ヨリの「時」の意が「折」に似た、一定の短い時間を意味するとは考えてよい。

ヨリに「時」の意があるならば、その同義語のヨにもかつては同じ意味があった、又、同系の語であるユ、ユリにも同様な意味があった、と考えることができるのではなかろうか。同系というより同源といってよい四語の中で、ヨリが最も広範に使われたために「時」の意が存在した痕跡を残したが、他の三語はこの意味をすでに奈良時代には失ってしまっていたのではなかろうか。ユ、ヨ、ユリ、ヨリの現存用例の意味・用法の酷似と、ユ、ヨ、ユリの三語がヨリより古語性を持つことから推して考えると、同じ用法のうちの一部分を三語が失ってしまったと言えるのではなかろうか。

これらの語は奈良時代には併存して使用されていたが、新古の差はあったと思われる。そのことを如実に示すのが宣命の例である。次にその例をあげる。

ユ

第四詔　和銅元年（七〇八）正月

……高天原由天降坐志……

第六詔　天平元年（七二九）八月

……高天原由天降坐之……

第十三詔　天平感宝元年（七四九）四月

……高天原由天降坐之……

（第十三詔は諸本「尓」とあるを、北川和秀氏の『続日本紀宣命　校本・総索引』が意によって改めたもの。あるいは原文「尓」であった可能性も考えられる）

ユリ

第七詔　天平元年（七二八）八月

……皇朕高御座尓坐初由利今年尓至麻氐……

……新伎政者不有本由理行来迹事曽止……

ヨリ

第十二詔　天平感宝元年（七四九）四月

……黄金波人国用理献言波有登毛……

第二八詔　天平宝字八年（七六四）九月

……是以天今与利後方仕奉良武……

第三一詔　天平神護元年（七六五）正月

……常与利波……

……常与利毛……

第三八詔　天平神護元年（七六五）十一月

……常余利……

……三宝余利……

第四一詔　天平神護二年（七六六）十月

……常奉見余利波……

……時余利……

第四四詔　神護景雲三年（七六九）九月

……此与利増波……

第四六詔　神護景雲三年（七六九）十一月

……伊豫国与利……

第五六詔　宝亀七年（七七六）四月

……本与利……

……其国与利……

第五九詔　天応元年（七八一）四月

……弱時余利……

右の例が宣命の全用例である。ユが最も古く用いられ、しかも「高天原由」という成句にのみ使われていることが知られる。次いでユリが第七詔のみに二例用いられているが、光明立后を宣する政治的重要性を持った宣命のため、古語を意識的に用いた点があるかも知れない。ヨリが用いられるのは第十二詔以降である。最初の二例のみ前後の文脈を記したが、ヨリの語は通常語に下接して存在し、ことさら荘重さを必要とする文脈ではない。ヨリの語の一般性が知られるであろう。とまれユ→ユリ→ヨリと時代を追って変化してゆく様態が判明する。ヨの語の用例はない。

万葉集には四語すべての用例がある。ヨリが最多でヨリハ、ヨリモを含めて四四例。ただし「自」「従」の表記は除外し、「欲」「与」「余」「用」の表記によるヨリの例である。同様な数え方でユは三十七例、表記は「由」がほとんどで、「遊」「喩」「湯」が一例ずつある。ヨが十五例、「用」一例の他は「欲」の表記のみである。ユリは「後」の意の名詞で六例、助詞の用法で一例、表記は「由利」が五例、「後」が一例、これは明らかにユリと訓めるため数に加えた。「自」と「従」の表記例は多数あるにもかかわらず数えなかったが、通常はユあるいはヨリと訓み、ヨあるいはユリとは訓まない。澤瀉注釈は近江荒都歌（一・二九）における「橿原乃日知御世従或云自宮」を「橿原の聖の御世ゆ或ハ云フ宮ゆ」と「従」「自」をユと訓む理由について、「人麻呂集には「由《ゆ》」の例三つあってヨの例はなく、ヨの仮名書例は万葉前期の作者のものと確実に認められるものにはないので」と述べている。指摘された限りでは正しいが、文意からするとユが万葉前期、ヨは万葉後期に使用と受け取られかねない。しかしユは万葉後期の例も少なからずあり、巻十四には五例ずつ併存する。共に使用されたと思われるが、ユにはユカ、ユカモ、ユト、ユモと他の助詞と複合する例が種々あるのに対してヨはヨハの複合があるだけであることは、ユの方が広く使用されていたことを示すであろう。

記紀歌謡の用例をみると、古事記にはユ、ユリの用例はなく、ヨが九例、ヨリが一例ある。書紀はユが四例、ヨリが二例あり、ヨ、ユリはない。注目すべきは神武即位前紀の歌謡「……木の間由も　い行きまもらひ……」が古事記では「……木の間用も　い行きまもらひ……」となっており、又、景行紀歌謡「はしきよし　我家のかた由……」が古事記では「はしけやし我家のかた用……」となっていることである。古事記はヨに統一してユを用いず、逆に書紀はユに統一してヨを排除するという整理意識があったようである。両語については使用時代の新古ははっきりとしないが、ユの方がやゝ古くから、そして広く使われたと言えようか。

ユリは四語の中では特殊な語だと思われる。助詞の用法は防人歌に一例と宣命第七詔に二例あったのみで、記紀には存在しない。又、万葉に名詞としての用法があるのは、すべて百合の花のユリによってひき起されたユリである。「さゆり花由利……」が五例、「草深百合の後」が一例となっている。これは百合と密着した言葉の技巧として残ったもので、この同音異義語の反復技巧がなかったらユリの名詞用法は残らなかったであろう。

かくして以上の四語のうち比較的に多用されたのはユとヨリということになる。ユとヨリとは新旧の差はあったと思われるが、ほとんど同義の語として歌の世界では音数律による使い分けが行われていたにすぎなかったのではなかろうか。しかし、やがてユに対して古語意識が濃くなり、たとえば

天離る　夷の長道従《ゆ》　恋ひ来れば　明門自《より》　倭島見ゆ　（三・二五五）

が、

あまざかる　ひなのなが道乎《を》　孤悲《こひ》くれば　あかしの門欲里《より》　いへのあたり見ゆ　（十五・三六〇九）

と、「ゆ」から「を」への伝誦変化が起ることになる。同様な時代的変化としてヨリが持っていた「時」の意は、

ヨリの助詞用法の発達発展によってヨリヨリという副詞的用法や助数詞ヨリの用法をわずかに残して衰退してゆきつつあったのが奈良時代の様態だった。したがってヨリの古語と認識されていたと思われるユについては、「時」の意味の名詞用法を有していたことは、なおさらのことほとんど忘れられていたことと思われる。ユナユナは、そうした忘れられていたユの古語的化石的用法だった。和語による浦島伝説の古い語りくちを作者高橋虫麻呂が歌句として利用したのだったと考えられるのである。

注

（1）西宮一民氏『古事記　新訂版』（おうふう）の頭注に三矢氏著書『古事記に於ける特殊なる訓法の研究』（文学社、大正十四年）を引いて「往々は『一に非ざるを云。広く場合々々をもいふ語』三矢氏著八四頁」とある「場合々々」は「場所場合」の誤りである。思想大系古事記も西宮氏著の孫引きのためか、脚注において同じ誤りをおかしている。

（2）築島裕氏『平安時代の漢文訓読語につきての研究』（東京大学出版会、昭和三八年）三七九ページ。

（3）同前書、五〇二ページ。

（4）同前書　五〇三ページ。

七　高橋虫麻呂、筑波山カガヒの歌
――附、「目串」語義一案――

一　問題の所在

高橋連虫麻呂歌集の中に次の歌がある。

鷲の住む　筑波の山の
裳羽服津《もはきつ》の　その津の上に
あどもひて　未通女壮士《をとめをとこ》の
行き集ひ　かがふ嬥歌《かがひ》に
人妻に　吾も交《まじ》はらむ
吾が妻に　人も言問へ
この山を　うしはく神の
むかしより　禁めぬわざぞ

今日のみは　目串《めぐし》もな見そ
ことも咎むな　　嬥歌は東の俗の語に賀我比と曰ふ　　（巻九、一七五九）

反歌

男神に　雲立ちのぼり　しぐれ降り　濡れ通るとも　吾帰らめや　　（一七六〇）

題詞に「筑波嶺に登り嬥歌会を為《す》る日に作る歌」とある。カガヒがいかなるものであるかは後にも述べるが、大体は歌の内容から察せられるであろう。作者虫麻呂はこうしたカガヒの歌を自己の体験として歌ったのであろうか。あるいは又、体験でないとすれば何のために、どのような心情をもってこの歌を歌ったのであろうか。この歌に対しては、私はすでに触れたこともあるのであるが、(1)今回は前稿の趣旨に添って、さらに一、二の新見を加えて再び推論を重ねたいと思う。

二　官能的表現に対する諸氏の評言

筑波山のカガヒについては常陸国風土記に左のように記されている。

それ筑波岳《やま》は、高く雲に秀で、最頂は西の峯崢《さか》しく嶸《たか》く、雄の神と謂ひて登臨《のぼ》らしめず。唯、東の峯は四方磐石《いはほ》にして、昇り降りは峡《けは》しく屹《そばだ》てるも、其の側に泉流れて冬も夏も絶えず。坂より東の諸国の男女、春の花の開くる時、秋の葉の黄《もみ》つる節、相携ひつらなり、飲食《をしもの》をもちきて、騎《うま》にも歩にも登臨り、遊楽《たの》しみあそぶ。其の歌にいはく、（短歌形式歌謡一首略、稿者）
詠へる歌甚多くして載車《のす》るに勝《た》へず。俗の諺にいはく、筑波峯の会に娉《つまどひ》の財を得ざれば、児女《むすめ》とせずといへり。（古典大系本による訓読）

春秋二期、板東諸国の男女が筑波山の東峯に登り集まり、互いに歌を歌い合って遊楽する。そして男は求婚し、女は娉の財を得て帰る。土地の言い伝えでは、男から婚約のしるしの財物を持ち帰らなかったら、自家の娘として待遇しない、という。カガヒは農民にとって切実な豊饒祈願の呪術儀礼だったのである。家の児女が妻問いの財を得ることは、人間の多産豊饒を意味し、これによって自然も感応し穀物の豊饒をもたらすと考えられたのである。常陸国風土記にはカガヒのそうした呪術信仰的性格の痕跡がうかがわれるのであるが、他方またカガヒは若い男女の遊楽の場であり、自由な性交の場と頽落しつつあったようでもある。少なくとも土地の人ならぬ、ただに風聞を耳にする都人士にはそう思われていたようである。時代は降るが釈日本紀巻十三に「兼方案之、歌場者、男女集会、詠和歌、契交接之所也」と記すところに歌の懸け合いと並んで交接がカガヒの眼目と考えられていたことが知られる。こうした認識がすでに虫麻呂の時代にあったればこそ如上の虫麻呂作歌があり得たと言えよう。

こうしたカガヒに作者虫麻呂が実際に参加してこの作を成したと考える評者もいる。金子元臣『万葉集評釈』は「づぶ濡れになっても、なぜ帰らぬと強情をいひ張るか。それは嬥歌会が滅法面白いからである。……多分作者が『かがふかがひ』に浮かれ切って居た時、天候が俄然変って沛然と雨が来たのであらう。」と注している。久松潜一氏は、虫麻呂がカガヒに参加したとすることには疑念を呈しながらも、こうした歌を歌うこと自体に困惑を隠せない。

これは抒情味の少ない、それだけ線の太い歌である。扱っている事柄も古代の嬥歌における風習をうたってどぎついものがある。……この歌が虫麻呂の歌であるならば「わが妻に」は虫麻呂の妻になるが、都から赴任している虫麻呂がそういう特殊の場合であったにせよ、「わが妻にひとも言問へ」とは言わなかったであろう。あるいは筑波山麓の農民の人々の心になってうたったとも言えなくはないが、虫麻呂自身こういう風習の中にひたりきるまでには至っていなかったであろう。(『万葉秀歌（四）』講談社学術文庫)(2)

素直な正直な感想というべきであろう。多くの評者は、歌中の「吾」が作者自身であるか否かに触れず、作者がいかなるスタンスでこの作を成しているのかを吟味せず、単なる語句の注解をしておわっているのに対して、作中の「吾」を作者自身と理解することの困難さをはっきりと表明している。この発言の心底には、一般論として歌中の一人称は作者と理解するのが通例であることへの信頼がある。歌は己れの心情の表白以外のものではないという、抒情詩の原則への信頼である。しかし、そうした原則を適用すれば作者虫麻呂は相当どぎついことを言っていることになり、虫麻呂の他歌とあわせて一つのまとまった作者像を結ぶことができない。困惑のあげく久松氏は、土地の農民の心を歌ったのではないかと考える。行き着く先の推論が、こうなってゆくのは自然の流れであろう。しかし推論はそれ以上には進まない。なぜ農民の心になって作る必要があったのか、農民なら歌中のような実状が存在してよいのであろうか、そこまでは考えが進まない。

虫麻呂はカガヒの傍観者であって実際の体験を歌っているのではないとする評は多い。佐佐木信綱『評釈万葉集』、土屋文明『万葉集私注』、中西進『万葉集』(講談社文庫)、犬養孝『万葉の歌人　高橋虫麻呂』(世界思想社)、井村哲夫「若い虫麻呂像」(『憶良と虫麻呂』所収)などが、虫麻呂は実際体験したのではなく傍観者なのだということをそれぞれニュアンスの違いを見せながらも明示している。私注を見てみよう。私注は先ず題詞の訓み方を変える。題詞中の「為嬥歌会日作歌」を通常は上述のように「カガヒを為《す》る日作る歌」と訓むが、私注は「…カガヒの日の為《ため》に作る歌」と訓む。すなわち「其処で行はれるカガヒの趣きを聞き、其の嬥歌会の日に諸人の唱ふべき為《ため》の歌詞として、此の歌を作り、其の土地の人に与へたと解すべきであらう。」というのである。虫麻呂はその場にいない。傍観者というより、代弁者、代作者というべきであろうか。そしてさらに当該歌はカガヒの日に諸人が唱えたか否かも分らない、実際とはひどくかけ離れたものだったかも知れないとも言っている。つまりカガヒの実態は歌われたようなものでないかも知れないというわけである。されば虫麻呂の作歌動機は何なのであろうか。自己の興味のために勝手に想像したカガヒの歌を作り、それを唱うべきものとして諸人に与えるというのは、どういうことであろうか。カガヒの「同唱用の讃美歌である」と言われるのは、久松氏の作者像形成の困難さを私注は感じずに、実態とはかけ離れているかも知れないカガヒの歌を作ってカガヒを面白がっているのが虫麻呂である、ということになる。「人妻に吾も交はらむ　吾が妻に人も言問へ」という放恣な官能を讃美するのが虫麻呂という作者であると、そういうことになる。

いったい、この作品の、こうした官能表現を咎める評は多くない。ほとんど無いと言ってよい。歌句の「この山をうしはく神の禁めぬわざ」を無条件に信じるのであろうか。はた又、この官能的欲望の表現を倫理を越えた頽唐美と受容するのであろうか。井村哲夫氏の論は後者である。氏は前掲論文の中で当該歌に触れ、虫麻呂をカガヒの傍観者と規定しながら「明るく無遠慮な、生命の解放感にみちあふれた民俗の行事の中で、おどろき、肯定し、やがて共感してゆき、自らをその興奮の渦のなかに投じたいと願う心の、言葉による表出」と「人妻に」以下の歌句を解した。「この歌は虫麻呂の白日夢であり、夢想の中で彼の願いが表現されている」とも説かれる。願望は誰でも持ってよい。しかしその願望を何の支障もなしに文字に託して表現し得るのであろうか。表現しても筐底に秘して置くだけの全くの私的な作品ならまだしも、当代まだ半ば公的な、したがって公開を原則とする長歌という形式で、神の禁めぬわざと称して、カガヒにおける自己の欲望の満足を赤裸々に歌えるものであろうか。白日夢とても人目に曝せるものでもない。欲望自体と公開の言語表現との間には大きな障壁のあることは、現代の社会において誰でもが経験しているところであろう。万葉の時代にそれがなかったとは思えない。ましてや虫麻呂は卑官とは言え国庁の官人である。作中の「吾」が直ちに虫麻呂であると理解されるような外的条件の中で「人妻に……」以下の歌句が歌えたとは思われない。

犬養孝氏は高橋虫麻呂及びその作品について、近年、最も丹念に考究された研究者の一人であろう。虫麻呂の本質を孤愁の人と捉えた観点は、その後の虫麻呂研究発展の大きな礎石となっている。(3) 犬養氏もまた前掲書において当該歌については作者傍観者説を採っている。そして当該歌は作者の現実から乖離した官能美の世界だと説く。作者は都会人、知識人として現実に歌垣を見ているのであるが、現実の歌垣を歌っているのではない。さらに現実の歌垣といえども当時もはや乱婚の場ではなかったはずと言われる。この点は井村氏と異なった見解のようである。現地の歌垣は逞しい健康な明るさの中に神祭りとして行われている。その姿に触発されて作者は現実とは全く別の官能の世界を描き出す。そしてその世界を讃美する。

虫麻呂には、お祭りの方というよりも、官能的なものの方に興味は引かれている。官能の解放された世界、性の解放された世界は、事実から抽象された虫麻呂の夢です。こんところにも夢は出てると思う。「人妻に我も交はらむ　我が妻に人も言問へ」、まったく、道徳とかなんとか、そういうことはいっさい超越した官能だけの世界。その官能だけに寄せる世界を、なんというのでしょう。もう、何倍にもしてる言葉だと思う。……虫麻呂がほんとに官能美の世界に陶酔しきる声です。……

……事実は今の歌垣を見てるのだけれども、歌垣を通してこの世のことでないもう一つのもっとそれを倍加した官能美への讃美の心持ちを、三段構えで歌いあげて陶酔していく姿です。（「夢の世界へ」『万葉の歌人高橋虫麻呂』所収）

歌われた世界は現実ではなくて夢、あこがれの世界であるとして、歌句内容の不穏当な表現を現実世界の道徳倫理から切り離す手法は井村氏と同様であり徹底している。しかし、それならば、なぜこうした夢を歌うのか、個人の夢を歌う場がどこにあるのかという井村氏へ対したのと同様な問いは残るだろう。ひとり孤独に艶本を著して筐底に秘したというような作家のあり方が上代にあったわけではない。犬養氏が虫麻呂の作について屢々言われる、歌われた世界は虫麻呂の「第二の現実」という語は、虫麻呂という振幅の大きい作品を持つ作者像を統一的整合的に説明するに有益有効な語であり、規定であったが、便利に使われ過ぎると安易な作者像理解にとどまる恐れが多分にある。当今、他の評者もこの語を用いる例を見るが、当該作の解釈にもそうした語への凭れ掛かりがありはしないか。個人的な第二の現実世界の創造を誰が享受するというのか。虫麻呂の長歌が、たとえば大伴家持の春愁三首（19・四二九〇～四二九二）のように「悽惆の意、歌にあらずは撥ひ難し、仍ち此の歌を作り、もちて締緒を展《の》ぶ」と創作も享受も自らの中で完結するという歌のあり方をしていたのであるか。その点を証明せねば「第二の現実」論は説得力を欠く。ただしかし、犬養氏が当該作を虫麻呂の「官能美に寄せる陶酔の心の真実」と言いながら、「結局は、健康な心とは違う、実は不健康、病める魂がさせる夢です」と言っているのは、井村氏が「己が生命感の高揚」「若々しい自我像への陶酔」と評するのと全く違った受け取り方をしていて、久松氏が感じた困惑が一片犬養氏にも存在したように推察するのは、私のみのことであろうか。

三　私見、演劇歌謡から文学作品へ

私見を述べることとする。当該歌は虫麻呂自身の心情を歌ったものではない。応需の作品である。虫麻呂は当時常陸国庁の官人であったと推察される。(4) おそらく彼は中央から派遣された国司一行の末席に位置を占める下級官人だった。国守は藤原宇合。宇合とは共通の知人である大倭忌寸小東人（式部大倭長岡、巻9・一七三六の作者）を介して結びつき、歌才あるいは語りの才を見出され、養老三年（七一九）頃、伴われて常陸に下向した。虫麻呂を東国出身と説く論者もあるが、(5)彼の作品に見える漢籍の教養（たとえば当該歌で歌垣を「嬥歌（会）」と記すのもその一例）からみて、まずその可能性はあるまい。虫麻呂は歌を以て宇合に仕えた。彼の歌の多くは長歌とそれに併せた反歌であるということは、単なる抒情を事とした歌人ではなく、長歌の叙事性を必要としていた歌人であったことを物語る。叙事は抒情を盛りあげるためにも必要であるが、そして虫麻呂はそのように叙事部分を巧みに構成しているが、それだけではない、虫麻呂にとって叙事は事柄の披露、説明のためにも必要だった。彼の歌を聴く聴衆がいたからである。前代以来、家持や池主より以前の虫麻呂の時代まで、およそ長歌とはそうしたもの、聴衆ないし対者を予定して作られたものである。

当該歌を見てみよう。前半八句は全く客観的なカガヒの説明である。その中の冒頭四句は場所を明らかにしている。筑波の山を形容する「鷲の住む」の句は筑波山が深山幽谷の山岳であることを示すというより、都の貴族官人である聴衆に、筑波山が隔絶した異郷、鄙の地であることを印象づける効果を持たせたものであろう。そんな所で行われるカガヒだからこそ、これから歌うような珍らしい習俗も存在するのだ、という作者の用意があるだろう。次いでカガヒは誘い合って集まって来た「未通女壮士」が行うものなのだと明らかにする。「未通女」の表記は虫麻呂の用字であろう。聴衆に文字表現は分りようがないが、虫麻呂の表現意図を我々は知っておかねばならない。「をとめ」の中には同じ作者の虫麻呂が歌う珠名娘子（9・一七三八）のように乱倫の女性もいるが、一般的には処女、未通女、嬬嬬と表記され、未婚の成人女性を意味する。「をとこ」と並び称された時の「をとめ」は、そうした若い女性の意味を一層濃く表現するであろう。カガヒはそのような男女の集う所である。ここまではカガヒの正確な説明、解説である。こうした解説が歌の前半にある点に聴衆の存在を予想することができる。

後半は一転する。十一句すべてが放恣な官能の叫びである。前半に、カガヒに行き集うのは「未通女壮士」であると言っておきながら登場するのは妻を持った「吾」であり、おのれの妻も、また他の既婚男性女性も登場するのである。あっと驚く転換である。聴衆の驚きを察したかのように作者はそうしたことも「この山をうしはく神の禁めぬわざ」だと弁明する。カガヒに集うのは現実には「未通女壮士」なのであるが、さりとて既婚男女の参加が禁止されているわけではなかった。聴衆はここで初めてそのことを知る。俄然、カガヒへの興味は倍加する。我が身も参加の資格がある。事は他人事ではない。そう思うに違いない。おそらく聴衆は既婚の男性たちなのだ。一挙にして聴衆の心を捉えるツボを心得た歌い方と言うべきであろう。

「吾」は歌の作者虫麻呂である。歌を文字としてよめば、あるいは作者の音声として聴けば当然そうなる。しかし聴衆が耳にするのは果して虫麻呂の音声であったか否か。面をかぶった虫麻呂が歌句に伴うしぐさを演じながら歌ったのかも知れないし、歌もしぐさも俳優のするところであったかも知れない。虫麻呂は蔭の台本作者であるだけであったのかも知れない。聴衆の前に簡単な舞台が作られてある。幕が開いて若い男女が複数楽しげに登場する。何やら歌を歌いあって相手の異性の気をひこうとする風情を見せている。歌が朗唱されてそれがカガヒの風景であることが聴衆、観客に示される。そこへ、やや場違いの中年の、若からざる男が、あるいは妻を伴なってか伴なわずにか、やおら下手から登場してくる。いくらかオドオドした、しかしカガヒなるものに好奇の目を輝やかした他国の男である。国庁に働く、日常おどけた性格で知られた奴婢のような男女がその役を演じてもよいだろう。カガヒの若い男女の楽しそうな光景を目にした中年男は、聞き及んでいた「神の禁めぬわざ」という知識を支えに、興奮の態で「人妻に吾も交はらむ　吾が妻に人も言問へ」と、集う女たちに誰かれとなく言い寄り始める。周囲から浮きあがったその狂態を「目串もな見そ　ことも咎むな」と自ら言いわけしつつ、舞台上を女性を求めて右往左往する。やがて幕が下り、しばらくして又幕があき、舞台は人影も少なく、薄暗く時雨降る風情。いくばくか時間が経過したのである。中央にぽつねんと立った男の心情が反歌として歌われる。舞台の裏から響いてくる声である。「男神に雲立ちのぼりしぐれ降り濡れ通るとも吾帰らめや」。求めて得られなかった歓楽をなおも求めようとする場違いの男の焦燥は滑稽であわれである。好奇心いっぱいで聴き且つ観ていた聴衆も、ふと我に帰るであろう。異郷の古俗、魅惑の蛮風に、もしも己れが参加していたならば、己れの姿もまたあのようなものであったろう。所詮は無縁のもの、エキゾティシズムの満足に過ぎないものと聴衆は悟る。いつの間にか作者兼演出家の虫麻呂が聴衆の前に現われ、「いかがでございましたか皆様、今夕の席の私どもの余興の出来栄え、ご満足いただけましたら幸いでございます」とか何とかの口上を述べてチョンである。

歌は国庁で賓客を迎えた宴席で披露されたのだと考える。迎える主人は国守藤原宇合。主客は検税使大伴卿であろう。はるばる都から旅を重ね、東海道の果てまでやって来た都の高官大伴卿をもてなす宴席で、彼ら一行に最も興味があり、関心の的であったのが筑波のカガヒであったろう。坂の東、つまり箱根足柄以東諸国の男女が集まるというほど盛大な行事なのだから。検税使一行はカガヒの噂を相模でも上総、下総でも道みち聞きつつ常陸まで来た。しかし時は夏、春秋に行われるカガヒの季節には外れていた。大伴卿は虫麻呂らを案内に筑波山に登った（万9・一七五三、検税使大伴卿筑波山に登る時の歌、虫麻呂歌集中の歌）。筑波山の話題が国庁の宴席で交わされたことは間違いない。その時、歌を以て仕える虫麻呂が手ブラで、つまり何の歌も歌わずに座に連なっていたと考えられようか。大伴卿と共に登った光栄を歌った一七五三を歓迎の表歌とすれば、カガヒの歌はもう一つの裏歌、宴もたけなわ、人々の酔いもまわった頃に、取っておきのアトラクションとして披露され、本物のカガヒを実見することのできなかった検税使一行に歌唱付き寸劇として提供されたのだと推測することは、そんなに難しいことではない。

歌が所作を伴なって歌われることは、上代の文献からも散見されるところである。古事記上巻、八千矛神の神《かむ》語《がたり》は誰もがすぐ思い出す演劇歌謡である。また応神記の国主の歌は「口鼓《くちつづみ》を撃ちて伎をなして歌ひしく」と所作を伴ったことが明記されている。万葉集開巻冒頭の雄略天皇御製「籠《こ》もよ美籠《みこ》持ち……」の歌も所作を伴なった歌と大方は理解されているのではないか。西郷信綱氏が「……たんに口誦歌謡と見るだけでは充分でない。すなわちそれは、一人物（雄略天皇）が、野外で菜を摘んでいる処女によびかけて妻どいするという趣の舞踊の歌詞であったらしいのだ。」と言い、冒頭四句「コモヨ、ミコモチ、フクシモヨ、ミブクシモチ」を、「三、四、五、六と音が一句ずつ速まるこのリズムのみが、み篭を持って菜を摘みながら処女があらわれる過程の呼吸と調和する」と指摘されるのは正しいであろう。(6)

万葉集に所作を伴なった舞踊歌、あるいは演劇歌謡であることを明記した歌がないのは、万葉の歌が舞踊や演劇と絶縁した独自のジャンルとなり得ていたからではなく、文字の文学として他のジャンルの要素を削ぎ落した状態で記録されているからである。そのことは巻十四の東歌がすべて五七五七七の短歌の定形に整えられて収録されていることを見ても察しのつくことである。

虫麻呂の当該作品も原形こそは舞踊所作つきの口誦歌謡として創作されたと考えられても、虫麻呂歌集に記録され、万葉集に収録された現在の姿は、表記や音数律にも手の加わった文字の文学として面目を改めたものであろう。先に「嬥歌」の表記に触れたが、注にあるように「加我比」と記してもよかった筈である。にもかかわらず難解な「嬥歌」と表記したのは文選、魏都賦の語句を利用することによって文字面から受けるカガヒの直接的な印象を避けようとしたのであろう。又、「従来」をムカシヨリと訓ませる表記も集中の孤例であって、作者が漢籍の教養を以て歌を文字化したと知られる。和語（日本語）に該当する漢語のあるときは進んで漢語を用いている。「率而」「他妻」「不禁行事」などはその例とみられる。一方該当する漢語の見当らぬときは和語を間違いなく表せる表記を訓仮名、音仮名を用いて表す。「牛掃」「目串」は借訓、「斯具礼」は音仮名である。文字表記に際しての虫麻呂の用意が偲ばれよう。

以上、述べた如く当該歌は虫麻呂の心情を率直に吐露した歌と見るのはおそらく誤りであろう。官能美への陶酔とか、第二の現実の構築とかの論は、作品の発表、享受という観点から考えると当代文学の存在条件を無視した現代的な考え方である。それらは現代あるいはせめてものことに近世文学あたりにまで降って成立する文学性であろう。当該歌は宴席での応需の作品、そして万葉所載歌は、その後に虫麻呂が表記に気を配りつつ文字化しアレンジしたものと私は考える。

四　附説「目串」の語義

長歌の末尾三句「今日のみは　目串もな見そ　ことも咎むな」の歌句にある「目串」について、従来、多くの説はメグシという形容詞の終止形とみて、「いとおしい」あるいは「（切なくて）目に見て胸苦しい」との意とする。たとえば古典全集本万葉集頭注では「この句は女から男へ言ったもので」とし、口語訳では「今日だけは可愛いそうに思わないでください」と訳し、末尾一句は逆に「男から女に言ったことば」とし「咎めてくれるな」と口語訳する。末尾三句で男女夫婦の会話がなされていると見るわけである。男（主人公）が前句で「人妻に吾

も交はらむ　吾が妻に人もこと問へ」と言っているときに突然「吾が妻」が出て来て、夫に向かって「可愛そうに思わないでください」と言うのは文脈的にいかにも不自然である。夫は「吾が妻に人も言問へ」と堂々と？宣言しているではないか。人に言問はれた妻を夫は可愛そうだと思うかも知れないと妻が心配するのなら、夫の宣言を妻は信用していないことになる。現実としてはそれならそれでよろしいが、そんな妻と夫の心理の綾をこの歌が歌っているとは思われない。スムーズな解釈とは言えまい。

古典大系本万葉集は、メグシを現代方言のメンコイ・メグイ（可愛い）の古語と見、「ここでは愛人」と名詞化して解する。「今日だけは愛しい人も見るなかれ、とがめだてもするな」が口語訳である。前説に較べるとこちらの方がはっきりしている。意味はとおるがメグシという形容詞終止形が名詞となる点に難点があろう。連体形が名詞となるのが通例だからである。

最近の注釈書『万葉集釈注』は、前記古典全集の説を排して、末尾三句は「集まる男女に男が呼びかけたと見るのがよい」と説く。男は「人妻に吾も交はらむ　吾が妻に人も言問へ」と言った男であろう。すると、集まった男女は皆夫婦者だったことになろうか。「未通女壮士の行き集ひ」と前半で歌っていたこととの関係はどうなろうか。又、文脈上から考えても男が自分の決意？を述べた後、集まった男女に向かって「あわれと見るな咎めるな」と呼びかけるのもおかしなことであろう。呼びかけは、お互いに見ないようにしよう、と言うのか、皆さん私のことを見ないでくれと言っているのか釈注の文では判然としない。前者なら自分のことを言ってきた男が最後に「皆さんも」という呼びかけになるという転換が文脈的に不自然だし、後者なら意は通じないでもないが、「あわれだなどと思って見て下さるな」の口語訳では、何が「あわれ」なのか分らない。男（主人公）のあわれとは何なのだろう。

対するに中西進氏は「『目串』は意を示すか。刺すように見ること」（講談社文庫）と注する。先に私は「目串」を借訓の語として挙げたけれども、今、この用字の有意性について考えたい。虫麻呂が用字に配慮する人であることは既に触れた。ウシハクを「牛掃」としたのも、領有支配の意味の文字表記ではウシハクの意を表わせなかったからである。集中のウシハクの用例も仮名書き三例の他に「牛吐」（6・一〇二一）とあって、ウシハクが漢語にない語義・ニュアンスを持った語であることを推察せしめている。一方、メグシは他例に「愍」表記がある（11・二五六〇、19・四二五四）。仮名表記も三例ある（5・八〇〇、17・三九七八、18・四一〇六）。これらを用いずに「目串」を用いているところに問題がある。中西氏がいわゆる「愍」の意のメグシとは「目串」は別語とする見解を重視したい。意は目の串である。目が串の機能を発揮することが「目串」である。

古事記、神武天皇条に「ここに登美毗古と戦ひましし時に、五瀬の命、御手に登美毗古が痛矢串を負はしき」とある。痛手を負わせた矢を「痛矢串」と称している。串のように突き刺さり貫いた矢をいうのであろう。語構成的に「矢」は「串」にかかる。されば実体は「矢」であるが「串」と表現されているのである。矢は、ある状態では串なのであった。「矢刺す」（神代記他）という言葉があるように、矢は串と同様、刺すものでもあった。とすると「目串」は「目の矢」であり、「矢のように人を刺す目（目なざし）」である。「目ぐしもな見そ」は、「目串を以て見るな」であり、矢（串）で刺すような目なざしで私を見ないでくれ、の意になろう。次句「ことも咎むな」は、「こと」は「言」、言葉を以て咎めるなの意と解すれば、対句がきれいに成立し、「目にも言にも、今日だけは我が行いを咎めるなかれ」と、場違いの場に登場した中年男の主人公が虚勢を張った表現となろう。「目串」一案を提出しておくこととする。

注

（1）拙稿「高橋虫麻呂」（『萬葉集講座　第六巻　作家と作品　2』有精堂　昭和47年）、後『万葉詩史の論』（笠間書院　昭和59年）所収。

（2）久松潜一氏は、この歌と他歌とを含めた統一した作者像を結ぶことに困難を感じられるあまりに、当該歌の作者が虫麻呂であることへの疑念まで洩らされる。

（3）犬養孝「虫麻呂の心――孤愁のひと――」（「国語と国文学」昭和31年12月号）

（4）注1、及び拙稿「高橋虫麻呂」（『万葉集　2　和歌文学講座3』勉誠社　平成5年。本書に収録）

（5）中西進「高橋虫麻呂」（「上代文学」31号　昭和47年）

（6）西郷信綱『万葉私記　第一部　初期万葉』東京大学出版会　昭和33年

八　大伴家持の「映発」

一　家持作歌の評言「映発」

家持の歌について早く「映発」を言われたのは五味智英氏である。氏は『古代和歌』（昭和二六年、至文堂）[1]で、家持の歌を総括すべく次のように記された。

（家持の）憂の歌の代表的なものとしてあげて来たのは多く自然の歌であつたが、家持はこの場合に限らず、自然を詠むに人の心情と映発せしめる傾がある。それは人麻呂のやうに合体し切るのでも、赤人のやうに主観を潜めるのでもなく、正に映発関係なのである。

右によれば「映発」とは家持における自然の捉え方であり、表現の技法であって、家持の個性のあらわれたものである。私見では家持という作家の本質を審かにすためにこれ以上の評言はないと思われるので、以下、彼の「映発」について、先に拙稿[2]でも述べたところを、その後の五味智英氏の見解の変化をもあわせて再説したいと思う。

二　「映発」の例歌

映発とは、『諸橋大漢和』には次のようにある。

　互にうつりきらめく。うつりあふ。〔宣和画譜、山水三〕猶作㆓卵石松柏疎筠蔓草之類㆒、相与映発。〔斎藤拙堂、山房観㆑楓記〕上下映発。

字義的にはAなるものとBなるものとがお互いにその存在をうつりきらめかせあう、あるいはその存在がうつりあっていることが映発である。家持において自然と作者の心情とが、それぞれその存在をうつりきらめかせあっている、あるいはうつりあっているとは、具体的にどのような状態にあることをさすのであるか。再び五味智英氏の説明をきこう。

　珠洲の海に朝びらきしてこぎ来れば長浜の浦に月照りにけり　（十七・四〇二九）

右は氏が「赤人と家持」（『岩波講座　日本文学史　第三巻』昭和三四年　岩波書店）(3)においてあげられた映発の例歌である。この歌では、作者は「長浜の月光におおわれつつ、また珠洲の回顧と長浜の感慨とをになうものとして、はっきり存在を保っている」。また一方の自然は「長浜の月光は、大和島の如く（柿本人麻呂の三・二五五「天ざかる夷の長道ゆ」の歌をさす。稿者注）作者の感動と共に波打つことなく、清く静かな景としてそこにある」。一首は、このような自然と人間との映発関係で成り立っており、「映発は一首の形象の上に欠くべからざるものとなっている」。

この歌は特に自然を詠もうとしたものではないが、長浜の浦を照らす皓々たる月光が詠まれている。景の清けき静けさは、作者家持の今日一日の感慨をになって佇つ姿と映発していよいよ清く静かであり、またそのような月光の存在によって作者の感慨も、その佇つ姿もますます明瞭である。景も人も互いに他者によってその存在をあらわにし、そしてまたそういう関係自体が一首の美的効果として感動を喚起する点が見逃せない。われわれはこの一首を鑑賞するときに景か人かのいずれか一方に焦点を感じるのではなく、景と人とのうつりあう姿に感動を覚えるのである。家持はこのようにして自然を詠み、人物（作者）を歌う。これが家持の特色である。

三　家持の資質としての「映発」

右のような家持の特色は、すでに彼の初期の作にみられるものである。

雨ごもり情《こころ》鬱悒《いぶせ》み出で見れば春日の山は色づきにけり　（八・一五六八）

右は天平八年の作である。この歌は「『出で見れば』を枢軸として、上下の『心持』と『景』とが照らし合っているのである。上の二句のいぶせさは『春日の山は色づきにけり』の下の句の新鮮な印象によって一層鬱屈の気をただよわせ、下の句は上二句の存在によっていよいよ眼を洗う如き爽快さをおぼえさせる。」（前掲五味智英「赤人と家持」）と、これも映発関係をもつ歌の一例と五味智英氏は言われる。かかる見方を延長してゆけば次の極く初期の歌もまた映発の構造をもつと言えるのではなかろうか。

ふりさけて若月見れば一目見し人の眉引思ほゆるかも　（六・九九四）

右は天平五年の作であり、家持十六、七歳と推定される。夕暮の西の空に三日月がかかっている。それは一日見た女性の美しい眉を思いださせる。景は三日月であり、人は眉の美しい女性である。眼前に同時に存在しているのではないが、両者は歌の中の言葉として映発関係にあると言えるのではなかろうか。三日月が美しいのか女性が美しいのか、両者は互いに他を照らし合い、両者ともに美しいのである。

ただ、この歌は「珠洲の海に」や「雨ごもり」の歌と異なり、景と映発するのは作者あるいは作者の心情ではない。作者は三日月を眺めている存在として歌われているが、表現の対象とはなっていない。したがって映発関係の一方の当事者たり得ない。

三日月の歌は、歌の技法から言えば比喩あるいは見立ての範疇に入るものであろう。しかし、比喩（見立て）を受けるものと与えるものとが対等な存在感を持っていることが特色である。歌われた対象のどちらかに焦点が合っているというのではない。映発はこのように他者と他者（九九四）、あるいは他者と自己・作者（一五六八）が、対等な存在関係にあることを表現している。おそらく家持は現実がこのようなものであることを若年の時すでにほとんど本能的直截的に知っていたのであろう。従ってこの認識のよってきたるところは家持の感受性、資質にあるというべきものである。映発の歌は家持のこのような資質から歌い出されたのである。

四　「映発」の本義と家持の現実

結論めいた言辞を少々急ぎ過ぎた。再びもとに戻って家持の映発の歌をながめたい。映発関係に物を置いて歌うことが美を表現する一つの技法であると、家持が初めて明確に認識したのは越中守時代であると思われる。天平二十年春、家持は二度めの冬を越中に過ごし終えて出挙巡行の旅に出た。巻十七の巻尾に近く置かれた歌九首（四〇二一～四〇二九）が、当時当所属目の詠である。「珠洲の海に」の歌もこの中にあった。一群の最初の歌は、

雄神川紅にほふ娘子らし葦付取ると瀬に立たすらし　（十七・四〇二一）

である。川の流れが紅に照り映えているとは娘子の衣裳が水にうつっているのである。早春のまだ冷たく清らか

な水と、少女らの紅の裳が映発関係にある。紅の裳は浅瀬に立つために少したくしあげられていて、そこから僅かに見える水に沾れた少女らの素肌の足もとが清潔な健やかさを感じさせる。水も少女も清らかに美しいことがはっきりと印象される。映発の美の最初の成功作であろう。

「雄神川」の歌における映発は、前に挙例した彼の初期における映発と異なるところがある。たとえば「雨ごもり」の歌は、春日の山と作者の心情とが映発関係にあるとされたが、景と人、自然と作者とは関係が固定されていない。というのは、春日の山を目にした途端、作者の心情は今までの鬱悒から解放されて明るく動いたと感じとられるからである。それまで春日の山の紅葉は明、作者の心情は暗であった。この明と暗とが互いに他の暗と明とを際立たせていたのだが、両者が相会った途端に心情の暗は動いて明に近づいた、そういう動きを伴った映発がこの歌の映発である。

また「若月」の歌における映発とも「雄神川」の歌は異なる。三日月と女の眉とはどちらが表現の焦点ともいえない対等な存在感を持つものであったが、イメージは重なり合っているのである。女の眉は三日月なのであり、三日月は女の眉なのである。即物的には別々のものであるが、イメージとしての意味は同じものをさしている。

このような初期の映発に対し、「雄神川」の映発が異なっているというのは、雄神川の水の流れと少女らとは、両者の距離が一定であり、イメージも意味的に重ならないことである。距離が一定であるというのは、心情的な関係がないということである。少女らは水に足をひたしながら水に対する関心を特に示しているわけではない。現実には冷たいとか綺麗とか少女らの嬌声は家持の耳にとどいていたかも知れないが、歌には歌われていない。家持は少女らが見せていた（かも知れない）水への関心は捨象したのである。家持が形象化したかったのは、そういう種類のものではなかったからである。水は流れているが少女らは水と心情的に無関係である。歌の表現ではそうなっている。水もまた少女の裳を沾らすとか素肌の足もとにたわむれるとか、少女らへの関係は一切歌われていない。水が紅ににほふと表現しているのは、水の無機的な性質からのことで、水の少女への関心・関係を示しているものではない。かかる関係であるからして、水は水、少女は少女であって、両者はイメージとして併存しているが重ならない。「若月」の歌で女の眉と三日月が重なっていたのとは全く異なっている。家持はかかるものとして美を見出したのである。これは他の万葉歌人に見ることのできない家持独特の美であって、映発とはかかる美を称していうのが本義であり、厳密であろう。

家持が右のような関係に美を見出し、歌における世界をこのようなものとして構築するようになったのは、越中国守として単身赴任して一年半以上を経過し、最初の冬の大病を克服し、二度の厳しい冬を耐え抜き、政務も年に恒例のものは一巡し、行政を通じて現実の姿を認識したことと無関係ではなかろうというのが私見である。つまり異国の地に生活して壮年を迎えた家持の一種の独立の気概が生んだ現実認識が、歌の世界、すなわち美をどのようなものとして捉え、そして表現するかという世界に反映したのが映発の美であり、技法であるだろうと私は思うのである。なぜなら映発の関係というものは、映発する両者が互いにかかわり合うことなくその存在を発揮し合うものであって、それは現実の人間関係、現実と自己との関係の中にも類型を見出せるものだからである。

「珠洲の海に」の歌において、作者は景とまぎれることなく、景に対して自己の感慨をになうものとして佇っていた。対象に融即せず、対象に主観を没却せず、作者の姿は明確であった。しかし同時に対象（自然）とかかわりのない姿でもあった。対象（自然）から疎外された姿ではないが、ただ一人ある姿である。孤独という感傷はない。しかし一人の姿である。同族大伴池主は越前へ去り、未だ大伴大嬢を迎えず、しかし政務に精励する国守家持の現実に対する心構えや態度に、映発といわれる関係の自然対自己のあり方が通じていないであろうか。
勿論、家持と同じような境遇にあった官人も当時少なくなかったであろう。そしてそれらの官人たちが家持と同じような認識をし、同じような美を見出したわけではないから、事は家持の個性、資質に属する。しかし家持に越中国守としての体験がなかったなら、この資質は花開く契機を持たなかったであろう。

五　家持と現実との関係

家持はかくして現実と自己との距離関係に、ある種の公的な充足感を見出していたと思われるが、この距離関係は同時に他者相互間における関係でもあった。「雄神川」の歌はこのような対象相互間の関係が生んだ美である。照らし合い、うつり合うが侵し合うことはない。渾融せず収斂せず、しかし疎外し対立するのではない。相互に心情的な関係はないが、それぞれの存在を必要不可欠としている。このようなあり方は、端的に言えば、中央からやってきた貴族である家持という行政官と現地越中国の民衆との間における望ましい関係であったはずである。

家持が意識して右のような関係を政務に反映し、作歌に投影しようとしたとは私は思わない。事は前にも述べたように家持の資質にかんすることである。家持が政務に作歌に充足を覚えたとき、世の中の現実や作品の美が、上のような関係のものとして立ち現われてきていると言えるだろうと思うのである。後代のわれわれは作品を通してしか家持を知り得ないが、作品に表わされた美が作家の資質にかんするものならば、同じ資質が他の面にも現われるのは事の道理である。だから逆に作品の美は家持の越中における生活、現実認識から自然にしかし必然的に生まれてきたと言えるし、そう考える方が作品の美が現実認識に先行したと考えるより常識的である。家持が自然を映発の関係において美と捉えた、ということは、現実をもそのようなものとして捉え得たとき現実への充足・満足があったことを意味する。問題は「家持における自然」にとどまらないのだと思う。

六　「映発」の変化

以下しばらく、やや私事にわたって恐縮であるが、御宥恕を乞いたい。昭和五十六年の夏、私の属する万葉七曜会という私的な会で、五味智英氏を囲んで「山部赤人をめぐって」というテーマで座談会を行なった。前年の夏にひきつづいて、山部赤人をめぐる諸問題、わけても五味先生（七曜会は五味智英氏門下生の集まりである）の赤人についての見解をうかがうことが目的であった。座談会の記録の委細は『論集上代文学』（笠間書院刊）の第十一冊（昭和五六年）、十二冊（昭和五七年）に収録してあるので御参照願いたいが、そこで座談が家持にも及んだとき、家持の「映発」について、先生の見解が以前と変られたことをわれわれは知ったのだった。

先生はその日、「珠洲の海に」の歌は、映発の関係によって成っている歌ではないとされた。この歌は「ずうっと通っている調べ」を尊重すべき歌であって、第一句から最後の句までに表わされたかなりの時間を、その時間の経過する中での心情の起伏をのせて歌っている歌だと言われた[4]。

そして「映発」とは、映発する両者の対偶的な感じが大事なのであって、両者が照らし合い励まし合っている関係である。両者は同じ重量でもって立ち現われ、一方を除いてしまうと歌の効果がなくなる、そういうような関係が「映発」である。たとえば、

もののふの八十少女らが汲みまがふ寺井の上の堅香子の花　（十九・四一四三）

が「映発」の歌としてふさわしい歌である。

先生の言葉を数か所から綴り合わせると上のようになる。右の「もののふの」の歌は、「赤人と家持」（前出）でもあげておられた映発の例歌であるが、座談会の席上ではほとんどこの歌だけが「映発」の例歌として認められ、

春の苑紅にほふ桃の花下照る道に出で立つ娘子　（十九・四一三九）

うらうらに照れる春日にひばり上がり心悲しもひとりし思へば　（十九・四二九二）

なども「映発」とみることには難点があるとされたのである。

当時、先生の見解変更に対するわれわれの困惑は大きかったが、先生は「人間は進歩するよ。」と、われわれの困惑を一笑に付された。今、私はこの問題を次のように処理しようと思っている。

七　改めての「映発」と家持の歌

映発の字義は二節に掲げた。この理解によると、映発は同類・同質のものが互いに照らしあい、うつりあうのであって、異質のもの、たとえば明なるものと暗なるものが互いにその存在をひきたたせあうのではない。したがって「雨ごもり」の歌は映発関係とは言えない。「うらうらに」の歌もまた同様であろう。

「珠洲の海に」の歌は、やや微妙なところがあって、従来の解釈、つまり五味智英氏が「赤人と家持」で示されたような解釈も依然可能だと思われる。氏の新しい解釈は、歌が語句の意味だけではなく、「調べ」もまた十分に意味を発揮するのだという、当然でありながらややもすれば見逃しがちな真理を如実に示されたもので、この歌の鑑賞として埋もれていた側面を提示されたものと受けとめることができる。しかし、長浜の浦の月光と、月光の中に佇つ作者の姿とが読後の印象として鮮やかなイメージを結ぶこともまた否めない。これを「映発」の

関係ではないとされることは、「映発」の字義自体からは正しい。作者と月光、人物と自然が異質のものであって、月光が清らかであれば作者も清らかであるというのではない。作者が感慨をになって佇つのであるなら月光も感慨を持つのではない。しかし「映発」とは言えないものであっても、月光と作者とがそれぞれはっきりと存在を保っていることは確かであろう。そしてその存在が一方の他者によって存在感を際立たせていることも確かだと言えよう。言うならばこれは「映発」に似たあるもの、ある関係であろう。このような関係を、今、私は何と称してよいかわからない。が、相互が関係なく併存していて、しかしお互いを明らかにし合う関係、そういう関係を表わす名称がなくても、そういう関係が存在するということだけは認められるのではなかろうか。家持が越中で見出だしたのは、現実と自己、諸物相互の間におけるそのような関係であって、その中での一つとして「映発」という同質のものが互いに照らし合う美的な関係があるのだと言えるのではなかろうか。「雄神川」の歌に映発の本義があると前述したのは、かかる「映発」を予定していたからのことであった。（おそらく五味智英氏も「雄神川」の映発は肯定なさるであろう。）

かくして「映発」は、五味氏によって「もののふの」の歌のみに厳格に適用され、美の一類型であり、美的関係を表わす術語として狭義に、ないし本義に添って定義され直したと私は考える。上述来の文中で「　」を付した映発がそれである。しかし「映発」の定義から外れたが、かつて映発関係を持つとされた歌々における諸物の相互関係はそのまま残り、それらの関係を通して行った考察も決して無駄ではなかったと思われる。そこで次の考察もまた有効性を持つことになろう。

うらうらに照れる春日にひばり上がり心悲しもひとりし思へば

「うらうらに照れる春日」の「ひばり」は家持の外にある自然である。家持は「心悲し」く「ひとり思」っている。自然と人物とが歌の中に併存しているが、新しい定義によって「映発」の関係ではない。そして自然を表わす上三句と人物を表わす下二句とがいかなる関係であるか文法的、論理的には表現されていない。「ひばり上がれど」でもなく、「ひばり上がれば」でもない。「春日」あるいは「春日のひばり」と作者とは論理的には無関係に併存し、したがって「明るいけれども暗い」のでもなく、「明るいから暗い」といっているのでもない。無関係に併置された関係、家持は自然と自己との関係を、この時このように捉えていた。いうまでもなくそれは現実と自己との関係であった。これこそが家持の孤独であって、家持にのみみられた孤独である。この歌を家持の絶唱と言うならば、家持は外界とかかわるすべてを持たなくなった自己、かかる関係の現実と自己を歌うことによって芸術的達成を得たのである。

「悽惆の意、歌にあらずは撥ひ難きのみ。よりてこの歌を作り、もちて締緒を展ぶ」とこの歌の左注に家持は記した。外界にかかわるすべを持たない自己の対象化が歌を歌うという営みであるとは、かかる営みをいかほど繰り返したとて、歌は「悲しき玩具」以上のものではあり得ないことであろう。これを空しいと思うならば歌うことを止める他ない。家持は歌の芸術的達成とひきかえに、その選択を迫られていたと思われるのである。

注

（1）『増補古代和歌』として、昭和六二年三月、笠間書院より復刊。

（2）「大伴家持論―花鳥諷詠長歌の機能とその成立契機―」『論集上代文学　第七冊』（昭和五二年　笠間書院）。後、拙著『万葉詩史の論』（昭和五九年　笠間書院）に収録。

（3）五味智英著『万葉集の作家と作品』（昭和五七年　岩波書店）に「赤人」「家持」と二分して収録。

（4）この歌の新しい解釈については『増補古代和歌』（前掲注1）の「珠洲の海に」、及び『五味智英万葉集講義　第三巻』（昭和六一年　光村図書）にある。

九　大伴家持、史生尾張少咋を教へ喩す歌

史生《ししやう》尾張《をはりの》少咋《をくひ》を教へ喩す歌一首　并せて短歌

七出例に云はく、

ただし一条を犯さば、即ち出だすべし。七出無くして輙《たやす》く棄つる者は、徒一年半なりといふ。

三不去に云はく、

七出を犯すとも、棄つべからず。違ふ者は杖一百なり。唯し奸《かん》を犯したると悪疾とは棄つること得といふ。

両妻例に云はく、

妻有りて更に娶る者は徒一年、女家《じょか》は杖一百にして離てといふ。

詔書に云はく、

義夫節婦を愍《めぐ》み賜ふといふ。

謹みて案ふるに、先の件の数条は、法を建つる基にして、道を化《をし》ふる源なり。然れば則ち義夫の道は、情別なきに存し、一家財を同じくす。豈旧きを忘れ新しきを愛《うつく》しぶる志あらめや。この故に数行の歌を綴り作《な》し、旧き

を棄つる惑ひを悔いしむ。その詞に曰く、

大汝　少彦名の　神代より　言ひ継ぎけらく　父母を　見れば貴く　妻子見れば　かなしくめぐし　うつせみの
世の理《ことわり》と　かくさまに　言ひけるものを　世の人の　立つる言立て　ちさの花　咲ける　盛りに　はしきよし
その妻の児と　朝夕《あさよひ》に　笑《ゑ》みみ笑まずも　うち嘆き　語りけまくは　とこしへに　かくしもあらめや　天地の
神言寄せて　春花の　盛りもあらむと　待たしけむ　時の盛りぞ　離れ居て　嘆かす妹が　いつしかも　使ひの
来むと　待たすらむ　心さぶしく　南風《みなみ》吹き　雪消溢《ゆきげはふ》りて　射水川《いみづがは》　流る水沫《みなわ》の　寄るべなみ　左夫流《さぶる》その児に
紐の緒の　いつがり合ひて　にほ鳥の　二人並び居　奈呉《なご》の海の　奥を深めて　さどはせる　君が心の　すべも
すべなさ〈佐夫流といふは遊行女婦《あそびめ》が字《あざな》なり〉（18・四一〇六）

反歌三首

あをによし　奈良にある妹が　高々に　待つらむ心　然《しか》にはあらじか　（18・四一〇七）
里人の　見る目恥づかし　左夫流児に　さどはす君が　宮出後姿《みやでしりぶり》　（18・四一〇八）
紅《くれなゐ》は　うつろふものそ　橡《つるばみ》の　なれにし衣《きぬ》に　なほ及かめやも　（18・四一〇九）

右、五月十五日に、守大伴宿禰家持作る。

先妻《こなみ》夫君の喚ぶ使ひを待たずして自ら来る時に作る歌一首
左夫流児が　斎きし殿に　鈴掛けぬ　駅馬《はゆま》下れり　里もとどろに　（18・四一一〇）

同じ月十七日に、大伴宿禰家持作る。

本文の訓読は以上の如くである。『新編古典文学全集』に従ったが、一箇所文字の表記を変えた。長歌末尾にある注の「左夫流」を漢字原文どおりの「佐夫流」に改めた点である。このことについては後に触れる。

一　問題の提示――虚構説の紹介

さて端的に問題を提示しよう。問題はただの一点である。すなわちこの歌群は史生尾張少咋を教え喩すために少咋本人に送り届けた歌であるのか、それとも少咋には見せずに虚構をまじえて他者の感興を得んとして作られた作品であるのか、という問題である。

旧来の注釈書類で、この問題を特に採りあげたものはない。題詞を極く自然に解すれば少咋を教え喩すために作歌したというのであるから、当然、本人には見せたということになる。

しかし近時の説には、本人に見せたことを疑う考え方がある。早くは『全注　巻十八』（伊藤博著　平4）であろうか。少し長いが適宜省略しつつその所説を引用してみよう。

……歌い終って二日後、早くも、妻の乗り込みがあったというのはできすぎと言えはしまいか。「五月十五日」と「五月十七日」とは、歌を尾張少咋に贈り届けたように見せかけた月日にすぎないであろう。……教喩ということを題材に、この際歌を詠むということ自体が家持の楽しみであり、目的であったというのが真相のように思われてならない。……

この一連、法文や詔書、とくに詔書を持ち出している点、「大汝少彦名の　神代より言ひ継ぎけらく」などと事々しく歌い起こしている点、「言立て」の語が見える点、越中のあれこれを譬喩の素材に持ち出している点等々から推して、作歌の感興としては、かの詔書を寿ぐ歌（四〇九四～四〇九七）あたりからの脈の中にあると考えられる。「五月十五日」「五月十七日」の日付が虚構に裏打ちされていることはこの点からも窺い知ることができよう。全体として国守の役目からもほほえましく読み取ることができ、やはり、近く大帳使として帰り立つ都において橘諸兄など都の人に手土産として披露することを意識しての詠と見てよいのではないか。長歌末尾に「『左夫流』と言ふは遊行女婦が字なり」と注記するところも、この都の人々への目（説明）ということに関連していると言えよう。

と、少咋には無関係（見せず、届けず）に都の人々への手土産の作として、部下の事件を詠んだとする。しかし虚構の作なら登場人物の尾張少咋も虚構の人物であるかというと、少咋はれっきとした実在の人物なのであった。「越中国官倉納穀交替帳」（『平安遺文』）に、天平勝宝三年（七五一）、従八位下、越中国史生と記されている人物である。家持が下僚の法に触れかねない失態を監督責任のある守でありながら、他者である都の人々に本人の承諾もなしに披露することをどう考えたらよいか。『全注　巻十八』はその点について次のように言う。

……家持の当該作品がすこぶる戯笑性に富み、物語的である点を重んずるならば、そのこと故に、少咋はさしたる被害を受けることなく、その後、むしろ人気者として扱われたのではなかったか……逆に言えば……その事件に家持は実際にはさしたる義憤など感じることなく、教喩ということを題材に国守の立場からの歌を詠むということ自体を楽しんだために、戯笑性と物語性とを表立てることになり、連動して実在の人尾張連少咋を憎み得ない人物として造型するに至ったのではあるまいか。

戯笑性、物語性が免罪符となって実在の少咋のとがは許され、むしろ人気者となったと説く。ただしそれは都でのことである。越中国府においては何らの教喩もなされなかった。とすると尾張少咋は里人の嘲笑の対象であり続けたのであるか。又、作品発表後には思惑どおり少咋は人気者となったとしても、発表以前に家持には少咋がそうなるはずだという確信があったのであるか、思惑どおりにゆくかゆかぬかは一種危険な賭ではなかろうか。『全注　巻十八』はこれらの点について何ら触れない。

虚構説には説得力のある部分が確かに存在する。その核となる部分は、五月十五日に教喩歌を作り、その二日後に少咋の妻が京から乗りこんできたという、あまりにできすぎた筋立てである。中西進もその辺のところを疑わしいとみる。

ところでほんとうに妻は下ってきたのだろうか。笠金村が代作した女の歌では、女ひとりが男のあとを追えないといって嘆く（4・五四三）。少咋の妻もなかなか下っては来られなかったであろう。どうも作りものめいているので、おもしろみを狙った感じがする。こううまくいくはずはないから、家持のユーモアかしからずんばおどしか。そしてそこまで考えると、少咋の浮気じたいが虚構のように思えてくる。……家持は小説家でもあった。（『大伴家持　第四巻』角川書店、平7）

という。金村の代作歌は、神亀元年（七二四）の行幸に供奉した恋人の官人の後を追いたいという女のための代作歌で、紀伊国の関守が女ひとりの旅では関を通してくれないだろうと嘆く。しかし当該歌は先に単身赴任した夫の任地へ正妻が同居のため下って行くのであるから笠金村歌と同列に論ずることはできない。だがしかし、それにしても話はうまく出来すぎているという感は否めない。

佐藤隆は作品の構造分析を通して虚構説を主張する。

鞶面をして形式ぶって詠み始めた律令利用の条文に、更に、歌で徐々に滑稽味・戯笑性を加えて行くという、硬軟の落差を構成上用い、その上に、最後の一首でその滑稽味・戯笑性を最高潮にもって行き、そこに物語性を加味する作品となっていると捉えたい。

といい、少咋が左夫流児と同棲するという「実際上の些細な事件」はあったと認めた上で、

家持にとっては、十五日作も十七日作も、実際上の事件を題材とした、純然たる虚構の文芸作品であったと考える。

と結論し、本歌群を「間も無く上京する時の橘諸兄への家苞歌群」の一つと『全注　巻十八』(『釈注』も同じ)説を支持する。(「大伴家持の教喩歌」『大伴家持作品研究』おうふう、平12)。

佐藤のいう作品構成についての指摘は的確である。最初の部分、律令条文を重々しく布置した後に「大汝少彦名の神代より……」と真面目に説き起こし、次第に戯笑性を加味し、最後の一首四一一〇歌に至って戯笑性は最高潮に達し、物語が劇的に決着するという仕組みは、虚構説に立てばまことにその通りであって、抒情詩人家持にとっては意外な才能であるとでも言う他ない。家持がこうした作品、説話性への傾向を示す作品を持つことはかつて私も考えたことがある。(「教喩史生尾張少咋歌の説話志向性」『万葉詩史の論』笠間書院、昭59、初出昭52)。しかし私は構成的意図に基づいた虚構の作品だとまでは考えなかった。少咋に届け少咋に見せた作品であると考えていたのである。本人に無断でこうした作が、教喩もしないのに教喩の歌だと言って第三者に公表されるということがあり得ようか。心優しい家持がそのようなことをするであろうか。『全注』の弁明を聞いても全く無理な話だと私は思う。あまりにも少咋の人格を無視した話だと思うのである。

二　律令条文前置の理由

私は、この一連(四一一〇歌を除く)は、国守家持作として少咋に送り届けたと思う。少咋に対しては頭ごなしに叱りつけたり、観念的な理屈を並べて道徳を説いたりするより、この形式の方が効果があると考えた家持の判

断によってこの一群の歌は作られ、直接、少咋に送り届けたと思うのである。そう考える理由を次に何点かあげよう。

まず第一に歌の前に付された大仰な律令の条文である。「七出例云」、「三不去云」、「両妻例云」、さらには「詔書云」と列挙して、最後に「謹案」として自己の考えを家持は述べる。家持が当該作の手本とした山上憶良の「令反或情歌」（5・八〇〇）にも漢文序があるが、これほど長々しく仰々しくはない。まして律令の条文など引用していない。家持の「謹案」以下の部分が憶良の漢文序にあたる部分であって、憶良作を模範とするならばこれだけで十分だったのである。家持は何ゆえにかかる頭でっかちの、全体の均衡を失するほどの長さの律令条文を文頭に置いたのか。この条文を橘諸兄らに読んでもらうことが必要不可欠であると考えたのであるか。彼ら高級官僚は律令は熟知している。家持に説明を聞くまでもない。又、読みたいと思えばいつでも律令条文は読めたであろう。そういう環境・地位の中に都の高級官人たちはいるのだ。彼らに対しては律令は簡潔に紹介するだけで十分なはずである。

律令条文の引用は、教喩の相手が史生尾張少咋であればこそである。史生は国司四等官の下に位置づけられた下級の役人であって、公文書を浄書し、文案に上司四等官の署名を取ることを職掌にした。その他に書記的な雑用は多かったであろう。律令制開始以来諸官庁は事務量の増大につれてしばしば史生の増員を繰り返したという。結構繁忙な職務であったようだ。越中国では三名と規定され、少咋の他に土師道長《はにしのみちよし》の名が万葉集に残されている（17・三九五五左注）。史生ならば職業柄文字は読める。しかし卑官であるから自由に律令条文を読むことはできなかろう。中央から地方国庁に頒布された律令は一部か二部であろう。おそらく国庁では守や介という高位の国司の近くにそれはあり、必要に応じて部分的な書写をしながら官人たちは日常の業務を行なっていたのだと思われる。つまり、家持はいつでも律令条文を手に取り読むことができたが、史生尾張少咋にはそれは難しいことだったと思われるのである。かかる状況下で家持は少咋に律令の条文にはかくかくしかじかとあるのだと該当箇所を摘記して示したのだ。耳に内容は聞いていても実際の条文を目にして読む機会のない少咋には、国守家持がわざわざ書写して送り届けてくれた律令の条文ははじめて自らの行為の意味を知らせてくれるものではなかったか。守である家持が自ら書写した条文は、少咋にとってこれ以上確かなものはなく、信じざるを得ぬものである。家持は少咋の環境・境遇を考えて親切にもそうした処置をとったのだ。決して作品構成上の意図からではない、と私は判断する。

三　作中の敬語の問題

第二に歌中に使用された敬語の問題がある。軽い敬意を示すという「す」がしばしば少咋とその妻に対して用いられている。それは何ゆえか。その理由は諸注に未だ明確な説明あるを聞かない。次に歌中の敬語使用例を列記する。

（1）　春花の　盛りもあらむと　待たしけむ　時の盛りそ……
（2）　離れ居て　嘆かす妹が　いつしかも　使ひの来むと　待たすらむ……
（3）　奈呉の海の　奥を深めて　さどはせる　君が心の……
（4）　左夫流児に　さどはす君が　宮出後姿

国守家持が、いかに中央から派遣された官人とはいえ四等官より下位の少咋及びその妻に対して敬語を用いて歌うものであろうか。私は前稿ではその理由を、家持が表現の上では国守の地位を離れて左夫流児と同列の遊行女婦の立場に身を置いて作歌したためであると考えたが、今、前稿の考え方を撤回して、新しく考えたところを述べる。

少咋は家持の下僚とはいえ、家持よりもはるかな年長者であった。それゆえに年長者に対する敬意を以て敬語を使用したのである。少咋の年齢は不明であるが、歌中に、

ちさの花　咲ける盛りに　はしきよし　その妻の児と　朝夕に　笑みみ笑まずも　うち嘆き　語りけまくは　とこしへに　かくしもあらめや　天地の　神言寄せて　春花の　盛りもあらむと　待たしけむ　時の盛りそ……

と歌われていることから推察するならば、少咋は結婚後も長年の間、不遇な貧しい生活を続け、ひたすら栄達の機会を妻と共に待っていたのである。それは決して短い年月ではなかったであろう。家持はこの時三十歳前後、まだ独身の青年国守である。他方少咋はようやく少咋なりの栄達の地位にたどりつき、しかもはや青春を遠く離れた年齢に達していたのであろう。こうした中年の単身赴任の男に、突然のようにとびこんで来た自由な生活、そこに現れた美しい？　身辺の世話まで細々と面倒をみてくれる押しかけ女房的な左夫流児にうかうかとハメをはずしてしまったのだと思われる。同じ単身赴任の家持には、少咋のその気持は分らないでもない。感性豊かな家持には十分に理解できる事柄であったろう。したがって強く叱責する気持にはなかなかなれない。しかも家持は少咋の長い苦節の時期を平城の都で見聞していたかも知れない可能性がある。家持は国守赴任以前は蔭位を以て内舎人として宮中に出仕していた。比較的責任の軽い職務で繁忙でもない境遇であったろう。対するに少咋は史生としての実力をつける努力をしながら確たる地位と職を求めて宮中周辺を徘徊するような日々を過ごしていたと考えてよい。両者は噂にせよ面と向かってにせよ、相互に知り合っていたかも知れない。そのような時代に、

家持は年長の少咋に対して軽い敬語を以て接していた。両者の地位は越中国における現在に比べてそれほど隔絶したものではないと思われるからである。その平城京時代の習慣が越中時代にまで尾を曳いたのではないか。家持のやさしさである。

『窪田評釈』（昭27）は家持が国守以前に少咋を既知であったと推察して次にように言っている。

家持が長官でありながら、下僚に対してこのやうに優しい態度をもつて臨んでゐるのは、大体は彼の人柄から来てゐるのであらうが、そこには少咋に対しての私的な情もまじつてゐたのではないかと思はれる。それは上にも触れて云つたやうに「ちさの花咲ける盛に」より「待たしけむ時の盛ぞ」までは、少咋の史生となる以前の貧窮時代を叙してゐるものであつて、それも推量に依つてのみ描いたものではなく、親しく眼に見て、知悉してゐたことを思はせるものである。それだと、少咋を史生に抜擢したのは家持であつて、彼は少咋に対して個人的にも責任のある仲となる。……

史生となる以前の少咋を家持は知っていたのだという『窪田評釈』の推測は、歌われた歌の内容、貧窮時代の夫婦の嘆きをちさの花の盛りという、おそらく夫婦の家の庭に咲いていたのを見た経験と思われる情景の中で歌っていることから可能性の高いものがある。窪田の慧眼《けいがん》と言ってよい。但し少咋の史生赴任は家持の抜擢であるとまで言えるかどうかは留保しておきたい。ともかく公的な場での上下関係は厳然として存在するが、個人的な私的な関係の中では家持は越中着任以前における年長者少咋との待遇関係を維持していたと私は思う。軽い敬意を示す「す」は、そのようなものとして使用されたのである。少咋には見せず他者に披露する作品に守大伴家持が史生尾張少咋に対する敬語の必要性は説明し難い。少咋を「君」と呼ぶ二人称的発想も敬語使用の意識とからめて対者に直接示す軽い敬意の表現と理解すべきと考える。

四　揶揄的と見なされる表現の問題

第三点は、一群の作品中に少咋に対する揶揄的嘲笑的な表現がみられるとされる点をどう解するかである。家持はほんとうに少咋を揶揄しているのであるか。そうであるとすれば少咋を教喩するというのは表面的な口実で、実は家持は第三者的立場に立って物語的虚構性を作品に加味し、聴衆の受けを狙ったのだということになる。問題になるのは反歌第二首、四一〇八歌である。

里人の　見る目恥づかし　左夫流児に　さどはす君が　宮出後姿

歌は左夫流児にうつつをぬかしている少咋を、里人が後指をさしながら笑っているのも知らずに、本人自身は意気揚々と国庁を出入している姿に表現している。この表現は少咋を己を知らざる滑稽な人物として突き放したものであろうか。家持は彼を揶揄の対象としたのであろうか。『窪田評釈』は「これは喩すといふ意は間接で、家持の苦々しく、きまり悪く思ふ気分の主となつてゐるものである」という。これは的確な解である。「恥づかし」の語は万葉にここ一例しか無いが、「恥づかし」いのは家持自身なのである。家持は少咋を揶揄しているのではない。揶揄しているのは里人であって、それを気づかずにいる少咋を見ると自分は恥ずかしくてたまらないというのである。少咋の側に立ち少咋を思いやっていたたまれぬ気持を表しているのである。「あなたはこんな風に見られているのですよ」と、少咋の意気揚々たる姿を里人が裏腹に捉えた「宮出後姿」という表現で少咋に気づかせ、自身のやり場のないきまり悪さを少咋に訴えたのである。この歌によって少咋が己の客観的な姿にはじめて気づいたとしたら、これはこれで立派な教喩の歌ではなかろうか。「恥づかし」の語に注意すべきである。家持は里人と一緒になって少咋を滑稽な人間として笑っているのではない。「里人が少咋、あなたを笑っているのを見ると私は恥ずかしい。いても立ってもいられない気持です。私にこんな思いをさせるとは、あなたの後姿が！」と、自己の心情を述べる家持は、あくまでも抒情の人であると言ってよい。

五　長歌末尾の注の問題

第四に長歌末尾に記された「佐夫流といふは遊行女婦が字なり」の注がなぜ存在するかの問題がある。都の貴人たちに面白おかしく報告したのだという全注説の大きな根拠にこの注の存在がある。確かに直接少咋に送り届ける歌にこの注は無用である。都の人々に披露、説明するための注だと考えられなくもない。しかし疑問がある。注は遊行女婦の字を「佐夫流」と記すが、長歌及び反歌また四一一〇歌にわたって計三度記される遊行女婦の字は「左夫流」である。「佐夫流」ではない。したがってこの作品群が作られた時点で付された注であるならばすべて統一されて「左夫流」とあるのが自然である。ここだけ「佐夫流」とあるのは、五月十五日、十七日の本歌群製作時に同時に付された注とは考え難いものがある。因みにたとえて言えば、諸注釈書の中で『古典全集』『新編全集』『古典集成』『全注　巻十八』『釈注』は、漢字原文の箇所では「佐夫流児」と記しながら（『古典集成』は原文なし）、訓読文の箇所では「左夫流児」と表記を改めている。統一の意識が働いたものと言えよう。一時にまとめて書くならばそうした表記統一の意識が、特に固有名詞においては働きやすいのではなかろうか。「佐夫流」は後日に付せられた注であると思われる。それも歌の内容を知った者すなわち作者家持が、歌中に「サブル」の語をかつて用いたことを思い出して、注を付す必要をその時感じて、ほとんど咄嗟に付したのであろう。そのために歌中の「左夫流」とは表記が異なって「佐夫流」としてしまったのである。と私は推測する。少咋に送り届けた時には勿論この注は無かった。後日必要あって家持がつけた注である。

では、その必要とは何か。後日とは家持の万葉集編纂時である。もはや少咋は老いて死没していたかも知れない。注を付した理由は、長歌の歌句をよく読めば分かると思う。長歌の中では「サブル児」という固有名詞は出てこない。「……寄るべなみ左夫流その児に」とあって、そこでは「左夫流」は動詞として機能している。うらぶれすさんだ漂泊の生活をする意と、優雅にふるまう意とが掛けられた言葉であり、文献としては前者の意、遊行女婦の字としては後者の意に用いられている。製作当時は「左夫流児」は周囲に聞こえた名であったから掛詞は生きて理解されていた。その点でも注の必要はなかった。しかし、二、三十年も経過した後では「左夫流児」がその時の遊行女婦の字であることを知る者は少なくなってしまっていた。家持はこの点を心配して注をつける必要を感じたのだ。「左夫流」を前者の意にのみ解されては困ると家持は思ったのだと思われる。都の貴人たちのための注ではなく、万葉集の読者のための注であると私は考える。

六　五月十七日歌の問題

さて最後に五月十七日に歌った四一一〇歌の問題である。五月十五日に少咋を教喩する歌を作って、その二日後に突如先妻が来越して、急転直下一件落着となった次第は、話がうまく出来すぎている。到底、現実に起こった事柄とは考えられない。また、この一首の存在によって一群の歌の面白味は最高潮に達し、虚構の物語はみごとなまとまりを示すのだという見解が虚構説には共通に存在している。果たしてそうであろうか。

まずくれぐれも前提として言っておかねばならぬことは、四一一〇歌は「教喩史生尾張少咋歌」ではないということである。四一〇六歌の題詞はこの歌にまで及んでいないのである。そのことは少咋を教喩しようとした時点では、四一一〇の歌を作る構想は無かったのだと言えるということだ。たまたま事実として教喩歌を作った二日後に奈良にいた少咋の先妻が越中国府に到着した。家持は後に触れるように先妻の下向は予期していた。しかし意外に早い下向に驚いてこの歌を作ったのだ。里人らにとっては少咋を含めて勿論寝耳に水の知らせであったろうが、家持は先妻の下向を待っていた。家持が呼び寄せたのである。ただ到着が予想より早かった。家持も里人も驚いたが両者の驚きは違っていたのである。

少咋の妻は前々から夫からの迎えの使者を待っていた。その心情は四一〇七歌に「奈良にある妹が高々に待つらむ」と家持が想像して歌っている。四一一〇歌の題詞では迎えの使者を「喚使」と記している。令の規程には見当たらないが、そうした存在は当然あったものと思われる。少咋は家持らと共に越中に単身赴任し、やがて妻を呼び寄せる約束をしていながら、左夫流児にうつつをぬかしてなかなかその約束を履行していなかった。家持は少咋が妻との約束に反して妻を喚び寄せないのを知っていた。そこで家持は少咋の妻を喚び寄せるべく国守の権限でこれを実現すべく手配をしていた。伝符《でんぷ》を発行し伝馬を先妻のために用意したのである。具体的には前年（天平二十年）十月、掾久米広縄が朝集使として上京するのにことづけて、少咋の妻を朝集使一行の帰国に同伴し連れ帰ることを計画していたのだ。駅馬と違って伝馬は国守の権限で伝符を発給し使用許可を与えることができる。駅馬は京職の許可が必要であり、また少咋の妻の下向は公用でもなければ火急の用でもない。また駅馬の場合は駅舎から駅舎への旅であるが、伝馬は郡家から郡家への旅である。詳しくは分からぬが、郡家に宿泊する方が、その土地の人々の素朴な接待を受けられるとしたら、女性の旅には都合がよいのではなかろうか。

四一一〇歌の「鈴掛けぬ駅馬」というのは駅鈴は持たず伝符を持った伝馬をかく称したのである。彼女が国府に到着する約一月前に、それこそ正真正銘の駅鈴を鳴らした駅使が越中国府に馳せ下って来た。陸奥国からの出金に加えて大伴家歴代の忠誠を嘉した聖武天皇の宣命を伝えた駅使である。さぞかし越中国府は湧きたったことであろう。「里もとどろに」はその時の情景をオーバーラップさせた表現であろう。一月前の印象も失せぬうちに、今度は少咋の妻が伝馬に乗ってやって来た。こちらは鈴の音こそ響かぬが、前述したように家持にとっても里人にとっても大きな驚きであった。一方、少咋の妻は、閏五月下旬に帰越する予定の久米広縄ら朝集使一行とゆっくり行を共にする心の余裕はなかったのであろう、越中での夫の不行跡の噂を聞いて、朝集使より一足早くの越中下向を思い立ち実行したのだ。おそらく朝集使のうちの数人の男性が少咋の妻に付き添ったに違いない。それらの人々に付き添われて少咋の妻は一日も早くと旅を急いで、五月十七日、越中国府に到着したのだ。

家持は前月の聖武の優詔を賜わった感激がさめやらず、高揚した精神状態の中で「賀陸奥国出金詔書歌」（四〇九四）を歌い（五月十二日）、その延長上に天皇の官僚としての国守意識が高まり、少咋を教喩する歌を作ったのだ。しかし下僚とはいえはるか年長の少咋にいかなる態度方法で喩歌したら良かろうかと熟慮した末の作が「教喩史生尾張少咋歌」の一群なのであった。五月十七日作の四一一〇歌はそうした熟慮の外のものである。時々の経過にしたがっての日録として記した作なのである。これを始めからの構想の中にあった作だとするのは当たらない、と私は思う。家持はあくまで抒情詩人であって、事柄を構成して述べようとする叙事的な歌人ではない。家持における長歌は、家持の心情を恣意的に述べる自由な形式として意識されたのであって、高橋虫麻呂がしたような叙事に向かう意欲はなかった。また山上憶良のように自己の内なる観念を歌い自己の外なる現実を叙する精神もなかった。家持は心情の人である。少咋を題材にして戯笑性、物語性を意図した作を、少咋には知らせずに、知らせたかのように見せかける人ではないと私は信じる。

七　おわりに

以上、「教喩史生尾張少咋歌」及び四一一〇の歌の一連の作が戯笑性・物語性を持った虚構の作品ではない、家持なりに熟慮した少咋教喩とそれに附随した歌であることを推論した。こう推論することによって、律令条文を前置したこと、少咋とその妻に敬語を使用したことが解決でき、揶揄的表現は揶揄ではないと見ることができ、長歌末尾の注は製作時の注ではなく後年の注であると考えることができ、最後の一首は当初の構想になかった日録の歌であると規定することができた。家持は情をこめて少咋を教喩しようとしている。ちさの木（えごの木説を採る）の花蔭に貧しく若い夫婦が不遇を語り合う回想の情景は何と美しいことか。木石でなければ少咋も心打たれたはずだ。また紅と橡とを対比して先妻との長い年月と変らぬ夫婦の仲らいを説く歌にもしみじみとした味わいがある。澤瀉久孝が『注釈』の装丁に橡色を用いた心情は家持のこの心をしみじみと汲んだものであろう。家持の以て冥すべき解は以上のようなものであろうと私は考える。

収録論文初出一覧

序　章　古代抒情詩論

一　古代抒情詩の誕生―その歴史的基盤の普遍性―
（『松田好夫先生追悼論文集万葉学論攷』平成二年四月　続群書類従完成会）

二　人麻呂・憶良・赤人・家持―抒情詩の類型―
（「高校通信」9巻1号　昭和五十年一月　教育出版）

第一章　王権と万葉歌―平城遷都以前―

一　舒明・雄略御製「夕されば……」錯雑考
（『論集上代文学　第十九冊』平成三年十二月　笠間書院）

二　天武天皇の王権と吉野御製（新稿、未発表）

三　壬申の「乱」と万葉集
（「万葉古代学研究所年報」第1号　平成十五年三月、奈良県立万葉古代学研究所）

四　天武天皇と五百重娘
（『青木生子博士頌寿記念論集上代文学の諸相』平成五年十二月　塙書房）

五　藤原不比等と万葉集
（「東アジアの古代文化」六十四号　平成二年七月　大和書房）

六　藤原宮と万葉集の鴨君足人の歌
（「大美和」第一〇三号　平成十四年六月　大神神社）

七　平城遷都と万葉集歌―七一〇年代の政治と文学―
（「国語と国文学」平成十六年六月号）

第二章　万葉歌人各論

一　柿本人麻呂　その一―その「天」の諸用例、「天離」など―
（『論集万葉集　和歌文学の世界11』昭和六十二年十二月　笠間書院）

二　柿本人麻呂　その二―枕詞「天尓満」考―
（「古典と現代」五十四号　昭和六十一年九月）

三　柿本人麻呂歌集非略体歌の作歌年代について
（「国語と国文学」平成十年五月号）

四　山部赤人の心と表現
（『万葉集研究　第十四集』昭和六十一年八月　塙書房）

五　高橋虫麻呂論
（『和歌文学講座　万葉集Ⅱ』平成五年　勉誠社）

六　高橋虫麻呂「由奈由奈波」考
（西宮一民編『上代語と表記』平成十二年十月　おうふう）

七　高橋虫麻呂、筑波山カガヒの歌―附、「目串」語義一案―
（「古典と現代」六十七号　平成十一年十月）

八　大伴家持の「映発」
（「国文学　特集万葉の詩と自然」昭和六十三年一月号　学燈社）

九　大伴家持、史生尾張少咋を教へ喩す歌
（『セミナー万葉の歌人と作品　第八巻』平成十四年五月　和泉書院）

事項・書名索引

人名・作者名・研究者名索引

●ラ

●著者略歴
金井清一（かない せいいち）
1931年　埼玉県に生まれる
1957年　東京大学文学部国文学科卒
1965年　東京大学大学院博士課程満期退学
現在　京都産業大学名誉教授
主な著書　鑑賞日本の古典 1『古事記・風土記・日本霊異記』
（尚学図書・曽倉岑氏と共著 1981年）
『万葉詩史の論』（笠間書院 1984年）
日本の文学　古典編『古事記』（ほるぷ出版 1987年）
『万葉集全注巻第九』（有斐閣 2003年）

古代抒情詩『万葉集』と令制下の歌人たち

令和元(2019)年 8 月31日　初版第 1 刷発行

著 者　金 井 清 一
発行者　池 田 圭 子
発行所　有限会社笠間書院
東京都千代田区神田猿楽町2-2-3［〒101-0064］
電話 03-3295-1331　fax 03-3294-0996

ISBN978-4-305-70863-2
藤原印刷

http://kasamashoin.jp/